U0047475

愛你的，妮娜
Love, Nina

妮娜·史提比——著　　許瓊瑩——譯

葛羅契斯特彎道 55 號，倫敦 NW1
1982 年 9 月

親愛的維：

　　這裡好棒，包括房子，街道，和倫敦。早上你可以聽到動物在動物園裡醒來的聲音。

　　瑪麗凱很好玩。沒有什麼事情會令她困擾——除了，她不能忍受冰箱裡有太多牛奶（他們喝低脂的）。

　　她、山姆，和威爾，都剪鍋蓋頭。除了這點，她相當時髦。她常飆髒話（幹和賤），使我想起老媽艾爾斯佩斯，只不過瑪麗凱不是酒鬼。

　　她好喜歡聽有關你的事，山姆和威爾也是。他們記得我說過的所有事情，而且常常指名問起你。

　　昨天瑪麗凱問，「所以，拉小提琴的是維多莉亞嗎？」我笑得茶都噴出來了。說真的，維，他們一天到晚在笑。我在這裡好快樂。這邊人來人往。有些人真是怪胎。前一晚，有個人取笑我的馬尾（非常短，而且有點暴突）。我從法式窗戶上看見她在那兒指指點點的樣子。

　　後來我告訴瑪麗凱，「我看見（那個女人）指著我的馬尾取笑。」

　　瑪麗凱說，「噢，她是個白癡，你如果在乎，你就更白癡。」

　　她就是這樣的人。

愛你的，妮娜

PS　誰是喬治·梅利啊？我住在他的房間。

3

前言

　　1982 年，正當二十歲的時候，我離開萊斯特郡的老家，接下一份在倫敦擔任褓姆的工作。雖然之前沒當過，但是我很有把握，這應該是一種很好的生活。

　　在葛羅契斯特彎道 55 號的生活，確實不錯。這一家人包含瑪麗凱・威莫斯和她的兩個兒子：山姆，十歲半，有些殘障；和威爾，九歲。此外，還有貓咪盧卡斯，牠大部分時間都在屋外。亞倫・班奈，住在對街，經常在用餐時間出現。以及其他鄰居，和三不五時的訪客。

　　除了想念妹妹維多莉亞，我馬上就安頓下來了，而且感到很快樂。

　　維多莉亞待在萊斯特郡，在離我們家很近的一間養老院裡工作。我懷念每天晚上告訴她所有事情的日子，無論多麼瑣細平凡——跟她解說誰是誰，他說什麼，或她說什麼，還有那些話可能是什麼意思等等。也不是說我常常需要她的意見或什麼的，她也不是常常需要我的意見，但是我們已經很習慣這種夜間閒話了。

　　如果她住的地方有電話方便聯絡，這些信就不會存在了，因為我會直接打電話給她。就是因為沒有，所以我寫信給她，然後她回信給我。因為寫信、收信，是一件如此美好的事，所以我們就這樣持續下來。

　　我想，如果維和我一樣喜歡倫敦，我的信就不會寫得這麼詳細了，因為她可以多來幾次小旅行自行觀察。但是她不喜歡倫敦，整段期間只來過一兩次，而且來的時候都很不自在，一心只想回家，也沒有留意我希望她留意的事物。

　　這些是我在倫敦最初幾年寄給維多莉亞的信，從我抵達葛羅契斯特彎道開始。這些信常常沒有註明日期，或只是部分註明日期。我盡了最大的努力使它們排序正確，但這工作詭異難搞，所以如果有一兩個事件似乎在發生次序上有點顛倒，我要先在此致歉。我也要對一些我有點搞錯的事情致歉。例如，亞倫・班奈從

來沒有參與過「加冕街」（電視節目），還有據我所知，喬納森·米勒從來不是歌劇演唱家。

　　至於拼字、文法等，除了部分為流暢所做的修潤以外，其他都維持原始信件中的模樣。

　　我要感謝瑪麗凱·威莫斯，雖然有所猶豫，仍舊同意這本書的出版。有些名字已經改了，理由很明顯，但是大多數人仍然保持原名，我希望他們都會很高興看見自己出現在這本書。

妮娜·史提比，2013

人物表

維：維多莉亞‧史提比，我的妹妹

瑪麗凱‧威莫斯：山姆和威爾的母親，《倫敦書評》的副主編

山姆‧佛瑞爾斯：瑪麗凱的兒子

威爾‧佛瑞爾斯：瑪麗凱的兒子

艾爾斯佩斯：艾爾斯佩斯‧艾利森，我的母親

喬治‧梅利：爵士樂歌手，樂評家，兼作家

亞倫‧班奈：舞台劇作家，電影劇作家，兼演員

喬納森‧米勒：劇院和歌劇導演，演員

特雷弗‧布魯金：足球員（西漢姆聯足球隊）

傑茲：傑洛米‧史提比，我的哥哥

狄倫醫師：大奧蒙街醫院的醫生

威利‧卡森：賽馬騎師，暨電視節目主持人

克蕾兒‧湯馬林：傳記作家兼記者，《新政治家》與《週日時報》的文學主編

湯姆‧湯馬林：克蕾兒‧湯馬林的兒子，山姆的朋友

馬克‧努內：湯馬林家的志工幫手

麥可‧傅雷恩：克蕾兒‧湯馬林的伴侶，劇作家兼小說家

約翰‧拉爾：美國劇評家兼劇作家

安喜雅‧拉爾：作家

琵琶：普林姆羅斯丘某家庭的褓姆

亞曼達：葛羅契斯特彎道某家庭的褓姆

拉斯‧維塔克：山姆的同學

史蒂芬‧佛瑞爾斯：山姆和威爾的父親，電影導演

蓓西‧里茲（本姓布雷爾）：女演員

卡羅‧里茲：電影製作人

蘇珊娜‧克雷普：瑪麗凱的朋友，在《倫敦書評》雜誌工作

瑟西亞‧威莫斯（威莫斯奶奶）：瑪麗凱的母親

瑪契先生：彥‧瑪契，眼科醫師

羅素‧哈帝：電視節目主持人

麥可‧訥弗：瑪麗凱的前伴侶，學者

瑪莉‧霍普：瑪麗凱的朋友

波麗‧霍普：瑪莉‧霍普的女兒

奶奶：希菈‧巴蘿，我的祖母

伊凡家：葛羅契斯特灣道上的一個家庭

狄菈‧史密斯：烹飪作家兼電視節目主持人

黛博菈‧墨佳奇：作家兼電影劇作家

馬克斯威爾：我以前的一匹小馬

海莉爾特‧葛倫：瑪麗凱的朋友

里克‧馬約：演員

艾迪‧艾德蒙森：演員

約翰‧威廉斯：泰晤士技術學院講師

安妮‧羅森斯坦：史蒂芬‧佛瑞爾斯的第二任妻子，藝術家

約翰森先生：前老闆

史蒂菈‧希斯：泰晤士技術學院學生

彼得‧衛道森：泰晤士技術學院講師

布萊恩‧胡彭：前英國奧林匹克撐竿跳選手

維琪‧喬伊斯：泰晤士技術學院講師

彼得‧M：泰晤士技術學院講師

彼得‧H：彼得‧何姆，我的指導教師，泰晤士技術學院講師

彼得‧布魯克：泰晤士技術學院講師

雷斯‧道森：滑稽演員

摩莉‧O：維多莉亞的馬

尼克‧尼可斯：訪問講師（來自聖地牙哥州立大學）

湯姆‧史提比：我的弟弟

高登‧班克斯：英國足球隊守門員（前萊斯特市足球隊）

（附上人物介紹，和他們當時所從事的行業。有的名字已經過更改。）

7

遷

入

1982 ———————— 1984

親愛的維：

　　當褓姆很棒。不像真的工作，像住進別人的生活裡。今天，在早餐以前，山姆必須騰空洗碗機，而威爾必須餵貓咪。

　　山姆：我討厭清除洗碗機的碗盤。
　　瑪麗凱：我們都討厭，那就是為什麼大家要輪流做。
　　威爾：我討厭那隻貓。
　　瑪麗凱：我們都討厭，那就是為什麼大家要輪流餵。
　　山姆：總之，威爾，那隻貓討厭你。
　　威爾：不要講屁話，山姆。
　　山姆：不要在新褓姆面前說屁。
　　（失手把餐刀掉在地上，大叫，「特雷弗‧布魯金」）
　　威爾：不要在新褓姆面前說特雷弗‧布魯金。

　　山姆吃粥（我用鍋子煮）。喝茶，不加糖。吃藥。威爾吃烤番茄加大蒜（除了點爐火，其他的自己做），喝茶，加三顆糖。瑪麗凱吃嬉皮麵包（非全穀類），要烤過。喝伯爵茶，加八分之一匙糖。盧卡斯吃「加油貓咪」牌貓食（雞肉口味），和水。

　　我們很靠近動物園，但是他們從來不去那兒。也很靠近杜莎夫人蠟像館，但是他們也從來不去那兒。他們從來不做你想像中會做的事。顯然只有不住在倫敦的人才會做那些事。真正的倫敦人只去觀光客不知道的祕密地點，例如漢普斯特德希思公園。就「大富翁」遊戲的觀點來看，離我們最近的是牛津街（綠色），或悠斯頓路（藍色）。

　　但有趣的是，**每個地方**都好近。任何地方走路都可以到。地下鐵反而遠，因為你得繞路，從 A 點到 B 點辦不到。

　　希望你一切安好。

　　　　　　　　　　　　　　　　　　　　　　　　愛你的，妮娜

PS　傑茲住在附近一條路上的宿舍，他的大學（UCL）非常靠近瑪麗凱位於高爾街的辦公室，離牛津街很近。

親愛的維：

今天帶山姆去大奧蒙街醫院給狄倫醫師做例行檢查。山姆竟跟櫃台小姐說他的姓名是威利·卡森。

她說，「請坐，卡森先生。」

我正擔心會錯失預約——山姆故意給錯姓名——狄倫醫師探出頭來喊：威利·卡森。

狄倫醫師：所以，山姆，你近來如何？
山姆：沒什麼好抱怨的，你呢？
狄倫醫師：我很好，謝謝。
山姆：那就太好了。

在走出診間的路上：

山姆：順便一提，我要放棄威利·卡森這個名字了。
狄倫醫師：噢，我還滿喜歡威利·卡森的哩。
山姆：那顯然你都沒在看「運動機智問答」（電視節目）。

山姆很興奮，他發現狄倫醫師的名字了（麥可）。他等不及要回大奧蒙街。他打算要說，「你好嗎，麥可？」

山姆：我打算要說，「你好嗎，麥可？」
瑪麗凱：聽起來不賴。
（山姆咯咯笑）
我：那還要再等三個月，你可能會忘記。
瑪麗凱：他不會。

從醫院出來以後，我們去包斯維爾街吃午飯。山姆點拿坡里義大利麵條。瑪麗凱點奶油大蒜義大利短麵。瑪麗凱嫌餐巾紙太小張。山姆無意中吃下半張餐巾紙。紙和他的拿坡里麵條顏色很搭（紅色）。

今天晚餐時：

山姆：我喜歡長相古怪的臉孔。
威爾：譬如什麼，畢卡索嗎？

山姆：我沒見過他。

那使威爾想起學校裡的一個老師，Ｘ小姐，她的朋友都稱呼她「牛眼」。

威爾：我所有朋友都說她有鬥雞眼，但是我從來沒注意。

亞倫：你一定是個只看嘴巴的人。我們若不是個只看眼睛的人，就是個只看嘴巴的人。

威爾：我是個只看眼睛的人。

亞倫：不可能，不然你應該會注意到她的眼睛。

威爾：我是個只看眼睛的人，碰到老師除外。你絕不會想和他們四目相接。

山姆：我是個只看眼睛的人。

瑪麗凱：我是只看鞋的人。

愛你的，妮娜

PS　我想我是個只看嘴巴的人。

親愛的維：

　　瑪麗凱瘦瘦的（還不至於過瘦）。總覺得有點兒涼，因此必須要穿開襟羊毛衫和襪子。她的腿，甚至腳，都瘦瘦的，必須小心挑選鞋樣，否則會看起來很笨重。凡事都有其後果。

　　廚房是我們待最多時間的地方。那是一間很大的房間，一張長桌子佔了一半的空間，沙發和電視機則佔了另一半。瑪麗凱和威爾喜歡坐在沙發的椅背上，腳放在沙發。而我和山姆則喜歡坐在本來就是要讓人坐的地方。我們看「加冕街」、「年輕世代」、「運動機智問答」、「挑戰大學」，以及運動節目、撞球賽，和足球賽。

　　牆上掛滿了古董盤子（大半是藍色和白色的）和照片──一張腳踏車騎士，一張一名男子從魚尾抓著一條魚，一張瑪麗凱老伯父的剪影，他是在美國的一名指揮（樂團的，不是巴士的）＊，還有一位老女人，穿著一雙無比醜陋的鞋子，卻有一口完美方正的牙齒。還有一張非常美的照片，上頭有黑色船隻在藍色水面上。

　　有一座巨大的櫥櫃，像威爾斯式餐具櫃，但是更大，裡面擺滿了各式小玩意兒、假水果、小動物、小人偶，和許多小杯子，每一只小杯子裡又有一樣小東西。

　　我們用來裝食物的大多數盤子和馬克杯，都是古董。有的有破損，有的很漂亮，有的看起來陰森森的。有一只我最喜歡的盤子，白色鑲深藍色的邊。如果瑪麗凱拿到這只盤子，她就會說：「我怎麼會拿到這個可怕的盤子？」

　　刀子和叉子都很巨大。有的有白色把手（那些不可以放進洗碗機洗）。

＊　譯註：英文 conductor 有樂團指揮，也有巴士售票員和火車列車長的意思。

我們在餐桌吃晚飯的慣常位置：威爾在 11 點鐘方向。山姆在 12 點鐘方向。瑪麗凱在 1 點鐘方向。亞倫在 9 點鐘方向，還有我在 3 點鐘方向（長方形的鐘面）。亞倫有時候會試圖坐威爾的位置，因為他喜歡坐在中間。早飯的話，我們就隨便坐……除了山姆，他總是坐在自己的位置。

瑪麗凱和山姆有自己偏愛的椅子。山姆的是一張大方椅，附有很大的拱形扶手，而瑪麗凱的底下有一條橫槓，她可以把腳擱在上面。我得承認，就放腳的觀點來說，她的椅子很棒，一旦你坐過，別的椅子就都不比它舒服了。那是一張設計得很棒的椅子。

有兩座高大的立燈。如果沒點亮，瑪麗凱會不高興，所以她下來的第一件事總是開燈，除非我已經開了，而我總是盡量先開。有一條山姆用來藏食物的塑膠桌布，還有一個會吭啷吭啷響的大麵包箱。

地板是木頭拼板，有縫隙，所以如果你掉一塊 50 便士銅板，可能就會落入其中（永不復返）。有時候晚上會有蛞蝓鑽出來。我從來沒見過，但是瑪麗凱說下樓看到的第一樣東西是那個的時候，很恐怖。對這種地板來說，這還頗常見的。

窗戶有木製百葉窗。你必須關起來，否則路過的行人可以看進屋子裡。我不是一直都記得，所以路人確實會這樣做（看進屋子裡）。那種情況發生的時候，我們總是回看他們，很奇異。

我的房間（兩間相連的房間）是最好的，我認為。我有一面大鏡子，像時髦酒吧裡的那種。房間四周有雕飾，漆成明亮的橘紅色。我的臥室裡有床，但是我喜歡睡在鏡子房裡，所以也在那裡擺了一張床墊。我有一面窗戶對著前面，可以看見街道，還有一面窗戶對著後面，可以看見花園。

愛你的，妮娜

親愛的維：

　　謝謝提供喬治‧梅利的資訊。聽起來不錯，但是很遺憾地，他已經不住這裡了──他以前住在這裡（在瑪麗凱之前）。但還是有一些名人住在這條街上──包括喬納森‧米勒（前導演，現在是歌劇演唱家）。昨天我做一道燉肉（4小時──烤爐最小火）。亞倫過來吃晚飯。

　　亞倫：非常好，但是燉牛肉不應該用罐頭番茄吧。
　　我：這道是獵人燉肉。
　　亞倫：不應該用罐頭番茄，管它是誰的燉肉。

　　你說誰比較可能懂燉牛肉──他（一個連煮自己的茶都嫌麻煩的傢伙），還是《好管家圖解食譜》？
　　瑪麗凱跟我示範過怎麼炒高麗菜。先炒洋蔥和大蒜（永遠有大蒜，大蒜，大蒜），加入切細的高麗菜，炒一炒，然後加醬油（最後）。好吃極了，但吃完後老是口乾。
　　還有，一直在幫山姆煮粥。今天早上，早飯時，我失手掉了他的粥碗（有「山姆的粥碗」印在碗的邊緣上）。碗破了，他非常生氣。我覺得很難過。那是一個禮物。如果那是威爾的（粥碗）就好了──他不喜歡他的碗（也不喜歡粥）。而且山姆喜歡抓住這類悲劇念念不忘，威爾就不會。

　　威爾：別擔心，山姆，你可以用我的粥碗。
　　山姆：少笨了，那上面有寫「威爾的該死粥碗」。
　　我：沒人會知道。
　　山姆：我才不要。我要恢復吃馬鈴薯泥。

　　　　　　　　　　　　　　　　　愛你的，妮娜

親愛的維：

聽說山姆和威爾從來沒吃過太子糖，很震驚，所以放學後買了一些，先放在暖氣管上讓它軟化（山姆不喜歡嚼需要花力氣咀嚼的東西）。

山姆：（一臉狐疑）這些是太妃糖嗎？我不喜歡太妃糖。
我：不一樣。
山姆：那為什麼要叫做太子糖？
威爾：因為是要給公子哥兒們吃的。
威爾：（一邊嚼一邊思考）這就像沒穿衣服的 Rolo 糖。

亞倫又來吃晚飯。他一定是整天獨自一人寫劇本很無聊，所以過來和瑪麗凱說笑解悶。威爾告訴我們他學校的一個朋友 X。

威爾：他家有一座游泳池。一座「墨水漬」。
山姆：什麼？裡面都是墨水嗎？
威爾：不是，那名字是指游泳池的形狀。

然後威爾開始告訴我們，食物行經人體胃腸的路徑，「從餐桌到馬桶」。亞倫說那不是吃飯時間的合宜話題。但是等山＆威上樓，亞倫，還在吃東西（米布丁），開始以下的對話：

亞倫：XX 滿肚子屎，顯然。
瑪麗凱：誰？
亞倫：XX 啊。
瑪麗凱：噢，老天。
亞倫：他幹上那個乾洗店的。
瑪麗凱：噢。

他們兩個似乎都不覺得有什麼不妥——或訝異。亞倫只是繼續吃米布丁，而且等時機比較合乎禮貌的時候，瑪麗凱開始磨咖

啡豆（很吵）。真不公平，威爾不被允許討論「從餐桌到馬桶」，而他們卻可以討論屎。典型的亞倫。

希望松林養老院一切安好。不幸你要輪夜班。

愛你的，妮娜

PS　他到底指的是什麼屎？（我約略猜得出。）

親愛的維：

首先，關於你所說，你的老闆赤身裸體趴趴走……我不認為那和他是瑞典人或挪威人有任何關聯（你起先說他是瑞典人，後來又說他是挪威人）。

他們只有在做蒸氣浴那類事情的時候才會這樣。除了在蒸氣浴時，他們是相當保守的人。我聽說在蒸氣浴室內，他們認為比基尼裝或泳褲令人尷尬，然而對赤身裸體卻視若無睹。而且，不，瑪麗凱連做夢都**不會**赤身裸體趴趴走——她甚至不用樓下的廁所。

我努力要查出那個人是誰（滿肚子屎的那個）。有兩個 XX。一個偶而來這裡。還有一個住在街的另一頭。我只是無法想像是街另一頭的那個 XX ——他很有禮貌。我猜是另外那個 XX。但是這種事很難說。

昨天，XX（第一個）拿東西過來給瑪麗凱，看起來似乎很正常（一副無憂無慮的樣子）。他說他餓死了，於是給自己煎了一顆蛋（用橄欖油）。

滿肚子屎的人會到人家家裡煎蛋吃嗎？

現在我懷疑，也許就是那個有禮貌的 XX。或者根本是另一個我從來沒見過的 XX。XX 是個很常見的名字。

如果我問瑪麗凱那是誰，會不會不太好？我想不太好。她會奇怪我為什麼想知道。

很高興聽到你快輪完夜班了。我可以想像。在那棟陰森森的老房子裡，睡的都是老人，還有那座滴滴答答響的鐘。告訴山＆威這件事。他們居然愛死了（特別是鬧鬼一樣滴答響的老爺鐘）。

愛你的，妮娜

PS 既然害怕，幹嘛還看恐怖片？為什麼不讀一本有趣的書，或下棋？

親愛的維：

　　瑪麗凱偏愛藍綠色，不是很亮的那種，而是像桉樹葉的顏色。
　　威爾偏愛藍色，但是喜歡兵工廠足球隊的紅色。山姆喜歡紅
色，但是不愛兵工廠足球隊的紅色。
　　我偏好和瑪麗凱一樣的藍綠色，只是愛比較亮的那種。
　　我把我的帆布鞋染成那種顏色。我用兩罐「迪倫」染料混在
一起，一罐綠，一罐藍。在洗衣機裡進行實驗（根據說明），用
一件很老舊的襯衫，和幾件山姆穿到變灰色的 T 恤。出來的效
果都很優。然後瑪麗凱開始注意到，每件從洗衣機裡洗出來的衣
服，都帶著點藍綠色。

　　瑪麗凱：怎麼每件衣服都變成綠綠的？
　　我：你是說藍綠色？
　　瑪麗凱：是啊。
　　我：我染了幾樣東西。
　　瑪麗凱：可以不要再染了嗎？

　　亞倫建議用熱水跑一次空機，把染料沖乾淨，我會照做。希
望這不會使她變得討厭這種顏色。
　　我買了新鞋（10 英鎊），但是不喜歡（如下圖示──可以給
你，如果你喜歡，6 號）。我永遠找不到喜歡的鞋子，除了帆布
鞋，但它們扁扁平平的，穿起來又熱。穿鞋讓我覺得彆扭。我經
常赤腳，舒服多了。
　　必須去高德斯葛林區幫山姆買新鞋。

我　：好啦，我們去布萊恩鞋店囉。
瑪麗凱：你不穿鞋去嗎？
我　：不穿，我討厭我的鞋。
瑪麗凱：那就去買一雙好的唄。
我　：從來沒看到好的。
瑪麗凱：去布萊恩鞋店瞧瞧呀。
我　：布萊恩只賣兒童鞋。
瑪麗凱：從赤腳，兒童鞋，然後成人鞋。循序漸進呀。

　　希望你一切安好。抱歉聽到你遭牙齦咬⋯⋯幸好她沒牙齒，但還是很恐怖。告訴山＆威，他們都嚇壞了，現在很害怕對面那個老太太。

愛你的，妮娜

親愛的維：

關於 TB 的消息，太好了。別擔心雙層丹寧，那只是一個名詞。瑪麗凱也交了新男友。他的名字是 D 某某，但是山姆稱呼他「蓬頭」（因為他有一頭蓬髮）──簡稱「蓬蓬」。我發現他（蓬蓬）很令人尷尬，因為他性情太好了（無時無刻），你沒辦法忽視他，他老要找你說話。他長得又高又帥，一頭又黑又亮的頭髮，像馬鬃一樣飛揚在眼睛上，而且坐下來的時候，會微微地往上扯長褲。但就穿長褲來說，我認為他從來沒自在過，他老是在那拉個不停。瑪麗凱也不出於禮貌假裝沒注意。她會瞪著他說：「你還好吧？」他甚至還不知道自己怎麼了。他用陰沉的巴布·狄倫音樂蓋掉「運動世界」的播音，毀了我們的週六。我看得出來，瑪麗凱不那麼喜歡他（蓬蓬）。第一次（公開）來訪時，一下到廚房，一下又在樓梯停下腳步，望去窗外花園（有長了青苔的石板和兩棵小樹）。

蓬蓬：那些是什麼樹？
瑪麗凱：就是樹。（就她的語言來說，這話等同他媽的屁。說真的，她應該被敲頭。）

昨晚他們出去吃晚飯。瑪麗凱準備時，他在廚房裡晃。山姆、威爾，和我，對這場約會相當興奮。瑪麗凱一點也不。她穿了絲製連身服，至少看起來很漂亮。他們離開走上街時，我們從門內喊再見。

威爾：祝玩得愉快。
我：掰。
山姆：（很大聲）進攻達陣喲，蓬蓬！

愛你的，妮娜

PS　T 先生不能自己看恐怖片嗎？總之，我不認為老人會愛看恐怖片。

親愛的維：

　　昨晚和湯馬林家的幫佣去莫寧頓彎道的一棟黑房子參加派對，一群表情陰沉的人拚命灌啤酒。我多半都待在廚房裡（那是唯一有燈光的房間）。一名叫做柯林的胖男生突然把一包「啾啾」（鳥食）倒進嘴巴。他把整包鳥食都倒光光，用一罐「長命」牌啤酒沖下肚，然後打了個嗝兒。每個人都鼓掌大笑。然後那個男生對著水槽大吐，每個人都又鼓掌。

　　告訴山姆和威爾這個鳥食的故事。以為可以向他們顯示，你不應該為了引人注意做出可恥的舉動，即使你長得很胖。他們卻覺得棒極了。

　　威爾：長大以後我也要那樣做，好酷。
　　山姆：我也要，但不是用鳥食。
　　威爾：必須用鳥食，那是重點。
　　山姆：我要用比較好的東西，例如「快唯」馬鈴薯片。
　　威爾：這你已經做過了。

　　威爾擔心核子戰爭。每個人都告訴他，永遠不可能發生，但一旦有人提起，他就會念念不忘。就這點來說，他有點像你。瑪麗凱建議我們永遠不要再談起這事（核子戰爭）。總之，我們也不是那麼常談──但這話題會出現在「年輕世代」和其他的喜劇節目。瑪麗凱把百科全書的某些書頁用膠帶黏在一起，這樣他才不會無意中翻到那個段落（戰爭，核子）。

　　山姆對威爾因為對核子戰爭的焦慮所得到的注意力很吃味。他說他也有焦慮，他說不出來是什麼，只知道那比威爾的焦慮還要嚴重很多。

　　瑪麗凱：如果你不說那是什麼，我們要怎麼安慰你？
　　山姆：那曾經出現在新聞當中。
　　威爾：和西漢姆足球隊有關嗎？
　　山姆：滾你的蛋，威爾。

威爾：我只是想幫忙啊。

希望松林養老院一切安好。恭喜陽台落成。聽起來很棒。新鮮空氣總是好的。

愛你的，妮娜

親愛的維：

　　和艾爾斯佩斯度了一段非常美好的時光。

　　像這樣把不一樣的人混在一起，通常會極度尷尬。確實如此，幸好尷尬很快就消除了。瑪麗凱說艾爾斯佩斯似乎很有趣。艾爾斯佩斯沒有說任何有關瑪麗凱類似的話（瑪麗凱隱藏得很好，直到你稍微比較認識她以後），但她確實有說，瑪麗凱很漂亮，而且她家裡的擺設很美。艾爾斯佩斯很愛這棟房子（書架，照片，還有位於倫敦）。

　　我：我媽認為妳很漂亮。
　　瑪麗凱：胡扯。
　　我：她真的這樣說，而且她說你家裡的擺設很美。
　　瑪麗凱：謝謝她的讚賞。
　　我：所以？
　　瑪麗凱：所以什麼？
　　我：你認為她如何？
　　瑪麗凱：她似乎很有趣。

　　至於負面的感想，我發現了一件我以前不知道的，有關艾爾斯佩斯的事。她打鼾，不是很大聲，但是頗刺耳，而且整晚在床上滾來滾去，就像拉布拉多犬在找一個舒服的角度。早上起來，她會說她睡了一晚好覺，我告訴她，她打鼾，而且整晚滾來滾去，所以我沒有睡好覺，她就大笑，問是不是 AJA 告訴我要這樣說。

　　我：他為什麼要告訴我這樣說？
　　艾爾斯：因為他每天早上都這樣說。
　　我：他這樣說，是因為那是真的。

　　她沒想到是這樣。

　　總之，我們共度了一段好時光，而且艾爾斯佩斯懷念往日的倫敦，帶我去一處以前要比現在好的老市場，和一個她曾經用娃娃車推你散步的公園。我們本來要去探訪她住在漢米爾頓臺街的

一個老鄰居，但是艾爾斯佩斯最後一分鐘變卦，因為突然想起某件事。

反之，我們去國家藝廊。看到一張畫，幾個裸體的人正在進行古典的／古老的野餐（有葡萄和高腳酒杯），艾爾斯佩斯咯咯直笑。不是因為裸體，而是因為他們（那些裸體的人）野餐的方式（光著身子）看起來有夠蠢。而且在跟我解釋那為什麼好笑以後，害得我也忍俊不住。我們不得不離開，因為我們破壞了其他看不出什麼好笑的人的興致。在畫廊裡笑會惹人嫌。

一定要告訴她你知道所有有關畫廊和打鼾的事。

愛你的，妮娜

親愛的維：

　　我 12 月 24 日會抵達萊斯特。週六：瑪麗凱帶了一棵八呎高的聖誕樹回家。她和市場的人從英弗訥斯街抬回來。為了把它豎起來，我們吃了不少苦頭。瑪麗凱認為莖太長了（她稱之為莖，事實上應該叫做**樹幹**）。

　　瑪麗凱：哪個人去米勒家一趟，跟他們借鋸子。（沒人理會她）
　　瑪麗凱：誰要去？我剛剛把樹扛回家咧。
　　威爾：別找我。
　　山姆：我不要去。
　　瑪麗凱：（看著我）看起來就是你囉，裸姆。

　　我說如果山姆陪我去，我就去。抵達後（只隔幾棟房子），我們在門階上推拖一番。喬納森‧米勒來應門，我把山姆推到前面，他劈口就說：「我們家裸姆要借鋸子。」回到家，瑪麗凱問喬納森‧米勒說什麼沒有。我說他說：「不要忘了拿來還。」瑪麗凱翻白眼瞪天花板（就她的語言，即表示「他媽的白癡」）。

　　我覺得難過，因為事實上喬納森‧米勒並沒有說：「不要忘了拿回來還。」他是說：「欸，祝好運，保重」——友善的話，實在不該遭受瞪天花板的白眼。我說他說「不要忘了拿來還。」是為了要確定我們真的**會**拿回去還——基於我是借貸人。我知道當你幫別人借東西時，心裡會是什麼樣的感受。

　　總之，現在樹已經豎起來了，掛滿了小天使、彩球、珠鍊、和燈泡（聖誕樹嘛）。看起來金碧輝煌。是我在真實生活中所見過，最棒的聖誕樹。24 日見囉。

　　　　　　　　　　　　　　　　　　　　愛你的，妮娜

PS　很高興聽說你在上課，但不確定 T 先生是最好的老師。他從不睡覺，而且已經八十九歲了。

親愛的維：

　　這陣子山姆和我常吵架。昨天我在英倫巷撞到車——只擦到一點點，因此決定不要對瑪麗凱提起。我對山姆說：「我不打算對瑪麗凱提起這件事——所以你也不要提，OK？」他同意。
　　瑪麗凱烤羊排當晚餐，山姆覺得太難嚼，但是瑪麗凱一定要他吃。所以，就因為一時不爽，他告發我撞車的事。

　　山姆：從拉爾家回來的路上，妮娜撞到車。
　　瑪麗凱：（一臉驚訝）
　　我：只撞到一點點啦。
　　山姆：她叫我們不要告訴你。
　　我：只是保險桿稍微撞到而已。
　　威爾：沒聽過「誠實方為上策」嗎？
　　我：那就是保險桿的用途啊——用來被撞。
　　亞倫：有可能，保險桿本來就是設計來接受撞擊的。
　　瑪麗凱：嗯，有多糟呢？需要送修嗎？
　　我：不用，根本沒怎樣。

　　亞倫出去看了一下，回來說「尚可接受」。過了一會兒，換我給山姆一點顏色看。我可以看出桌布底下有一坨東西，他把難嚼的羊排藏在那裡（通常我不會理會）。「那邊一坨是什麼東西，山姆？」
　　山姆被罰不准吃甜點（香蕉蛋奶凍），因為他藏起羊排。
　　今天早上去查看車子，只有幾條黑線，就像被塗了睫毛膏的指甲抓過一樣。聽起來好像很糟——其實沒那麼糟啦。我知道你要取笑我，說我需要去上駕駛課。但是倫敦到處停滿車子，有時你就是得稍微推它們一下才開得出來呀。

愛你的，妮娜

親愛的維：

　　我曾答應每天餵盧卡斯，負責清乾淨黏了食物渣的貓碗，前提是，如果我們可以更改牠的名字（改成傑克）。我不喜歡盧卡斯這個名字。它使我想起盧卡斯太太。你可能不記得她。她是關朵林國中的老師，人很好，但是很安靜。她教我們如何畫大不列顛的地圖，就像畫一個戴軟帽的女人騎著一頭豬。我永遠不會忘記她畫在黑板上當示範的那張圖，爛到爆。

　　女人的臉代表北威爾斯，必須用力扭曲才能喬成正確的輪廓，而且她騎的豬（南威爾斯）也必須運用相同的手法看。兩者嘴巴都要開開的，好像在大叫。德文郡是豬圓滾滾的腿，康瓦爾郡是豬的腳。東南區，包括倫敦，則是豬的後腿和屁股。

　　她似乎對蘇格蘭沒什麼想法。她還告訴我們，要把義大利記成一隻靴子。美國是一隻烏龜，而法國是一塊自家製的餅乾。可想而知，她自己做的餅乾長什麼樣子。我自己做的餅乾比較像波蘭。

　　總之，我以前常注意盧卡斯太太早上開車到學校的樣子。她是個緊張的駕駛，胸膛貼到方向盤，臉靠向防風玻璃，一路都用第二檔。每次我們都得超她的車，因為她在十字路口等太久，後面總排了一長串車子不斷叭她，我為她感到難過。

　　總之，那就是為什麼我不喜歡盧卡斯這個名字。我討厭為別人感到難過。所以貓咪現在的名字叫傑克。

　　前幾天看見喬安‧佘克托（新聞播報員）還有「上升的潮氣」（電視節目）裡的那個帥傢伙（英俊的黑男）──他走路真是慢條斯理。

愛你的，妮娜

29

親愛的維：

　　你收到羅德島的照片了？

　　海倫對於身處海外有豐富的知識。例如，你要盡量讓自己融入人群，不要穿很短的短褲，要穿比較長的短褲或者裙子，而且不要抽菸，除非面前有一杯咖啡，或邁塔克瑟白蘭地酒。她學會講一些句子（希臘語），以防萬一，但始終沒派上用場。除了「請問我們可以只買一份餐共享嗎？」

　　海倫：在國外的時候，你必須融入人群。
　　我：我在法國住過六個月。
　　海倫：但是法國是法國，希臘是希臘，天差地遠。

　　說得也是啦。羅德鎮是歐洲最古老的中世紀城鎮，有人定居，充滿了異國風情。它的文字、燠熱，和氣味，全都很異國風。別的不說，光是這點就令人困惑——一方面，你不宜穿很短的短褲，但另一方面，到處可見普里阿普斯（有一根巨大勃起陽具的希臘神祇）——鑰匙圈、筆、明信片、珠寶、開瓶器、小雕像、鞋拔等等。

　　有人告訴我們，現在希臘每棟新建築都留一小部分未完成，通常是屋頂和配管工程，因為只要建築一完工，屋主就得開始付某種稅。我真希望那個男的沒有告訴我們這件事。因為海倫不斷指出一些水管和暴露在外的未完工事，說那個稅如何破壞了當地天際線，說人們應該做點什麼來解決這個問題。

　　因為希臘的蔬菜選擇十分有限，所以海倫暫停實踐她的素食主義。我們每天在一家「寡婦咖啡」吃早飯，那個寡婦煮半生不熟的培根和蛋餅麵包加蜂蜜。真希望海倫知道怎麼說：「請你把培根煮久一點好嗎？」但是她想不出來要怎麼說，所以我們決定繼續忍受半生不熟的培根。

　　寡婦用殼牌石油桶種了一些綠色香料植物，結果原來是牛至草，她還在一輛倒翻過來的超市手推車裡養兩隻雞，取名艾維斯和雅典娜（兩隻雞都是母的）。進入鄉下——看見幾頭山羊用滿是污泥的粉紅色嘴巴在吃西瓜。到了晚上，海倫喝一大堆雞尾

酒，搞得整個人醉醺醺。有一天晚上，她跟我坦白，說她覺得自己讓父母失望了，因為她沒有去當醫生。

　　海倫：我本來可以為他們成就更多。我可以去當醫生的。
　　我：他們是醫生嗎？
　　海倫：不是，但是他們能講兩種語言，而且愛好歌劇。
　　我：欸，你也會說希臘語啊，而且你自己決定當一名素食者。
　　海倫：說的也是喔。

　　然後她沉默不語，接著吃了好多開心果。結果隔天，她的拇指指甲都瘀青了。總之，一切都很棒。熾熱的太陽、美好的海洋、荒蕪的鄉間、歷史、沙丁魚，和便宜的涼鞋。非常具有異國風情，我很喜歡。

愛你的，妮娜

PS　幫你買了一些解憂念珠。當你沒事做，心裡有憂煩的時候，可以拿在手裡捻著。在希臘，人們常常捻著這種解憂念珠。他們發現這有紓壓作用。可以取代咬指甲。

親愛的維：

　　瑪麗凱老是遭到彎道上，靠近家門口一塊鬆動的人行道石板伏擊（她的用語）。那塊石板，當你踩在上面時，水會濺到你腳上（如果下雨），而在一般情況下，會絆倒你。我說的「你」，但實際上大多只發生在瑪麗凱身上。我問她為什麼不繞過那塊石板，她說她從沒認出是哪一塊。我一直說要拿綠漆把它標識出來，但老是沒做。

　　山姆要去拉斯家喝茶。拉斯的媽問，山姆有沒有什麼東西不吃的。我說他有和同齡的人都一樣的偏執（不完全正確，但是我懶得說明細節）。你會以為她應該都知道，他們從一開始學走路起，就已經是朋友了。

　　山姆：需要綁鞋帶的鞋子。
　　我：她指的是食物。
　　山姆：我不喜歡巴西堅果和鱒魚。
　　我：噢，糟了，她計畫做一道鱒魚加各色堅果的燉飯。
　　山姆：狗屎。

　　開了努內一個小玩笑，現在看起來似乎不太好，但是當時覺得很好玩。餐具櫥上有一張克蕾兒留的紙條，說應該在幾點鐘，用什麼溫度，把燉鍋放進烤爐之類的，然後我在底下加上一行：「請幫瑪蘭達（貓咪）刷毛」。後來：

　　努內：我跟克蕾兒說過，我不幫貓刷毛。
　　我：噢，她怎麼說？
　　努內：她說她可以接受。

　　我們所有人都玩「牛仔騾」*，那是山姆在聖誕節收到的禮物，但是我們都不喜歡撲倒騾子（太嚇人了），除了努內以外，他說如果山姆不要（牛仔騾），他會把它帶回去 57 號。我和威爾

都勸山姆不要太快放棄牛仔騾。

愛你的，妮娜

PS　傑茲說，把英國地圖畫成戴軟帽的女人騎著一頭豬的，不是盧卡斯太太。
　　而是柯提斯太太。我想他可能是對的，但是我確定盧卡斯太太是個緊張的
　　駕駛。然而他說盧卡斯太太總是走路去學校。

---

*　譯註：一種塑膠玩具，參與者把東西放到塑膠騾子背上，如果超重，騾子會
　　四腳撲地跌倒，該參與者即遭淘汰。能把最多東西放到騾背上而不致撲倒的
　　人，就是贏家。

親愛的維：

　　我暫時無法幫布蘭特先生轉交信件給喬納森‧米勒——我想我在他的黑名單上。有部分原因是，我問他，他是不是歌劇演唱家，結果每個人都大笑（因為他不是，雖然當歌劇演唱家沒有什麼不好，但顯然如果你不是，而有人以為你是，那就很可笑了）。

　　我無法決定，這對歌劇演唱家是一種侮辱，還是對不是的人是一種侮辱。

　　而且，我想喬納森‧米勒因為聖誕節期間遺失了鋸子，心懷不滿。他從來沒有提起過，但是我知道他心裡記掛著。

　　我：（對瑪麗凱）我想喬納森‧米勒討厭我。
　　瑪麗凱：什麼？
　　我：我想喬納森‧米勒討厭我。
　　瑪麗凱：要我就不會擔憂這種事。
　　我：要我就不會擔憂這種事？那表示他確實討厭我。
　　瑪麗凱：我相信他不討厭你。
　　我：都是你的錯，叫我去借鋸子，結果搞丟了。
　　瑪麗凱：我沒有搞丟鋸子，是你搞丟的。
　　我：不對，是你搞丟的，結果他現在討厭我了。

　　令我不滿的是這件事的不公不義。我盡了最大的努力保持鋸子安好，但是（在這瘋狂的屋子裡）沒有一樣東西是受到尊重的。

　　我想瑪麗凱被惹惱了，因為喬納森‧米勒說：「不要忘了拿回來還」，她討厭受人使喚。其實他沒說，但現在才告訴她也太遲了。

愛你的，妮娜

親愛的維：

　　威爾上的是貴族學校。有一個朋友，是作家伊恩‧佛萊明的遠房親戚（就是有墨水漬游泳池的那個，我想）。

　　山姆和威爾喜歡懷舊。不管那件事有多平常，只要發生超過一個月以上的，他們就會以熾熱的語言，和縝密的細節，加以討論。山姆對細節的記憶力特別好。

　　威爾：你記得狗咬了一口你的香腸三明治那件事嗎？
　　山姆：（大笑）記得啊，你呢？
　　威爾：我不是才說了嘛。
　　山姆：你記得史提比在人造草皮球場用頭搥得分的那件事嗎？
　　威爾：（大笑）記得啊，進了自家的球門。
　　山姆：是啊。
　　瑪麗凱：你們不是昨天才回憶過這一切的事情嗎？
　　威爾：不是，是星期六。

　　瑪麗凱有一名新（男）朋友，叫做 H 某某。要她說出那個名字（H 某某）頗困難。她有問題的，不只是 H 某某這個名字而已。她稱呼某些名字時，總是怪怪的。就像很多事情一樣，一旦你知道她對那件事感到怪怪的以後，你就會開始看出端倪，然後，你也會開始覺得怪怪的。我測試她，對哪些名字覺得容易說出口、或哪些困難說出口。

　　我　：H 某某？
　　瑪麗凱：困難。
　　我　：D 某某？
　　瑪麗凱：困難。
　　我　：傑佛瑞？
　　瑪麗凱：困難。
　　我　：麥可？
　　瑪麗凱：容易。

我：史蒂芬？

瑪麗凱：容易。

我：傑克？

瑪麗凱：困難。

我：亞倫？

瑪麗凱：夠了，閉嘴。

我的理論：有的（許多）男人的名字，聽起來像廁所、陰莖，或自慰。你有注意到嗎？

威爾和我長頭蝨。山姆對我們耀武揚威，因為他頭上一隻也沒有。為了保險起見，瑪麗凱和我們一樣擦過夜軟膏。我們看起來糟透了。頭髮都油膩膩的。而且很臭。晚餐時亞倫有點受不了，叫我們不要在他的盤子附近抓癢或甩頭。

很快就要見面囉。

愛你的，妮娜

親愛的維：

　　和瑪麗凱約在維格摩街的約翰‧貝爾藥房見面。走近瑪麗凱的停車處時，我們看見一名交通警察（男的）正在開罰單。

　　瑪麗凱：（喊出聲）哈囉，警察（快步走），我來了。
　　交　警：（擺上罰單）
　　瑪麗凱：（拿起罰單，交還給交警）我只遲到一分鐘啊。
　　交　警：（往後退，避免接觸罰單）抱歉，女士。
　　瑪麗凱：但是我已經來了啊。
　　交　警：罰單已經開了，恐怕我無能為力。
　　瑪麗凱：（手指著垃圾桶）
　　交　警：抱歉，女士。
　　瑪麗凱：這似乎太不親民了吧……
　　交　警：抱歉，女士。
　　瑪麗凱：在這種天氣。（陽光普照）
　　交　警：（微笑）
　　瑪麗凱：喲，你會笑呢，不簡單。
　　交　警：（大笑）是，女士。

　　把車子開走時：

　　瑪麗凱：他很英俊呢……你不覺得嗎？
　　我：我沒用那個角度看他。
　　瑪麗凱：那你用什麼角度看他？
　　我：權威。
　　瑪麗凱：沒錯啦，而且，英俊。

　　後來我們聊起醉魚草（可怕的灌木，開紫色的花，會從像海菲爾德區那種沒有人照顧的石縫間長出來）：

　　亞倫：如果長對地方，有可能很漂亮。
　　我：我不喜歡──它們會從荒廢的房子裡長出來。

瑪麗凱：只有在它們別無選擇的時候。

亞倫：它們對蝴蝶非常有吸引力。

瑪麗凱：（對著我）你瞧，蝴蝶喜歡它們。

我：但是它們老從裂縫和水溝裡長出來。

瑪麗凱：（歡喜的表情）蝴蝶與髒污共存。

希望你一切安好。

愛你的，妮娜

親愛的維：

　　每個人都一直在說瑜伽有多棒，說我們都應該要去上，學習如何放鬆，如何放下使我們生命受阻的東西（例如火雞絞肉），以及如何正確的呼吸、伸展等等。到目前為止，我還沒有特別感興趣。

　　我　：你有去學過瑜伽嗎？
　　瑪麗凱：沒有，但是我聽說那非常好。
　　我　：那你為什麼不去？
　　瑪麗凱：我期待我會在未來某個時間點去吧。
　　我　：我也是。

　　琵琶說，自從開始上瑜伽課，她放鬆到不可思議的境界。她說她開車去夏靈基區上瑜伽，課後沒有辦法馬上開車回家——因為太放鬆了——必須坐在車子裡聽「阿契一家人」廣播劇。現在，每次只要一聽到「阿契一家人」的主題音樂，她就會回到那個深度放鬆的境界。就像山姆聽見「羅馬」一詞一樣，只是後者的後果正好相反。我會考慮去上（瑜伽）。但是不確定我要變得那麼放鬆。我就是我，如果變成一個很放鬆的人，我可能就沒辦法表現得一樣好。

　　開車送山姆的朋友拉斯回家。帶他到門口，看見有一張紙條用透明膠帶貼在門廊的彩色玻璃大門上：「這片美麗的彩色玻璃非常古老易碎，關門時請動作放輕。」山姆和我兩人都承認，那張紙條使我們反而想非常用力關門。山姆說他覺得有這種念頭很可怕。我不會。我覺得有這種念頭是很正常的，那就是為什麼我永遠也不會寫那樣的字條。你只是在自找麻煩而已。就像有的人會寫「小心輕放」，他們以為人家看到會怎樣做啊？真的小心輕放嗎？

　　說到字條：你有沒有注意到，我開始用綠色的筆寫字？顯然這比藍色顯得有權威，但是比黑色要來得好。瑪麗凱用不同顏色的筆寫字。我以前認為她用紅色筆寫的字條很傲慢，但那似乎只

是因為顏色是紅色的關係。這恰恰顯示了顏色的力量。威爾寫字常常用大寫字母，看起來好像在大喊大叫。雖然山姆只是把字寫得很大，但是看起來也很像在大喊大叫。

我注意到，別人在寫我的名字時，常常沒有把第一個字母大寫。很明顯可以看出來，因為大寫 N 比起小寫 n 強壯很多。我有時候會憂慮那可能代表了什麼意思。

希望你一切安好。

愛你的，妮娜

……

親愛的維：

最後我還是決定去試試瑜伽課。一部分是因為努內認為那對我有好處，一部分是因為我一直很想去大力甩上維塔克家門廊的彩色古董玻璃門。我甚至夢見自己那樣做。

我：我夢見自己大力關上維塔克家門廊的玻璃門。
山姆：噢，老天！

瑜伽課還好，除了那個主事的女人，非得把事情搞到丟人現眼的地步——什麼火鶴聚合啦，問候太陽啦等等的——最糟糕的是，結束的時候，當我們必須隨著豎琴的音樂（顯然那豎琴不是由人的手指，而是由微風所撥動的）躺下來（在地板上）。那個瑜伽女人會說：「感覺你身體每一個部位，一次一個部位，緊張……然後放鬆。」然後，她會列舉身體各部位。緊張……然後放鬆。「緊張……然後放鬆你的腳趾……你的腳踝……你的腿肚……（哇啦哇啦個沒完）。」

最後她會說：「你的陰部」，在我看來根本沒有必要（雖然還

有剩時間，就無可避免）。

我沒打算在晚飯的時候提起瑜伽課的事（自知最後會導致什麼），但是瑪麗凱想起來我去上課了，非常有興趣知道一切（你永遠無法預知，她會對什麼有興趣），所以當然啦，我就提到了緊張和放鬆身體的事。

> 我：然後她說「你的陰部」。
> 瑪麗凱：欸，我想既然她已經提了身體各部位。
> 我：她大可以說「身體各部位」，然後讓剩下的不言自明。
> 瑪麗凱：是啦，但是她一旦開始一一細數⋯⋯
> 我：要是我，就會跳過去。
> 亞倫：那就會變成房間裡的大象（顯而易見卻刻意忽略之事）。
> 威爾：什麼東西會變成房間裡的大象？

為了幫我們岔開關於陰部的話題，亞倫說，他在步行穿越山谷的時候，看見一些令人印象深刻的牧羊犬趕羊競賽，而山姆也恰好在有趣的時機點上說了幾次「過來」。然後我們開始為浴巾的問題展開辯論。浴巾經過烘乾機烘乾以後，會變得蓬鬆柔軟，但是比起掛起來晾乾而硬梆梆的浴巾比較有吸水力。瑪麗凱和威爾喜歡柔軟，但是山姆和我喜歡比較不那麼蓬鬆的浴巾。

> 我：蓬鬆浴巾達成任務的效果，沒有像硬浴巾那麼好。
> 瑪麗凱：達成什麼任務？
> 我：擦乾身體的任務。
> 瑪麗凱：它們的任務就是要顯得蓬鬆啊。
> 我：才不是，它們的任務是要很快地吸乾水份。
> 瑪麗凱：看來，瑜伽課沒有幫助。

愛你的，妮娜

PS　我仍然認為他們應該在外面架一條曬衣繩。

41

親愛的維：

　　我告訴瑪麗凱關於在琵琶住的地方，看見那種裝在水槽底下的櫥櫃式垃圾桶。

　　我：你打開櫥櫃門，垃圾桶蓋就會自動掀開，然後你只要把垃圾丟進去，再關上櫥門就行了。
　　瑪麗凱：（似乎不認為有什麼了不起）噢。
　　我：真的很好用。
　　瑪麗凱：比我們的好用在哪裡？
　　我：呃，你不必用手碰觸垃圾桶蓋。
　　瑪麗凱：我不喜歡那種隱藏式的垃圾桶。
　　山姆：我也不喜歡，我喜歡一切攤在陽光下。
　　亞倫：非常布萊希特＊。

　　所以我們繼續用有擺盪式桶蓋的垃圾桶，即使那個擺盪式桶蓋已經不見了（一定是掉進去裡面了），只剩上面一個大開口。瑪麗凱不在乎我們將所有的果皮紙屑，大剌剌地展現給人看。
　　說到「寄宿學生」琵琶。我想她可能要離職了。她不斷地暗示，但就是不明講。我看得出來她希望我問。門兒都沒有。

　　　　　　　　　　　　　　　愛你的，妮娜

譯註：德國詩人。

親愛的維：

班來探訪我。瑪麗凱幫他開門。後來她說，「嗯，他看起來有點——你知道。」

我說，「有點什麼？」

然後她說，「你知道。」

所以我說，「大概吧。」

她可能指任何一件事——有一半都得用猜的。

山姆終於告訴我們，他在焦慮什麼了——女王可能在王宮又碰到一個闖入者。我們說，她已經碰到過一個了，他大可不必擔心。他說，他擔心她可能會再碰到一個——一個有樣學樣的闖入者。當我們都笑起來時，他意識到這不算是太嚴重的焦慮，於是，他轉為對偕哥案*感到焦慮（有可能找到牠嗎？）。他總是與時事俱進。

瑪麗凱去過美國。你怎樣也猜不著，她買什麼回來當紀念品。一件棉被套。我簡直無法相信。千里迢迢，然後只給自己買了一件棉被套。我跟她說非常好。看起來 OK ——像男襯衫的條紋，但老實說，也談不上有什麼特別。我說，「你有買別的嗎？」

她說，「有啊，我買了一堆頭痛藥備用。」

還有，在美國的時候，她試了一種新的三明治，一種美式三明治——培根、番茄，和萵苣（BLT）。

記得那個取笑我馬尾的女人嗎？欸，昨天晚上她又來這裡了。這次她取笑晚飯，說這是第一次，她得以「欣賞到亨氏牌番茄醬的品質」。然後她問飯是誰煮的。

可怕的女人：誰該為這頓可口的晚飯負責呀？

我：我。

---

* 譯註：偕哥為保持紀錄之著名賽馬，遭竊，下落不明。

可怕的女人：噢！抱歉。我以為是兩個男孩中的一個煮的。

今天早上我對瑪麗凱說。

我：那個可怕的女人瞧不起我做的火雞肉漢堡。
瑪麗凱：嗯，那不是你做過最好吃的晚飯啊。

我很惱火——火雞絞肉是瑪麗凱買的啊（現在起，山＆威應該要改採低膽固醇飲食，因為發現他們老爸，史蒂芬的膽固醇很高），顯然火雞絞肉屬於健康低膽固醇食物。總之，可怕的女人來訪，只是要告訴瑪麗凱，有關她在交往的一個小夥子的事——瑪麗凱多半稱呼男人為小夥子或男孩，有時候稱男生，但從來不會說傢伙（或男人，現在回想起來）。

我：那她活該吃到那些火雞肉漢堡，腳踏兩條船的母牛。
瑪麗凱：沒有人那麼壞吧。

聽到你講那些老太太洗澡的事很好玩。你應該試試幫山姆洗頭髮。他討厭洗頭，而且愈來愈難搞了，拚命地掙扎，好像你想淹死他似的，而且大聲呼叫特雷弗‧布魯金（在整個潤絲的過程當中），再加上，你得非常小心，不要把肥皂弄進他的眼睛裡。

瑪麗凱開始在廚房的水槽洗頭髮（當她趕時間的時候）。我知道，因為她把洗髮精收在水槽上方的碗櫃裡，在葵花油的旁邊。我指望有一天她會拿錯瓶。

愛你的，妮娜

PS　不要用老爸的車練習。它會往左邊傾斜。有一次我開 M1 公路（從萊斯特到倫敦），隔天手臂簡直要痛死，就像你永久處在一個急轉彎的彎道上，而又要拚命使車子保持直線。我在一處修車廠停下來（紐波特帕格內爾一帶），一個男生勸告我不要再往下開了。

親愛的維：

昨晚蓓西和卡羅·里茲來訪。我做了一道雞，蓓西帶了蛋糕來。晚飯時，蓓西一直說，「美極了，美極了」（指烤雞）。

瑪麗凱：我們可以暫時不要再吃馬鈴薯泥了嗎？

蓓西：不，瑪麗凱——好吃極了，真的美極了。我好愛紅蘿蔔這樣煮法（糖水煮熟，加玉米粉，撒上新鮮切碎的巴西里葉）。

威爾喜歡吃生的紅蘿蔔，但是他承認那道煮熟的紅蘿蔔看起來很讚。蓓西的布丁蛋糕非常好吃。山姆差點被她不小心留在上面的一小片鋁箔紙噎到。但此外，蛋糕真的十分可口（美國式，自家烘焙的）。

卡羅和蓓西可以證明，當好人不必不好意思。我正這麼想（他們倆為人真好，等等），而且對蓓西如此欣賞這頓晚飯感到很開心（特別是在發生火雞肉漢堡損人事件以後），蓓西卻又在無意間把它給毀了⋯⋯唉，她和瑪麗凱。

突然間，蓓西說，「你知道，瑪麗凱，你應該雇一個人來打掃，真的會讓家裡不一樣。」「是啊，我知道，」瑪麗凱說。「我想卡蜜莉塔可以過來幫忙，我相信她會想賺這筆外快的，我來問問她吧，」蓓西說。「太好了，」瑪麗凱說。

問題在於，我想這應該是我的工作（打掃）。欸，至少應該做一點啦。只是，瑪麗凱從來沒有表示什麼，所以我也沒打掃——如果她有提起，我就會至少吸吸塵啊，或做點什麼（雖然，老實說，我從來沒看見屋裡有吸塵器）。瑪麗凱從來沒說家裡亂，或好像在乎這方面的事。她負責洗濯、整理等等，兩個男孩負責把髒碗盤放進洗碗機裡，和拿出洗碗機裡的乾淨碗盤。我只負責清潔貓碗。總之，我想問題已經解決了（關於雇用清潔婦的事）。我覺得罪惡感與惱火交錯。

愛你的，妮娜

二月

親愛的維：

OK，我知道喬納森‧米勒不是歌劇演唱家。前一陣子我告訴過你，那是一場誤會。我知道他和歌劇有一些牽連（這裡的人們老說：「你有沒有聽過喬納森的《弄臣》啊？」），而且他有非常深沉的嗓音。我不過是一加一等於二，想當然爾推論。總之，我已經知道他不是了。他是個醫生（作家、醫生兼歌劇導演）。

瑪麗凱開始和一個叫做蘇珊娜的朋友來往。她人非常好。

山＆威好喜歡她。我想比起我和瑪麗凱，她似乎真的超好，因為她很有禮貌，不會嘲諷人，而且長得又漂亮。

但是……她的眼妝很嚇人，連山＆威都批評過……又厚又黑的眼線——畫在眼睛**下面**。用只有專業化妝師有辦法（或才應該）用的眼線膠。我差點就跟瑪麗凱談起這事（例如蘇珊娜把眼睛塗得那麼黑，破壞她美好的臉蛋，真可惜之類），但轉念一想，最好還是不要——基於她們倆是這麼要好的朋友。再加上，說不定聽起來好像我有什麼弦外之音。

然後——我的媽呀——昨晚瑪麗凱下樓來，萬事就緒準備出門，竟也畫了一模一樣的眼妝！她看起來甚至比蘇珊娜還要糟糕。蘇珊娜還經得起這樣畫。不知怎地，和她整個人還算搭。但是在瑪麗凱臉上，就全部走了樣。真希望我先前有說幾句。現在太遲了。

好高興接到一張情人節卡片——上面說：「寶貝，我煞到你了」。不知道是誰寄的，但郵戳是在這個地區。所以我知道不是你。

還有，我**寄出**一張卡片給湯姆‧米勒（喬納森‧米勒的兒子），他人非常好，又英俊。卡片上是一隻鴕鳥（黑白照片——他是攝影師）。他不會知道是我寄的。

卡蜜莉塔（清潔婦）從今天開始工作。除了清潔什麼也沒

做，竟然也花了三小時。她泡一杯茶，邊工作邊喝。她不聊天（太忙了）。瑪麗凱回到家來，很歡喜，仔細看了所有清潔過的地方，而且嗅了嗅空氣（地板亮光劑），還說，「嘿！」她看得出來，我有點惱火。

瑪麗凱：這不是很棒嗎？

我：OK 啦。

瑪麗凱：不懂你在懊惱什麼（她的眼睛畫著黑眼線）。

我：我對清潔這件事有罪惡感。

瑪麗凱：啊，你沒有必要這樣。是啦，如果偶而你能稍微整理一下會很好。但是你做了所有重要的工作啊──你這白癡。而且妳幫忙餵盧卡斯。

我：你是說傑克。

瑪麗凱：對，傑克。

所以，沒事了，而且我也很高興，每星期一次，房子裡會有地板亮光劑的香味，而且電話的話筒也都會用清潔魔布擦過。

愛你的，妮娜

親愛的維：

　　今天在彎道上看見一只大鐵桶，在高級區那頭。威爾和我都喜歡大鐵桶，山姆平生第一次看見大鐵桶，覺得很有趣。所以我們過去好好地瞧一瞧。相當大的一只。我想如果把山姆裝在裡面（鐵桶裡）會很好玩，所以就這樣做了。我們都大笑不止，山姆的笑聲在鐵桶裡還有回音。

　　山姆：這裡頭有東西。
　　我：是什麼？
　　山姆：我不知道。

　　他這樣說，我想最好還是把他弄出來，但是很困難，因為當我試圖把他拉出來時，他似乎比我把他放進去時重了十倍。而且桶子很深，加上我們一直笑，那使你愈加沒有力氣（從在聖瑪格莉特差點淹死的那次經驗，你就可以知道）。威爾很幫忙，而且主動提議讓他進去桶子裡，從裡面幫忙推一把，但是我希望他們至少有一個人**不是**陷在桶子裡面。可是，搞到最後，威爾不得不進去。

　　威爾：讓我進去吧？
　　我：不行。
　　威爾：我去找喬納森・米勒來吧？（我們就在他家附近）
　　我：不行！
　　威爾：找亞倫・班奈來？
　　我：不行！
　　威爾：努內？
　　我：不行，我們得自己解決。
　　威爾：所以，讓我進去吧？
　　我：好吧。

　　總之，威爾爬進去，然後他們兩個都出來了，我叫他們不要

告訴瑪麗凱。稍晚，亞倫說他看見我們「在烏蘇拉·沃漢·威廉斯家的鐵桶附近鬼混」。

　　瑪麗凱：撿裡面的東西嗎？
　　亞倫：把東西塞進去裡面吧，依我看。
　　瑪麗凱：把什麼東西塞進去裡面？
　　山姆＆我：沒什麼。
　　威爾：從街上撿來的垃圾。

　　好樣的威爾，他總是知道怎麼應答，太神奇了，他才九歲而已。亞倫仍然停不下來講那個女人的八卦，她的鐵桶被我們拿來鬼混。

　　亞倫：她是羅夫·威廉斯家的寡婦。
　　我：誰？
　　亞倫：那個作曲家呀。
　　我：有一個作曲家叫做羅夫？
　　亞倫：你有沒有聽過〈雲雀飛翔〉（哼起曲子）？
　　山姆：我知道那首曲子，在兔寶寶卡通裡出現過。

　　我也做了很多烹飪工作，現在開始上手了。最糟糕的是，要如何知道一樣東西已經熟了。你要怎麼知道呢？烤雞似乎是沒完沒了。我知道刺了雞腿以後，「流出來的湯汁必須要清澈」，但是不管怎麼刺，湯汁從來不會（清澈）。所以我烤的雞總有點乾，但至少不會吃死人。祕訣在於，要用油去澆雞身。

愛你的，妮娜

親愛的維：

威爾受不了一個過度嚴格的老師，覺得他有點可怕。我建議每當那個老師發飆的時候，威爾可以想像他光著身子坐在馬桶上。

瑪麗凱：為什麼必須光著身子？不能就只是坐在馬桶上嗎？
我：噢，可以啊。我的意思是，就只是坐在馬桶上。
瑪麗凱：（憂慮的表情）
我：我不是故意要說光著身子的。
威爾：（兩手抱著頭）噁！
瑪麗凱：瞧你幹了什麼好事。
我：（對著威爾）對不起啦，忘了他光著身子吧，只要想像他坐在馬桶上，但是全身穿著衣服就好啦。
山姆：可是褲子是拉下來的。
威爾：太遲了，我無法把影像從腦子裡消除了。
瑪麗凱：（搖著頭）
我：是數學老師嗎？
瑪麗凱：不要再說了。

亞倫回來了，只過來吃甜點，因為他和蔻拉吃過消夜了。蔻拉是亞倫很喜歡的朋友，她似乎總會講一些有趣／機智的話使亞倫笑。亞倫說蔻拉的腦袋機靈鋒利。他這陣子有點老是「蔻拉說這」，「蔻拉說那」的。

這個蔻拉是個女演員，但是我從來沒聽過有一個女演員叫做蔻拉，我猜亞倫只是故意拗著說，事實上那是卡蘿──我想可能是女演員卡蘿·德林克華特（在電視節目「大地之歌」裡演克里斯多福·提摩西的太太），雖然我無法想像她機靈鋒利。

我：是蔻拉，還是卡蘿？
亞倫：蔻拉，蔻拉。
我：就像「顏色」（colour）的發音嗎？
亞倫：呃，就像那種海洋生物（marine organism）*的發音。

我：很好。
威爾：聽起來有點尖銳。
我：是啊，就跟珊瑚一樣。
山姆：是啊，海洋性高潮（marine orgasm）。
亞倫：是海洋「生物」（Org-an-ism）啦。

　　我好奇亞倫會不會告訴有趣／機智的蔻拉，關於山姆說蔻拉讓人聯想到性高潮。

愛你的，妮娜

譯註：指珊瑚，coral。

親愛的維：

　　現在星期一變得非常忙。我必須去接清潔婦（卡蜜莉塔——她和卡羅與蓓西住在貝賽滋公園）。而且星期一向來是傑茲的洗衣日（他只在一早有課），所以當我們回來的時候，他總是已經抱著待洗衣物在門口等著了。

　　傑茲和卡蜜莉塔非常合得來。傑茲會逗她笑。他問她，我們的房子是不是她所見過最髒亂的房子，還有她是不是認為，做褓姆的，通常也應該要找時間稍微做點打掃的工作，等等之類，惹得卡蜜莉塔哈哈大笑。我拜託他不要再強調我疏於打掃的缺失，但是他們的友誼似乎就是靠這個建立起來的。她很喜愛他，而且可以說，只要他在，她就從來沒有停止過笑聲，然而只要他不在，她就變得相當嚴肅。

　　今晚晚飯時，有額外的客人來訪（威莫斯奶奶、里茲夫婦、拉爾夫婦，和一個自個兒上門的女人，叫做卡洛琳），而且是我的新食譜，佛羅里達甘藍生菜沙拉，對抗亞倫的空心菜與柳橙沙拉。

　　我的沙拉是做來搭配晚飯用的。亞倫的則是不請自來。

　　他的只是一袋空心菜，加上一顆切碎的柳橙，再加上一點橄欖油，和一些研磨胡椒。我的甘藍生菜沙拉材料如下：

甘藍絲
紅蘿蔔絲
洋蔥
一罐柑橘果肉
4大匙沙拉醬
蝦夷蔥

　　我想如果兩客沙拉匿名上桌，我的（沙拉）會有比較多人吃——近來每個人都對亞倫刮目相看，因為他的電視節目很成功，

所以他們當然不會忽略他所做的沙拉。看到我的佛羅里達甘藍生菜沙拉在碗裡還剩下大一堆，亞倫又發表他慣有的食物高論：「你如果用美乃滋或優格，還有或許不要用罐頭柑橘，效果應該會更好。」

我的天，維，瑪麗凱開始像關朵林中學的盧卡斯太太那樣開車了。沿著阿靈頓路開，她一直用第二檔，然後在轉換方向的時候（她甚至轉錯方向。提醒你，萬一你不知道）換成了第三檔。再加上，她整個人貼著駕駛盤。一定因為是新車的緣故（紳寶牌）。希望如此。

我對她說：「我想你的座椅拉得太前面了。」她說：「我不得不，否則我的腳踩不到踏板。」

不應該這樣的。瑞典人都那麼高嗎？

愛你的，妮娜

親愛的維：

　　你不會喜歡這件事的，但總之，我還是要告訴你。

　　是關於盧卡斯（又名傑克）那隻貓。起初，我以為我還滿喜歡牠的，但是後來開始對牠的食物／貓碗反感。因為和貓相處（相對於和狗），實際上你和那隻貓沒太多交流，只是處理貓食、貓碗、殘羹剩飯，和一堆的煩惱——牠還沒有餵飯／進屋／放風啦……牠長蝨子／感冒／脫水啦，等等。加上，牠會鬼鬼祟祟地到處撲殺小鳥寶寶。再加上，自從堅持幫牠改名以後（從盧卡斯改為傑克），我承擔起照顧牠的大部分責任。

　　我在報紙上看見一則廣告：

徵求貓咪

寂寞年老愛貓人徵求成年貓咪（已結紮）

（莫寧頓彎道）

剛失去我的老伴湯姆

電話 xxx

　　我把它大致記下來，告訴瑪麗凱。

瑪麗凱：所以你還在等什麼？
我：我們不應該和山姆和威爾討論一下嗎？
瑪麗凱：然後讓別人搶在我們前頭嗎？
我：好吧。

　　打電話給年老愛貓人，正打算把盧卡斯／傑克送去莫寧頓彎道時，威爾回來了。

威爾：盒子裡是什麼東西？
我：盧卡斯。
威爾：牠死了嗎？
我：沒有，牠要去別的地方住。

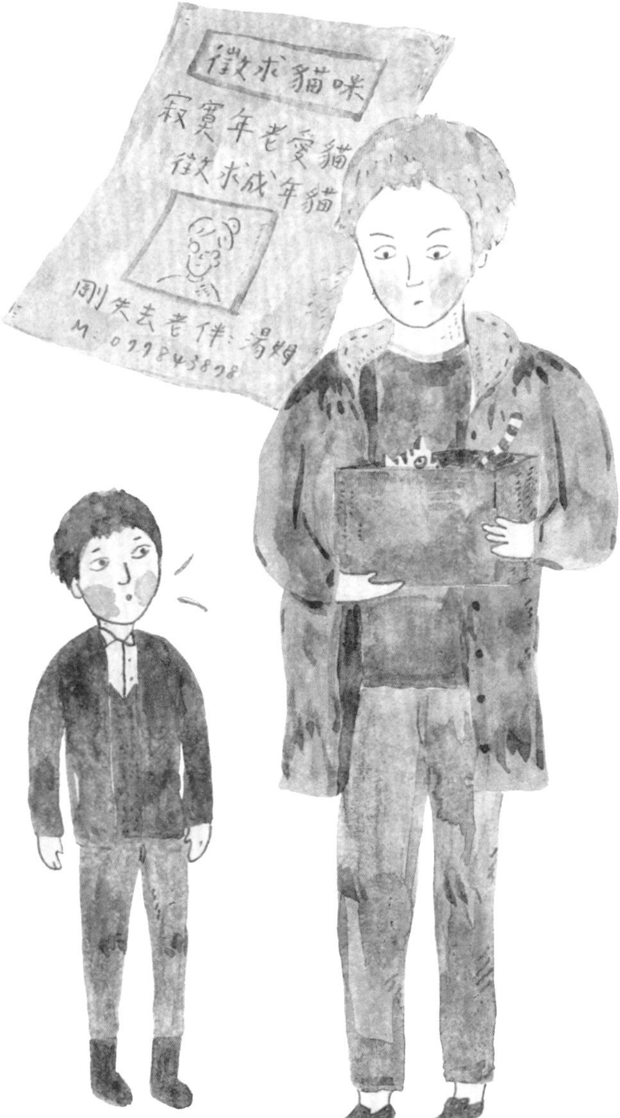
徵求貓咪
寂寞年老愛貓
徵求成年貓
剛失去老伴：湯姆

威爾：你是想跟我説，牠死了嗎？

我　：不是，牠還活著，但是有別人比我們還需要貓。

威爾：你有談到價錢嗎？

我　：有。

　　威爾和我一起去那個女人的家。她馬上就接納牠（盧卡斯／傑克），還説牠長得很帥。她喜歡牠「毛茸茸的手掌」。威爾和我頗為牠感到驕傲。

女人：（輕撫著盧卡斯／傑克）牠叫什麼名字？

我　：傑克。

威爾：盧卡斯。

女人：傑克・盧卡斯嗎？

我　：是，傑克・盧卡斯。

女人：嗯，我會叫牠強尼。

　　我們一時沒説話，女人撫摸著盧卡斯説，「哈囉，強尼。」

女人：（對威爾）我最近才失去我最好的朋友。

威爾：是一隻貓嗎？

女人：是，就是強尼。

威爾：很抱歉。

女人：（面露驕傲之色）牠活到十八歲。

威爾：那在貓的年齡是幾歲？

女人：十八。

威爾：噢。

女人：如果牠是狗，會活得更久。

威爾：噢，抱歉。

　　稍晚。

亞倫：那麼，盧卡斯走了？

山姆：盧卡斯大肚腩，大肥団。

亞倫：山姆！那樣不太好喔。

威爾：就是啊，山姆，不要講已經不在的人的壞話。

山姆：抱歉。

威爾：總之，牠現在叫做強尼。

山姆：強尼？

我：沒了牠，感覺怪怪的。

瑪麗凱：不要胡說了。

山姆：我不要牠叫做強尼，住在莫寧頓彎道——我要你們把他要回來（擺出戲劇化的姿態，兩手抱頭）。

亞倫：那很自然——知道有別人要，就會改變你對某樣事物的感受。

瑪麗凱：我才不會。

威爾：嘿，山姆，那就和牛仔褲一樣。

山姆：（表情認真）噢，天哪，不要提牛仔褲的事了。

我：欸，我們警告過你。

山姆：他們家現在無論早晚都在玩牛仔褲。

我：或許我們可以去借回來。

山姆：你是說盧卡斯還是牛仔褲？

愛你的，妮娜

親愛的維：

　　不會。我不太擔心山姆。因為已經有瑪麗凱了，而且她總是一個人默默承受。兩個人同時擔心同一件事沒有什麼好處，除非他們刻意如此，但是我們不想（除非這樣做有什麼實用價值，然而通常不會有）。到目前為止，我用不同的食物做了不少實驗，看看會不會有不同反應，結果都沒效。除了粥，無論如何都不會有問題。

　　每次我們趕往大奧蒙街醫院的時候，威爾都會擔心。山姆會突然發非常（非常）高的高燒，好像病得極嚴重，於是我們就會衝出門，每當我們抵達那裡以後，山姆似乎又會突然好到沒必要讓醫生擔憂了，然後他們就會說我們又可以回家了。然後我們在那裡就會想，媽的搞什麼鬼！

　　像上次我們去大奧蒙街醫院，山姆在家裡的時候病得（非常，非常）厲害，等我們趕到醫院，他似乎又好很多了。我對他說，「等醫生來的時候，要確定你還在生病。」我知道那聽起來很壞，但事情就是如此。你想要讓醫生看見。他沒有假裝，他們需要看到那狀況。然後，在他們收下他，讓他躺上一台病床，乘電梯上去病房時，他突然坐起來，似乎又好了，我再把他推回床上，我真是累到受不了了。他一直提醒我這件事。他說我當時說，「媽的你門兒都別想。」

　　我確實擔心他的眼睛（那是我的頭號擔憂）。瑪契先生（眼科醫生，蘇格蘭人）很高明。每次只要不放心，我們就去他那裡，而每次總能安心地回家。山姆事後也都會乖乖地戴眼貼一陣子。然而他有點瘋癲（瑪契先生），會說一些奇奇怪怪的話。像上次，他問我們有沒有認識任何叫做瑪莉高德的人，我們說沒有，他說那似乎是一個好名字，好奇還有沒有人用它來替女孩子取名。而且他連續說好幾次（瑪莉高德），直到我們改變話題。

　　另一次，他建議我們拍照的時候，一定要站在台階（或樓梯）的前面，而且把目光集中在拍照者的頭頂正上方，稍微偏

右。這樣可以拍到最好看的相片。

　　總而言之，照顧山姆，並不像真的在照顧一個病人。他只是偶而會發病，不幸的是，通常在晚上。

　　琵琶修眉修出了問題。她從上面拔，修眉從來就不應該是這樣修法──這樣會毀了自然的線條（顯而易見）。修眉的規則：只能從下面拔起。如果你真的要修的話，像我是不修眉的。

　　希望你一切安好。很遺憾聽到捲髮鉗燙傷的事，使用高溫器具總是有危險性（又是在大清早使用）。

　　　　　　　　　　　　　愛你的，妮娜

親愛的維：

我對山＆威開的愚人節玩笑沒有得逞。那是用艾爾斯佩斯的老玩笑「花園裡有一頭大象」做基礎，但是縮小規模，以適應背景是一座非常小的花園。

我：噢，我的天，花園裡有一頭羊。
山姆：（往外看）大概是貓吧。
威爾：（走去法式窗戶旁邊）
我：花園裡有一頭羊。
威爾：你到底在扯什麼啊？
（停下來。然後山＆威又繼續忙自己的事）
我：好吧，那是個愚人節玩笑。
山姆：所以根本沒有羊？
我：沒有，那是個愚人節玩笑。
威爾：簡直胡扯。
我：我媽以前都會說花園裡有一頭大象，我們總是上當。
威爾：但是你說羊。
我：這座花園比較小呀。
山姆：大象會比羊好很多。
威爾：如果是大象就很酷。
我：但是羊比較可信啊。
威爾：你應該說大象的。
山姆：就是嘛。

說過我會煮波隆那（山姆喜歡吃）。先炒熟一些火雞絞肉，然後加入一罐「多味好」義大利麵醬。琵琶總是這樣煮，似乎也還好。（亞倫不在，他在埃及，或約克夏，或某個好幾哩遠的地方，不可能出現在這裡批評這道火雞肉波隆那。）
晚飯時。
山姆：（戳著他的食物）你說波隆那。

我：是啊。

山姆：（仔細觀察）這是波隆那嗎？

我：當然啊。

威爾：（左戳右戳）等等，這是火雞肉波隆那嗎？

我：嘗起來像火雞肉嗎？

山姆：是啊。

威爾：是啊。

瑪麗凱：是不是亞倫不在就會發生這種事？

告訴山＆威我喜歡冷吐司。

我：我喜歡冷吐司抹奶油和柑橘果醬。

威爾：為什麼？

我：使我覺得自己像在旅館裡。

威爾：或在監獄裡。

山姆：監獄裡沒有吐司可吃啦。

威爾：不然監獄裡吃什麼？

山姆：粥。

愛你的，妮娜

1983 年四/ 五月（大選在即）

親愛的維：

　　這邊完全相反——他們**恨**死她的熊心豹子膽（他們稱呼她為柴契爾夫人）。每當在電視上看到她，某人就會説：「瞧，柴契爾夫人」。用作嘔但充滿興趣的口吻。瑪麗凱和亞倫曾是工黨，但現已改投社會民主黨。山姆和威爾以前是工黨，但是現在山姆改為支持社會民主黨。史蒂芬是工黨（顯然），到目前為止還沒更改陣營。山姆和威爾非常嚴肅看待大選。他們想知道你們會把票投給誰。我説你們是環保人士，以便保持中立。昨天山姆問社會民主黨會不會贏。

　　我：不太可能。
　　山姆：（面露憂慮之色）我可能要改回來支持工黨。
　　威爾：你不能一直改來改去——現在我是工黨，你是社民黨。
　　山姆：我要改回來工黨。
　　威爾：不行。
　　山姆：可以，我就是要改。我又是工黨了。
　　威爾：你的窗戶上貼了社民黨的貼紙。
　　山姆：我會把它撕下來。
　　威爾：我要打給媽。（打電話）山姆，媽要跟你説話。

　　講完電話以後：
　　我：瑪麗凱説什麼？
　　山姆：她説我應該誠實面對自己的信仰。
　　威爾：無論那是哪門子東東。
　　我：你的信仰是什麼？
　　山姆：我相信保羅·羅西（義大利足球明星）。

愛你的，妮娜

PS　努內來回奔波於艾肯漢地區幫工黨拉票。挨家挨戶敲門，問人家要投給誰，如果必要，就會努力說服對方轉向。

親愛的維：

威爾感冒了，昏沉沉地待在家裡。今天就這樣打發。

威爾：你帶山姆去打點滴的時候，我要做什麼？
我：你可以跟我一起去，或者我可以拜託亞曼達過來陪你。
威爾：你要怎麼去？
我：那得看你有沒有要跟我去。
威爾：如果我要去呢？
我：開車。
威爾：如果只有你去呢？
我：嗯，開車。
威爾：所以，就是開車囉？
我：可以走路，但是那會比較久，亞曼達可能沒那麼多時間。
威爾：所以，就是開車囉？
我：可以走快一點──或者我們可以一起走過去，天氣這麼好，而且說不定可以讓你的腦袋清醒。
威爾：我已經喪失興趣了。只要告訴我，什麼時候要去……或者不去，就行了。

在學校門口。

威爾：我可以進去嗎？
我：不行，你生病了，在這邊等。

在校內遊戲場。

山姆：威爾在車子裡嗎？
我：沒有，我們走路來，他在校門口。
山姆：我們可以過去看他嗎？
我：不行，他生病了。
山姆：但他是走路來的啊。
我：為了吸收一點新鮮空氣呀。
山姆：我不能跟自己的弟弟說一聲哈囉嗎？
我：不行，他生病了，他不要被打擾。

山姆：他拒見訪客嗎？

在校門外。

威爾：吼！好個山姆，完全不理我。

在家中。

威爾：我現在覺得比較好了——我可以去找羅伯特嗎？
我：不行，他喉嚨痛沒去學校。
威爾：我也沒去學校啊。
我：你們兩個都生病了。
威爾：我覺得比較好了。
我：他可能沒有。
威爾：你為什麼要把我和其他人隔離？
我：要不然我會看起來不負責任。
威爾：你是不負責任。
我：我不要看起來不負責任。

愛你的，妮娜

親愛的維：

　　對瑪麗凱提起我有多討厭那個魚販。
　　我：我不喜歡那個魚販。
　　瑪麗凱：你怎麼會不喜歡那個魚販？
　　我：我就是不喜歡。
　　瑪麗凱：他有什麼不好嗎？
　　我：和他做生意很棘手。
　　瑪麗凱：就跟魚一樣。

　　後來又進一步討論這件事：
　　瑪麗凱：問題不在他，在你。
　　我：不是，是他。
　　瑪麗凱：是你接觸他的方式。
　　我：例如說？
　　瑪麗凱：先不說別的，光腳丫就是個問題。

　　我不同意。我認為那個魚販故意要惡整不太懂魚的人——例如我。他濫用權力。後來，我們在看一部影片，電視播出一段音樂，我們都不喜歡那段音樂。

　　山姆：我討厭這個音樂。
　　威爾：我也是。
　　山姆：音樂那樣弄，我討厭。
　　威爾：怎樣弄？
　　山姆：使那部片看起來好像很悲傷。
　　瑪麗凱：我想它的意思是要快樂。
　　我：那是曲調快樂，但實際上卻很悲傷的影片。
　　山姆：對。
　　我：我討厭情緒性的音樂。
　　瑪麗凱：比你討厭那個魚販多？

　　　　　　　　　　　　　　　　　　愛你的，妮娜

親愛的維：

　　昨天一如往常在拉爾家喝茶。我不知道為什麼感覺總是這麼好。反正就是如此。在場有約翰·拉爾、安喜雅，和他們的兒子克里斯——他是山＆威的好朋友，和他們一起上安娜·謝爾學校（兒童戲劇班）。通常還會有卡羅和蓓西，再加上幾個不固定的其他客人。喝的茶時好時壞。蛋糕餅乾很好吃（蓓西做的？），而且在場的人也都很好，大概因為大多數都是美國人吧，雖然安喜雅不是，她卻是所有人當中最好的。但是那裡的茶經常令人倒胃口，味道像樹皮，如果你加牛奶進去，嘗起來像洗碗水。飲料要不是這個，就是橘子水，或者牛奶——附把手的寬口杯斟。

　　約翰總會提出話題，供茶桌上的人討論。每個人都會加入發表看法。包括我。他喜歡知道每個人最近在做什麼。看了什麼電影或戲劇，或者，看了什麼電視節目或書。然後他想要知道你的觀感（對那部戲、電影、書，或隨便什麼的），而且他真的有興趣知道你是不是認為那個男演員／女演員很有趣。

　　即使在屋內，他都穿著夾克（蘇格蘭呢，米色，稜紋布，或方格紋花）。從來沒看過他不穿夾克，甚至天氣暖和時。除非他暫時脫下，但他會把它搭在肩上，手指頭勾在衣領圈圈上。還有，他剛剛寫了一本書，是關於劇作家喬·奧頓，以前住在萊斯特的薩芙隆道，接近豬肉派圖書館。

　　總之，他們人很好，我們都喜歡去那兒，而且他們很喜愛瑪麗凱，老是說她有多聰明，多貼心。如果她聽到一定高興死了。

　　週二打電話給我吧。我希臘去定了。我知道講這話有點遲，但是你要一起去嗎？星期二電話上討論。

愛你的，妮娜

PS　安喜雅說我有她所見過最好看的腳，而且她對我有能力不穿鞋甚感驚奇。而對於我的腳指頭從來不會被木樁戳到，她覺得太神奇了。我沒告訴她我有（被木樁戳到腳指頭）。我只是接受她的讚美。

親愛的維：

　　這裡屬於硬水區，雖然沒有漂白劑的味道，但頭髮絨絨的人比較不那麼絨（對我來說很好，但是對頭髮粗、厚的人就不好）。有的人使用濾水壺那種東西，但老實說，有點麻煩。你必須不斷加水，那很容易忘記。而且，如果你加得太快，水就會從頂上溢出來（換句話說，就沒有經過過濾），所以，就失去意義啦。再加上，如果房子裡的其他東西都又漂亮又迷人，你為什麼要擺一個醜陋的塑膠壺在那裡？你當然不要。

　　試著綁側邊馬尾的髮型。相當短，但是只在一邊側邊（低低的）。看起來還好，但是無法決定這算是有風格，還是古怪。

　　瑪麗凱：發生了什麼事？
　　我：我在試側邊馬尾。
　　瑪麗凱：結果呢？
　　我：無法決定是看起來古怪，還是有風格。
　　瑪麗凱：可能兩者皆非，也可能兩者皆具。

　　威爾成功的耍了山姆和我。電燈和電視突然都熄滅。

　　威爾：（拿一把手電筒照來照去）狗屎，停電。
　　我：你剛剛把電源關掉嗎？
　　威爾：你為什麼這麼想？
　　我：就在停電之前，你帶了一把手電筒進去工具室。
　　威爾：我有預感，所以先跑去尿尿。

　　山姆和我去 57 號。看見一籃洗好的衣物，全都折疊得整整齊齊，最頂上的一件是努內的四角內褲（條紋，熨好的）。我把它丟向山姆，山姆把它丟回來，最後飛出窗戶（在二樓）。原來是有意要讓它掉在花園裡的努內和湯姆頭上，但是被樹枝纏住了。

　　然後昨天和努內去國家藝廊。他喜歡那裡（宏偉的景觀）。我們參觀完所有藝術品以後，他把我騙去入口階梯旁的一面高牆

後面，把我的長褲扯下來。周圍都是人潮。我穿著米老鼠內褲。

> 我：你怎麼可以在公共場所做這種事？
> 努內：我可沒享受到什麼樂趣——只是以牙還牙罷了。
> 我：我完全沒有防備。
> 努內：所以才是攻擊的良機啊——如你所知。

希望你安好。盡可能快來吧。否則就我去你那兒喔。

愛你的，妮娜

....

1983 年五月

親愛的維：

亞倫開始隨身帶一小罐啤酒來這裡（儲藏式啤酒）。

> 我：為什麼不多帶幾罐過來，然後把它們留在這邊的冰箱裡？
> 瑪麗凱：他一次只拿得動一罐。
> 亞倫：這拿在手上很冰耶。
> 瑪麗凱：戴手套啊。

威爾收到新的跑步鞋。白中帶綠。我喜歡那個包裝盒。

> 我：我要留下這個盒子。
> 瑪麗凱：怎麼回事？
> 我：只是一個盒子啊。
> 瑪麗凱：你前幾天也留了一個。

我：那是一個袋子。

瑪麗凱：又盒子，又袋子——幹嘛，準備離家出走嗎？

傑茲給山姆一枝性感筆。把頂端一壓，女人的胸罩就會不見。我們都很喜歡，一直去壓頂端，好看胸罩消失。

瑪麗凱：不要帶去學校。

山姆：為什麼不行？

瑪麗凱：你的老師會把它沒收。

山姆：什麼意思？

瑪麗凱：她會把它從你手裡拿走。

山姆：她才不會想要呢。

瑪契先生，山姆的眼科醫生，曾經建議我做鼻子整形（他有一個朋友是整形醫生，在同一棟大樓裡看診，他很樂意介紹我認識，他說）。瑪契先生認為我把鼻子整一整會變得非常漂亮。告訴努內這件事。努內認為瑪契先生試圖幫他的朋友拉生意是很要不得的事，而且人們不應該胡搞大自然賜給他們的原貌——除非對生命造成威脅。

我和傑茲 14、15 號日回來。我將教他開車。用那輛紳寶做過操練了，但是他沒有保險，不能開動引擎，除非我們不是在大馬路上，這在 NW1 區是不可能的。他們家這裡沒車道。除了亞倫家，可是他的車道有車子佔著。

愛你的，妮娜

親愛的維：

　　我們考慮取消牛奶配送，改到大超市去買盒裝牛奶。亞倫試圖說服我們不要這樣做，說我們應該支持送牛奶工人（不計代價），否則以後就不會有送牛奶工人了。這裡的送牛奶工人每天一早把我吵醒，瓶子鏗鏗鏘鏘，浮台咿咿嗚嗚的。事實上，如果撞他走，我不會傷心。但是我懂亞倫的意思，他們對社區有幫助，會幫忙察看老人。會注意門階上有牛奶漬，避免某人跌倒，以及小心牛奶沒有人拿進去。

　　從一九八一年以後，瑪麗凱就沒有再收到牛奶帳單，如果剛好在門階上碰到送牛奶工人，她會告訴他這件事，他就說他會回去查帳簿。可是帳單依舊沒來。也許有人幫我們付。就好像有人在幫我們養貓一樣。

　　還有，我們收到的是那種矮胖的小牛奶瓶。我想現在到處都是這種瓶子。以前那種長長瘦瘦的瓶子不見了。記得上面有浮雕字樣（「柯比 & 威斯特」）的那種。說不定就是這種矮胖的小牛奶瓶，才使得人們想改去大超市買盒裝牛奶呢？只是盒裝的會比不怎麼高明的瓶裝好嗎？也不見得。

　　在上人行道的時候，山姆不小心讓湯姆跌出輪椅。他回到家，激動得不得了。

　　我：發生了什麼事？
　　山姆：很糟糕，湯馬林的輪椅撞上一輛機動腳踏車，翻過去，湯姆跌到街上，機動腳踏車也倒下來。
　　我：噢，老天，湯姆沒事吧？
　　山姆：沒事，我想，他沒有受傷。
　　我：可憐的湯姆。可憐的你。
　　威爾：可憐的機動腳踏車。

　　十五分鐘以後。
　　山姆：我們應該去瞧瞧他嗎？
　　我：湯姆嗎？

山姆：是啊，看看有沒有人扶他起來。
我：什麼？他還在那裡？
山姆：大概，也許，我不知道。
我：什麼，你把他留在那裡？
山姆：是啊，我回來找你。
我：可是，山姆，你剛吃了一個花生醬三明治。

湯姆人在家裡。他有大聲呼救，有人幫忙扶他起來，然後他自己推輪椅回家。他覺得沒什麼（他反而擔心山姆）。

愛你的，妮娜

………

親愛的維：

琵琶帶著新男友到處炫耀。山＆威因為他穿的 T 恤上印的字而喜歡他。威爾跑上樓，去穿上自己的趣味 T 恤（「登記有案小便藝術家」）。新男友竟說，他以前見過一件一樣的。真不會說話。

琵琶似乎一頭熱。實在看不懂為什麼。那個新男友似乎對自己很滿意，老用手把自己的眼鏡往鼻子上推。完全沒有必要。你沒有意識在做，卻會使旁人看了要抓狂的習慣動作，而且那會造成黑頭粉刺（因為一直碰鼻子）。昨天她告訴我，他有這個怪癖。他每天都必須打手槍，否則睡不著覺。

我：老天！
琵琶：是啊，但是說句公道話，他都是自己來。
我：什麼，那你們有，你知道，做那個嗎？
琵琶：不，我們不做。

我：但是你們是男朋友跟女朋友不是嗎？
琵琶：我們的關係是建立在文化基礎上，我甚至不必刮腿毛。

告訴瑪麗凱關於他和那件事。

我：他無法入睡，除非有射精。
瑪麗凱：噢，**這樣啊！**

愛你的，妮娜

PS 我與山 & 威的一種新暗號。如果認為某人很煩，我們就用手指敲桌面。這很好玩，特別是當瑪麗凱的朋友在場的時候。他們聊這聊那，我們就會敲手指，大笑。有一次，瑪麗凱甚至說，「你們在敲什麼敲啊？」然後我們說，「沒什麼」，但是開懷大笑。我把祕密告訴海倫，這真是遺憾，我很後悔，因為後來她和瑪麗凱在聊金格‧雷恩哈特（總共只有七根手指頭的比利時吉他手），雖然一開始蠻有趣的，但後來沒完沒了，那時我真想對山 & 威敲手指，可是因為海倫知道暗號，所以我沒辦法。威爾想出一種似敲非敲的手法，要表達相同的意思。但規則是，不可以告訴任何人。很顯然地，除了你以外。

親愛的維：

　　我和附近的兩名褓姆成為朋友。琵琶和亞曼達。琵琶自稱「寄宿學生」，而非褓姆——不知道為什麼。有可能「寄宿學生」聽起來比較年輕，因為她年紀比較大一點（大約二十四歲）。你可以看得出來，琵琶花很多時間在選擇穿什麼，而且，她有無限量供應的各色長褲（包括一件條紋狀的，和一件其中有一邊腿從上到下都繡了花的）。

　　亞曼達人好又有趣（她也認為我人好又有趣），而且她喜愛山姆和威爾，也認為他們人好又有趣，他們也喜歡她——再加上，她總是穿同一條舊牛仔褲。

　　如果亞曼達沒邀琵琶同行，自己出現在這裡，她就會盡量不坐在窗口附近。我想這有可能是因為，琵琶有點霸道，她不喜歡亞曼達自己來這邊（沒有琵琶同行）。然而有一天，琵琶自己一個人來訪（她帶了個小嬰兒，名叫朱利安）。那不是預先約好的——她突然探進廚房的窗口，發出「呦——呼」的呼叫聲。我要求琵琶（很有禮貌地）以後不要對著廚房的窗口呼叫，而要像其他人一樣按門鈴。從此，她便沒有從被告誡的心情當中完全恢復過來。後來，因為朱利安寶寶需要某樣東西，使得她不得不離開。那天她就穿著那件條紋長褲，那條長褲背面，視覺效果不甚佳，很像錯視畫。

　　此外，還有一個叫努內的，他是湯馬林家新來的志願幫手（舊的那個已經到期）。他非常有自信，愛開玩笑，對湯姆有好處，但將會需要一點時間來適應。然而，努內有個擾人的習慣，他會突然對著你大笑——可能令你倉皇失措。例如，只是出於閒聊，我問他，有沒有什麼嗜好，他突然爆笑，彷彿我說了什麼會叫人大笑的妙語。我一定看起來很震驚吧，因為他緊接著說，「抱歉，沒有，我沒有什麼嗜好。你呢？」然後，我說，「沒有，我也不算真的有什麼嗜好。」所以，這就是未來可能和這名幫手交手的狀況。似乎會有點辛苦。

不過公允地說，他也告訴我們一件有關他自己的趣事。他第一晚和克蕾兒、麥可、和湯姆一起吃晚飯的時候，有一盤要給大家分享的開胃菜，是煙燻鮭魚附檸檬片，當盤子被傳到努內那裡時，他把它都吃光光（整盤），然後說，「真好吃」。

　　克蕾兒說，「噢，那鮭魚是要給我們四個人分的，算了。」然後，他們接下來吃燉鍋，可是那時努內已經太飽，吃不下了。

　　總之，我認為他對湯姆有好處。如果不然，他只會在這裡待六個月。

愛你的，妮娜

PS　此外，就朋友方面來說，羅勃史密斯中學那個神祕 C 在羅翰普頓上大學，還有和傑茲中學高年級同學的海倫，在西倫敦上大學。

1983 年夏天

親愛的維：

　　他們從法國回來了，瑪麗凱和威爾兩個人曬得和漿果一樣黑。山姆沒有曬黑，但是很高興回家了，生活得以恢復正常，他的頭髮需要修剪。琵琶正在和她照顧的小孩收成花園裡的紅蘿蔔和初學者蔬菜。她很驚訝我們這邊都不做（任何廚房園藝），於是針對這件事哇啦哇啦講個不停。

> 琵琶：（哇啦哇啦）自己種紅蘿蔔很令人興奮呢。
> 我：很好。
> 琵琶：你有試過和山姆及威爾做園藝嗎？
> 我：他們太忙了。威爾在寫一本小說，山姆是個演員。
> 琵琶：但是他們好像看很多電視。
> 我：為了靈感啊。
> 琵琶：看撞球節目？

　　我被她搞得很煩，一面強辯，但同時也自忖，「為什麼我不能替一個她那樣的家庭工作，享受種植紅蘿蔔的樂趣？」55 號這一家，不是看電視就是看書，除非要去某個地方，否則沒有人要出門。而琵琶得以大啖自家種的小蘿蔔，製作蔬菜小娃娃人，參加節日比賽，贏得年度裸姆的美名，我卻得和一顆球、幾名不良少年，以及湯姆・湯馬林一起觀看撞球節目，還有在停車場瞎耗時間。亞倫今晚在晚餐後來訪。他不要任何吃剩的派。為了某種原因，顯得過度興奮。然後又提早走。我覺得他好像有特別打扮。但是他有打扮和沒打扮，看起來都一樣，所以誰知道？

> 我：班奈是不是有點打扮啊？
> 瑪麗凱：沒有吧，他向來就是那個樣子。
> 我：他的衣領看起來沒那麼皺。
> 瑪麗凱：我從來不看下巴以下的地方。

希望你一切安好。帕特爾那件事令人驚奇，既悲哀又快樂（讓人感受強烈，像一則短篇小說）。

愛你的，妮娜

PS 很遺憾聽到撞車的意外。對於擦撞，你能對自己說的就是「一切有可能更慘重」，本來就很有可能（而且有時候真是如此）。這也是一次學習的機會。

. . . .

親愛的維：

今晚很興奮。亞倫和羅素‧哈帝來訪。雖然這個時間喝茶很怪，但我們還是喝了。沒有人提晚餐的事，似乎還太早，但是我們吃了巧克力消化餅乾。羅素‧哈帝很風趣，他說了一個笑話，但是不願意脫下外套。他的笑話是有關莎士比亞和一名飾演奧菲莉亞（《哈姆雷特》角色）的演員（沒人聽得懂，除了瑪麗凱，她微笑發出噴噴聲）。我們也告訴他我們的笑話。

威爾：禿頭男／梳子／我永遠不會與它分開。[1]
山姆：兩名飛行員／特技飛行。[2]
瑪麗凱：你有很「厲害」的妄想症／我是來尋求醫治，不是來接受景仰的。
亞倫：醫生，醫生／我們需要雞蛋。[3]
我：我的意思是要說把鹽遞給我／滿腹心機的賤女人，你毀了我的人生。[4]

總之，羅素‧哈帝似乎比電視上看起來聰明，也比較瘦，而

且愛說「東東」（意思就是「東西」），我們都很喜歡。但是他堅持不脫外套──如前所述。

愛你的，妮娜

PS　Marks & Spencer 巧克力消化餅乾。非常鬆脆，但你仍能感覺到一顆顆的糖粒。

1　譯註：這個笑話如下──聖誕節，禿頭男收到一樣禮物是梳子，他說，「I'll never part with it.」這是一句雙關語，有「我永遠不會與它分開」的意思，也有「我永遠不會用它來分梳（頭髮）」的意思。

2　譯註：這個笑話如下──某地每年節慶都有滑翔機特技飛行表演，觀眾若繳錢，也可坐上飛機過一下當飛行員的癮。某嗇內男想過過癮，吝嗇太太不准，說太花錢了。就這樣一年又一年，每年太太都不准。一直等到這名嗇內男已經七十歲了，又央求太太，太太還是不准。飛機師聽到，很同情這位老先生，就說，我讓你們兩個都上飛機過過癮，如果你們全程都沒有發出聲音，就免收錢，如果有人發出聲音，才要繳費。嗇內太太覺得划算，就答應了。於是兩人登上飛機客串飛行員。飛機師迴旋翻轉，極盡特技飛行之能事，終於結束降落地面以後，他驚異地回頭問嗇內男，咦，你們好厲害，怎麼一點聲音都沒有？嗇內男回答，飛上去以後沒多久，我太太就掉出去，我本來想要叫的，但是一想，太花錢了，所以就不敢出聲了。

3　譯註：這個笑話如下──一個傢伙走進心理醫生診所說，醫生，醫生，我弟弟瘋了，他以為自己是一隻雞。醫生說，那你為什麼不把他帶來？那傢伙說，我本來想帶他來的，但是我們需要雞蛋。

4　譯註：這個笑話如下──某男子坐在巴士上，一臉羞慚。隔壁的男子問他怎麼了？他說，他買車票時看見售票小姐雙峰雄偉，一時心慌，本來要買一張票去匹茲堡，卻說成要買兩張票去奶子堡。隔壁男子聽了大笑說，不必難過，我們都會犯佛洛伊德式的錯誤，會在無意間把心裡偷偷想的說溜嘴。像今天早上和我太太吃早飯時，我的意思是要說把鹽遞給我，卻在無意中說，「媽的滿腹心機的賤女人，你毀了我的人生。」

親愛的維：

　　蜜絲媞刮毛了。她是為了給男朋友驚喜，但是他不喜歡她刮了毛以後的樣子。說那不符合他的期待（？）。她以達觀的態度面對，但是說那股癢勁（毛重新長出來的癢）簡直要把她逼瘋。她在使用一種紓解藥粉。而且勸告我們絕對不要試（刮毛）。如果能讓時間倒轉，她一定不會做（把時鐘逆轉）。

　　我們討論浴室裡的例行事項：蜜絲媞說她每兩天刮一次腿毛（整條腿）。琵琶不在乎腿毛，但是對刮腋毛是虔誠奉行。我則是自從在法國住過以後，就不管腋毛了，在法國，**不刮腋毛**是正常的。蜜絲媞說我不應該太受那邊的所見所聞影響，特別是我現在住在英國，而這裡的男人討厭體毛多的女人，寧可女人全身光禿無毛（除了頭部）。**我確實受法國影響**，尤其因為用刮鬍刀刮腋下，是一件很難搞定的工作。

　　記得有一次蜜絲媞和琵琶一起吃早飯。正當其他人吃「卜卜米」早餐穀片的時候，琵琶坐在那裡用一根「比克」刮鬍刀刮腿毛，還乾刮咧，就在餐桌前。蜜絲媞說害她早飯都嚥不下去了。

　　這使我想起來：我們都很嫉妒你能去「維多麥」早餐食品工廠參觀，也不是說我們是「維多麥」的大主顧啦，只是瑪麗凱喜歡出去玩，而山＆威喜歡工廠。

瑪麗凱：他們真幸運。
威爾：去那裡可以看見什麼？
瑪麗凱：「維多麥」。
亞倫：製造過程。
威爾：酷──就像《查理與巧克力工廠》。
我：說不定可以贏得一輩子免費的「維多麥」喔。

　　瑪麗凱吩咐我去幫威爾的跑步鞋買些除臭劑。我討厭去買像那一類令人難為情的東西。我說威爾應該自己買，但是他說討厭

進去「布茨」藥妝店，所以，其餘免談，他還說，他把跑步鞋放在窗台上透透氣就行了。我問威爾他為什麼討厭藥妝店。他說不出個所以然來。我猜就是因為那潛在的不好意思。對我來說，就是這原因（碰見你認識的某人，正好拿著某種小樣品或解決某種私人問題的解方）。

> 瑪麗凱：你有去幫威爾的臭跑步鞋買那個東西嗎？
> 我：我給跑步鞋灑了粉。
> 瑪麗凱：灑粉？灑什麼粉？
> 我：我買了一些滑石粉。
> 瑪麗凱：如果你去買了滑石粉，為什麼不買跑步鞋除臭劑？
> 我：適合威爾跑步鞋尺寸的賣光了。

隔天，瑪麗凱從她的袋子裡抽出一包巨型的除臭劑。

> 我：看起來太大了。
> 瑪麗凱：把它修剪到適合的尺寸啊。
> 我：（對瑪麗凱）聽起來跟你的工作很像。

祝你的「維多麥」工廠之旅愉快。

愛你的，妮娜

親愛的維：

用垃圾袋帶兩個枕頭去公園道自助洗衣店洗（用特大容量洗衣機）。山姆在枕頭上留了嘔吐的痕跡（沒有多到把枕頭毀了，但也不容忽視）。

洗衣店的女人說，枕頭的填充物可能會被洗壞，但是為了保住枕頭，值得一試。洗出來很乾淨，但是裡面結成一塊一塊的。洗衣店的女人說，可以用烘衣機把它鬆開。確實改善了一點點，但是沒有原先那麼蓬鬆了，形狀也變得不一樣。雖然再也不如從前好，但是聞起來香香的（Daz 洗衣精的味道）。總之，不知怎地，枕頭最後落到瑪麗凱的床上。瑪麗凱把枕頭帶下來給我看和討論。

瑪麗凱：這兩個是什麼？
我：枕頭。
瑪麗凱：沒錯，但是為什麼變成我的？我平常在用的枕頭呢？
我：山姆大概拿了你平常在用的那兩個。
瑪麗凱：所以這兩個是什麼？
我：我想它們可能是我洗過的那兩個。
瑪麗凱：你洗過？
我：我拿去自助洗衣店洗。
瑪麗凱：這是可以洗的嗎？
我：不算真的可以啦，但是如果不洗，就毀了。
瑪麗凱：已經毀了。

如果由我來購物，我會基於香味和方便（每次只需一點點份量）買 Daz 洗衣精，但是瑪麗凱老愛買我不喜歡的 Persil 牌。那聞起來像過熟的西瓜。此外，我寧可在屋外有曬衣繩可用，但是這邊不流行這種東西。我們在工具間有「希菈女佣」曬衣架和一台烘衣機。

琵琶的頭髮搞了新花樣。

我：你去游泳了嗎？
琵琶：（頭髮溼答答的）沒有，為什麼這麼問？
我：你頭髮溼溼的。
琵琶：不是啦，我在用一種會讓你的頭髮看起來溼溼的慕斯。
我：為什麼？
琵琶：我頭髮溼溼的時候看起來最好看。

稍晚。

我：琵琶在用一種會讓頭髮看起來溼溼的慕斯。
瑪麗凱：什麼看起來溼溼的？
我：她的頭髮，她認為她的頭髮溼溼的看起來很好看。
瑪麗凱：用水不能就潑溼嗎？

我打算下一次見面，就要這樣子對她說。

告訴瑪麗凱，琵琶認為塞衛生棉條的時候，必須把一條腿跨在馬桶上（說明書上的女子這樣做）。瑪麗凱說似乎滿合理的。

瑪麗凱最近常穿一件半像開前襟羊毛衫、半像披肩的東西。看起來很舒適，但是很舊了。

希望你和所有人一切安好。

愛你的，妮娜

83

親愛的維：

　　我無法分辨麥可‧訥弗是精神有問題，或者只是與眾不同。一方面，他閱讀《倫敦書評》，而且是什麼學的博士，另一方面，他今天早上跑來，問可不可以在這裡播放一張他剛在崁頓高地街「唱片與錄音帶交換」商店買的唱片。

　　（在瑪麗凱的客廳。播放著嘹亮的音樂。）

　　訥弗：（隨著唱片唱和）「小紅色跑車，寶貝，你的速度太快了」──棒極了，不是嗎？

　　我：還好。

　　訥弗：他是在對這個小妞兒說：「慢慢來，寶貝」──他們即將在車子裡打炮。

　　我：是喔。

　　訥弗：你的朋友（指卡蜜莉塔，她拿掃把掃樓梯）喜歡嗎？

　　我：她是卡蜜莉塔，清潔婦。

　　訥弗：是，我知道，她喜歡王子*嗎？

　　我：我怎麼知道？

　　訥弗：「小紅色跑車，寶貝，你的速度太快了」

　　（一邊唱一邊跳舞）

　　我：你要喝茶嗎？

　　訥弗：「小紅色跑車，寶貝，我早應該明白，小紅色跑車」──不要，親愛的，我等一下還要去上班。

　　我：好吧。

　　訥弗：我只是想跟你分享這首他媽的天才好歌

　　（又把唱片再播放一次）

　　事後，我讓卡蜜莉塔知道，訥弗是瑪麗凱的朋友，不是我的朋友。卡蜜莉塔和卡羅、蓓西住在一起，我不要在他們心中留下壞名聲。他們喜歡我。他們甚至曾經說，我的到來是「一件好事」。再加上，他們是拉爾家的朋友，拉爾家認為我有一雙好腳。

我：剛才那位是麥可。

卡蜜莉塔：喔。

我：他是瑪麗凱的朋友。

（卡蜜莉塔點點頭）

我：他不是我的朋友，他是瑪麗凱的朋友。

然後傑茲跑來。

我：噢，傑茲來了。

卡蜜莉塔：來用洗衣機。

我：是。

卡蜜莉塔：你哥哥？

我：也是瑪麗凱非常好的朋友。

（卡蜜莉塔微笑）

愛你的，妮娜

PS 《倫敦書評》——不僅僅是關於書，也對世界大事等等，發表高深的評論。你必須是博士才讀得懂，或者至少必須是專業的知識份子。

······

親愛的維：

　　週末時，我們一度討論誰要載威爾去伊斯林頓區的巴恩斯貝利，探訪同校的朋友。這個男孩子說，他抓到一隻蜘蛛，有薩摩蜜柑那麼大。蜘蛛結凍在冷凍庫的一塊大冰塊裡。

* 　譯註：指藝名「王子」的已逝搖滾樂歌星。

威爾想去看，但是他不怎麼喜歡那個男孩，而我和瑪麗凱對於只為了看蜘蛛開車去巴恩斯貝利意願並不高。只有我對那個地方（巴恩斯貝利）還滿好奇的，心想那可能是一棟大豪宅（結果不是，雖然是伊斯林頓區的高級地帶，但是人行道狹窄，而且沒有停車位）。

　　亞倫認為那是吸引人家去他家玩的技倆。瑪麗凱同意，但也覺得「相當值得讚賞」。顯然，把東西凍在冰塊裡，是使假東西看起來像真東西的好辦法。所以，有可能／很可能那隻大蜘蛛是像威爾在玩具店看到，而且考慮要買的那種塑膠蜘蛛。我這樣告訴威爾，他同意可能不值得為此跑去巴恩斯貝利一趟。後來他打電話給巴恩斯貝利那個男孩，直接問他蜘蛛是不是塑膠的。男孩坦白承認，甚至說，那隻蜘蛛是從玩具店買來的。威爾非常滿意。我們也都很滿意。

　　結果我們沒去巴恩斯貝利。反而去了玩具店。

　　琵琶交了一個新朋友叫做薇。不是紫羅蘭（Violet）最前面的那兩個英文字母（Vi），而是法文代表「人生」的那個字（Vie），發音唸成「薇」（Vee）。她交了一個美容師朋友叫做梅爾，現在又結交了薇，是個女演員。

　　她（薇）演出一齣改編版的《天鵝湖》，他們在劇中相互潑水，而且天鵝在水岸上折斷了某人的臂膀（使劇情貼近現代情境）。還要求觀眾參與。琵琶說如果沒戴浴帽，你有可能會被潑溼。我提醒她，她頭髮本來就是溼的，因為用了那種使頭髮看起來溼溼的慕斯。她解釋，看起來溼溼的頭髮，其實摸起來完全是乾的。它只是看起來像溼溼的而已，所以她去看那齣《天鵝湖》的時候，非得（別人不說，竟然是她）戴浴帽不可。把看起來溼溼的頭髮真的潑溼，結果會等於毛燥的頭髮（換句話說，就是乾的頭髮），聽起來好像負負得正。

愛你的，妮娜

PS　那種慕斯叫做「潮顏」。她以前都是用「工作室系列」產品，但是那個牌子會使她的頭髮乾燥鬈曲。

親愛的維：

　　你喜歡打字機嗎？瑪麗凱給我一台（借我的）。很爛——你應該瞧瞧。我喜歡打字機，但問題是，用它，我就無法思考。就像現在，我試圖寫信給你，但寫不出來。沒什麼新鮮事可寫。

　　　　　　　　　　　　　你誠摯的，妮娜·史提比

....

親愛的維：

　　沒錯，打字機算是場災難。祕訣在於，要學會不看鍵盤打字，那樣你就可以一邊打一邊想，而不必老是想著 T 鍵在哪裡。

　　老實說，我正試著寫一本小說。剛讀完一本很棒的小說，心想我也可以輕而易舉地寫一本（半自傳性）。我正想拿一點提綱和寫好的幾頁給亞倫看時，亞曼達（街另一頭的褓姆）問我能不能請亞倫觀賞一下她的表演，並且給她一些建議。她想要進戲劇學校，但已被拒絕過一次了，這次想做好。她非常熱衷（進戲劇學校）。亞倫同意幫她看（他說：「不知道為什麼她要找我，求助於我毫無希望」）。但他喜歡亞曼達，想幫她忙，所以就過來了，他們在廚房。我也必須在場（很不幸）。她表演某齣戲的一小段：一名年輕女子誤入僕人的作息區，看見男管家沾滿泥巴的靴子，啟動了性覺醒，於是和她的父親對抗。大概是這樣（瑞典劇）。我忍不住發出笑聲。

　　亞曼達：這不是喜劇。
　　我：人家只是神經質呀。
　　亞倫：得了，妮娜，正經點。

　　她又表演另一齣戲的其中一幕。隨劇情進行，她撥弄一朵

花，以加強戲劇效果。

亞曼達：我要扯掉這朵花的花瓣，以顯示內心的狂亂。
亞倫：好喔！

她演一名有毒癮的女人，兒子和她正面衝突，稱她為「毒蟲」。我負責讀兒子的對白，我必須說：「你是個毒蟲」，然後她就開始抓狂。看著亞曼達在廚房裡撕扯花朵，用美國口音對我大吼大叫，同時亞倫在一旁啜飲菊花茶，超詭異。今天是星期二，瑪麗凱提早回家，她站在樓梯口好一會兒，在那裡聆聽。我看得見她的腳。便喊她下來。

瑪麗凱：這是怎麼回事？
我：亞曼達在表演給亞倫看。
瑪麗凱：為什麼？
我：她要人家替她的表演提供意見。
瑪麗凱：噢，原來。提供你一個建議，不要再撕那朵花了。
亞曼達：這是輔助道具。
瑪麗凱：沒有效果哇。

我不知道亞曼達的演技有多好，總之，亞倫十分鼓勵她，說會幫她寫推薦函給戲劇學校（說她充滿熱情和想法）。她很快就要去試鏡了。所以我們等著瞧吧。她決定捨棄花朵不用。等這一切都平靜下來以後，我會把我的小說第一章拿給亞倫看。說到毒癮……瑪麗凱曾問我，能不能給她「一點草」。她是指大麻煙。我很震驚，說我沒有那種東西。天哪，維，我不希望**她**變毒蟲，她的人生正美好，有《倫敦書評》和一切。希望她不要走上那條路——想像她和亞倫每晚在那裡吞雲吐霧。這有可能是受 X 的影響（那個牢騷男）。我覺得他有點兒毒鬼樣。

愛你的，妮娜

親愛的維：

　　仍在進行我的半自傳性小說。不是我原先設想的那麼簡單。問題在於必須解說很多事。故事因為細節太多而壓得人喘不過氣來。我很蠢，竟然告訴琵琶我在寫小說，現在她老是問：「小說進行得怎樣了？」一臉乏味表情。有時候問：「那是關於什麼？」或「我有在裡面嗎？」

　　琵琶：我永遠也不會寫小說或劇本。
　　我：大多數人都不會。
　　琵琶：沒錯，但是我不寫是基於原則。
　　我：為什麼？
　　琵琶：因為我朋友東尼的遭遇。
　　我：他遭遇了什麼事？
　　琵琶：他寫了很有趣的劇本寄給 BBC，他們回信說謝謝來稿但恕不錄用。
　　我：你必須學習接受拒絕啊。
　　琵琶：對啦，但過了幾年，他寄去的故事出現在電視上。
　　我：那是什麼？
　　琵琶：《計程車》。

　　我沒問東尼是誰。我懶得問。你必須在開始寫作之前，就對結尾有一個非常清楚的想法，努力針對那個結尾去寫。和威爾討論這點（他一直都在寫）。

　　威爾：我只是放手寫，然後看會發生什麼事。
　　我：你應該要有一個計畫。
　　威爾：我的計畫就是邊寫邊看會發生什麼事。
　　我：但是讀者會尋找線索和信號。
　　威爾：我就是那個讀者啊。

愛你的，妮娜

親愛的維：

　　瑪麗凱和努內兩人都相信，當壞事（意外）發生在我身上時，並非意外，像是牙刷打滑刳傷我的牙齦。告訴努內（我意外刳傷自己的牙齦），他竟回我「沒有意外這回事」。意思就是，故意傷害自己的牙齦。他假定我告訴他這件事，是為了贏取關心和同情。我告訴瑪麗凱。

　　我：努內說沒有所謂意外這回事。
　　瑪麗凱：我知道有人有這種看法。
　　我：你認為沒有嗎？
　　瑪麗凱：可以算是吧。

　　但是第二天，當她的車鑰匙掉進垃圾桶時，那就成了百分之百的意外了，我們得撈起一堆廚房用紙，殘渣菸蒂，和馬鈴薯皮（還有無意中發現的湯匙）去把它找出來。
　　有人用袖珍小刀或細棍子在我們的牆壁上塗鴉。瑪麗凱認為畫的是一顆心。我出去瞧瞧，看到的是一根陰莖（刮在磚頭上）。

　　我：我想那是男人的陰莖。
　　瑪麗凱：我以為是一顆心。
　　我：怎麼會？
　　瑪麗凱：一顆上下顛倒的心。
　　亞倫：就像我的。
　　（威爾跑出去看）
　　我：人們通常不會把心畫在牆上。
　　瑪麗凱：我就可能會啊。
　　山姆：我絕對不會畫心，也不會畫……那個東西。
　　威爾：（回來）那絕對是一根屌。
　　瑪麗凱：看起來比較像是一顆心。
　　亞倫：畫的人應該註明。
　　（亞倫稍後打電話來，他出去時看到了。那是一根陰莖。）

這星期稍早。我等著接威爾放學，一個穿學院附屬小學制服的男孩，對我比出 V 手勢。我也回以 V。

威爾：那個男孩看起來什麼樣子？
我：你的高度，深色頭髮。
威爾：藍色帆布背包嗎？
我：對，在對面靠近義大利麵店那裡。
威爾：該死。
我：為什麼該死？
威爾：他聽起來很酷啊。

亞曼達即將面臨另一次戲劇學校試鏡。這次她要演一部現代劇，扮演一名女性連環殺人犯。她用我們的「廚房魔鬼」菜刀在餐桌邊排練。那是我所見過最令人毛骨悚然的劇情（幸好只是獨白，感謝上帝）。瑪麗凱回到家，剛好看到結尾——把屍塊（檸檬）塞進一只袋子（Mark & Spencer 的包裝袋）。

我：另一次試鏡。
瑪麗凱：原來如此。
亞曼達：（揮舞著菜刀）我是一名連續殺人犯，正在肢解屍體。
瑪麗凱：（對我說）你可以去幫她找米勒的鋸子來。

要說賣弄啊，琵琶在普林姆羅斯丘的表現真是誇張到無以復加。她秀出一整段體操表演，從單手側翻開始，一直到後仰彈跳結束。以前蘇聯體操選手奧加 · 柯布蒂的表演為基底，連用來討好裁判的無恥表情都加進去了。除了被她嚇到以外，沒人有興趣。好處是，她的貝雷帽掉下來，被我們看見底下所有的夾子。

愛你的，妮娜

親愛的維：

去布萊頓玩。整體來說頗無聊。

最好玩的一件事，是進去一家古董店，蜜絲媞拿起一根醃黃瓜叉，叉子尾端鑲著一顆漂亮的綠色珠寶。

「這根醃黃瓜叉多少錢？」她問古董商。

那個男的說，那不是醃黃瓜叉，那是叉匙。

蜜絲媞：什麼是叉匙？
男子：就是你手裡拿的那種。
蜜絲媞：做什麼用的？
男子：夾醃黃瓜之類的東西用的。

只要 1 英鎊 55 便士，雖然蜜絲媞喜歡，也喜歡那個小小珠寶，但是她不能買，因為不知道叉匙到底是什麼東東。然後，在出去的路上，巷子裡一個老女人主動表示要幫我們算命。我拒絕了。一部分是因為，她看起來好可怕，還有一部分是因為，上星期山姆才幫我讀過掌紋。事情經過大致如下：

山姆：（研究我的手，錯的那一面）你會生一個寶寶。
我：什麼時候？
山姆：大約在 1988 年。
我：太快了。
山姆：那就 1989 年。
我：太快了。
山姆：狗屎蛋，那就 1990 年。
我：還是太快了。
山姆：好吧，1995 年好了，可是是雙胞胎。

總之，就在我們要從古董店走開時，老女人在我們背後喊：「你們不要那根湯匙了嗎？」我說她一定是透過窗戶看見了，但是蜜絲媞寧可被她嚇唬（可見那天有多無聊）。

總之，布萊頓算是個好地方。坐火車抵達很好。進城的路是下坡，讓你覺得精力充沛，昂首闊步走下去海邊——和開始進入一個地方要走上坡那種感覺恰恰相反。但是接著，在抵達任何迷人的景點之前，你就被 WH Smith 百貨和 Boots 藥妝店，以及要剪頭髮的人[1]包圍，簡直和在羅浮堡[2]沒什麼兩樣。

　　海灘令人失望，整個地方莫名其妙的自我感覺良好。

　　我不會對努內提起我對布萊頓的看法。薩塞克斯大學是他明年要申請的前三名大學之一[3]。

愛你的，妮娜

1　譯註：「布茨」販售各種剪髮器材。
2　譯註：萊斯特附近的一個城鎮。
3　譯註：薩塞克斯大學位於布萊頓附近。

親愛的維：

　　山姆在湯馬林家吃到一樣東西，是一位常到他們家的友人做的，這個人還幫街角的店鋪做甜點。那樣東西基本上就是一堆 Maryland 餅乾，中間夾了奶油，或冰淇淋，或仿造奶油泡。她還做了一種用 Wispa 巧克力棒喝的熱巧克力。

　　長頸鹿的事真的很好笑。這邊也是一樣。前不久，山姆參加園遊會表演（羅馬人），結果「走了樣」，因為他們把台詞都搞混了，老師覺得「有點失望」。

　　這個星期。

　　我：（對著山姆）學校怎麼樣？

　　山姆：還好啦，但是有人說「羅馬」。

　　我：羅馬？

　　山姆：對，害我全都回想起來。

　　我：回想起什麼？

　　山姆：（悄聲說）園遊會表演。

　　威爾：（對著山姆）你不會又要抓狂了吧，會嗎？

　　稍晚。

　　瑪麗凱：山姆怎麼了？

　　我：他忽然回想起園遊會那件事。

　　瑪麗凱：噢，天哪。

　　亞倫：The Ides of March [*]。

　　琵琶帶來一個窗台花器，滿好的（有心形的裁切）。是她男朋友在夜間木工課做的。我必須承認做得很好。她要幫它上漆

---

[*] 譯註：拉丁文的「三月十五日」，也是凱撒被刺殺的日期。
　　在莎士比亞劇作《凱撒大帝》中，一個預言者告訴凱撒，要「當心三月十五日」。暗喻某種陰謀或詭計。

（綠色），因為她討厭木頭。

　　我：你怎麼會討厭木頭？
　　琵琶：我不討厭木頭，我只是討厭木頭的紋理。
　　威爾：木頭的紋理就是木頭啊。
　　琵琶：斯堪地納維亞人尊敬木頭。
　　（威爾一臉疑惑，看著我。用手指點了點自己頭的側邊）
　　威爾：斯堪地納維亞人和這件事有什麼關係？
　　琵琶：我只是在說他們喜歡木頭。
　　威爾：為什麼？
　　琵琶：我必須要有理由才能敘述一件事實嗎？
　　威爾：是不必啦，但是對我們的對話有幫助。

　　她不喜歡木頭的紋理，但卻擁有一件有木頭紋理花色的襯衫。不想跟她提起。因為我不要她認為我有在注意她的衣著。

　　　　　　　　　　　　　　　　　愛你的，妮娜

親愛的維：

我們晚飯吃煙燻鮭魚配麵包和奶油（附檸檬和胡椒），接著喝我做的蔬菜湯。煙燻鮭魚太好吃了，接什麼都不對味，尤其是蔬菜湯。這兩者上菜的次序應該顛倒過來。瑪麗凱說得好，第一道菜似乎總是比較美味，因為那時候你肚子正餓，即使如此，那道湯仍然像一大堆煮得太爛的蔬菜糊成一團──事實上正是如此。

亞倫不同意瑪麗凱的看法，他說開胃菜本來就比較好吃。他有時候上餐館會點兩道開胃菜（以取代主菜），一部分是為了可以吃到最好吃的，另一部分則是為了避免吃太飽。

我做一個水果派當甜點（黑莓和蘋果口味），用 Morton 牌罐頭派餡。我承認餡料是罐頭的，但是沒說那是黑莓和蘋果口味。亞倫喜歡真的黑莓，但是真的黑莓會使他懷念起在巷弄裡採黑莓的往事。所以，為了避免諸多失望（和聽他的採黑莓軼聞），我說那個派是蘋果和覆盆子口味。反正派餡看起來都是粉紅和紫紅色，有可能是任何一種口味──基本上，你認為它們是什麼口味就是什麼口味。除了杏子，因為杏子是明亮的橘色，那個顏色只可能是杏子（或紅蘿蔔）。

總之，亞倫說，就罐頭派餡而言，味道還不差，但是也說吃起來比較像黑莓。這話令我對他刮目相看（亞倫辨認得出黑莓的味道，嘗得出那個派餡裡有黑莓）。

前幾天亞倫帶他做的咖哩雞飯來這裡（他有一大堆煮好的雞肉要銷掉）。我必須承認，非常好吃，而且只需動用一個鍋子。

煮好的雞肉（剁碎）
稀奶油
咖哩粉
葡萄──切半（或葡萄乾，如果你沒有葡萄）

就這樣。一起加熱。沒有香料（如果有，也只是已經摻在咖哩粉裡的那些）。類似爹的雞肉大鍋煮，只是更簡單。他是從一本雜誌上學來的。

拿了幾頁我寫的半自傳小說給亞倫看。

我：你有讀我寫的東西嗎？
亞倫：有啊，很有趣。
瑪麗凱：是關於什麼？
亞倫：我不確定。
我：你是怕說錯話嗎？
亞倫：不是，我只是不知道要怎麼描述。
我：所以你**沒有讀**？
亞倫：我讀了。只是沒把握那是什麼。一群文人在洗衣服、做沙拉——之類的。
我：我想我錯把寫給我妹的信拿給你了。

我在開玩笑啦，但是「談笑之中自有真理」，因為當他把稿子還給我時，那稿子看起來真的非常像我寫給你的某封信。總之，亞倫認為有趣，那才是重點。

謝謝妳寄來的 Moussaka*食譜。我會試做，但是會用火雞絞肉。

愛你的，妮娜

---

* 　譯註：用肉和茄子做的一種希臘菜。

親愛的維：

努內認為我應該上大學。我同意，瑪麗凱也同意。這很有趣，因為我一直被告知，我永遠也不可能去大學，因為我太早離開學校了，只有那些孜孜矻矻念到十八歲的人才有可能。努內說，第一，我太聰明了，不上大學太可惜；第二，近來大學缺學生缺得厲害。所以，我決定準備考 A 階（英國文學）鑑定考，以便申請學校。我已經報名某 C 學院明年六月舉辦的考試。我必須靠自己苦讀。

我完全不知道這一切要如何運作。感謝上帝，努內剛剛完成他的 A 階考試和申請手續。事實上，他考了兩次 A 階，因為第一次沒有考得很理想，無法申請到他想唸的學校（順便一提，既不是牛津，也不是劍橋）。

努內：所以，你找到課程大綱上所有的書本了嗎？
我：找到什麼？

換句話說，我甚至不知道課程大綱是什麼東東。那只是一張你必須讀的書目清單，但是他們稱之為課程大綱，而不是書單。

努內會和我同時閱讀那些書（在課程大綱上的），這樣我們可以一起討論（研究）。當瀏覽書單（課程大綱）的時候，他說：「《謝默斯‧希尼——詩選》得靠你自己」。之所以那樣說，是因為他對詩不怎麼有興趣，但是我想到時候他還是會讀的——希望。反正橋到船頭自然直。我們將從《歸鄉記》開始，作者是托馬斯‧哈代（寫《遠離塵囂》而聞名的那個）。

告訴山 & 威我的一切計畫。當我說，我的野心是要當一名好學生時，威爾哈哈大笑。他只想到電視節目「年輕世代」。

希望你很好。希望 H 小姐從波紋床中復元了。

愛你的，妮娜

親愛的維：

　　瑪麗凱的大學好友剛從南非回英國（瑪莉‧霍普）。她非常親切（好的那種）。她抽菸，有時候連吃飯也抽。不是說她不停地在吞雲吐霧，或者喜歡抽長菸，她只是常常會把菸點著。那是從 70 年代留下來的習慣。她的手指腫得像香腸一樣（暫時性的），因為某種原因，很可能是過敏。她喜愛南非，除了在那邊買不到 SR 牌牙膏，還有，當然了，他們憎惡那邊的狀況。

　　有時候瑪莉出去找房子和安排生活時，我會幫忙照顧她的女兒波麗。她即將在我們正後方的攝政公園臺街買一棟房子。瑪莉‧霍普常常說，她對於三個孩子（山、威，和波麗）如此合得來，感到很高興。問題是──他們才不。我和波麗（非常懂事，又有趣）很合得來，但是波麗覺得山 & 威很乏味。瑪莉來接波麗時會問：「過的好嗎？」我會說：「有，他們享受了一段很棒的時光。」然後波麗會悄聲說：「除了威爾是個百分之百的白癡。」威爾會說：「對啊，她超無聊的。」瑪莉就會說：「好極了，聽起來你們今天過得超級棒。」

　　很高興你要戒菸。瑪麗凱努力要減少抽菸。她以前都抽Camel或類似的牌子。後來改抽Silk Cut超薄菸。而且盡量只是拿在手上，假裝自己在吞雲吐霧。總之，現在瑪莉‧霍普回來了，瑪麗凱失去了意志力，又開始和以前一樣抽起來（大約一天5、6根）。我每天大約抽5根（Silk Cut普通菸）。努內抽Camel軟盒裝，或特醇萬寶路。他可以在一個菸圈裡面再吐一個菸圈。前一晚還連吐了3圈。

　　我們都同意──一定要盡量避免在山姆的附近抽菸，那對他的眼睛等都不好。

　　希望這封信不要促使你又回頭找菸灰缸了。

愛你的，妮娜

親愛的維：

　　這次我不提香菸的事了。瑪莉・霍普送瑪麗凱一盒糖塊。不是非常昂貴的（你可以看見上面的價格）。

　　瑪麗凱：（欣賞著漂亮的盒子）哇，謝謝你。
　　瑪莉・霍普：我覺得很漂亮。
　　瑪麗凱：確實，非常漂亮。

　　瑪麗凱、我，以及每個人都同意，那是我們見過最美好的東西之一，尤其考慮它的價格。別的先不說，盒子就有夠美的，上面有小小的綠黃色鸚鵡，糖塊是褐色的，全都長得短短胖胖，粗糙不齊。我喝茶又開始加糖了，只為了想用一塊糖。

　　瑪麗凱在朋友家的晚宴派對喝到一種歐式的湯，叫做Gazpacho。是用甜椒、番茄、大蒜，和橄欖油做的冷湯（換句話說，是冰涼的）。瑪麗凱說很好喝，只是有點太涼。

　　那是只有在夏天才會做的菜。其一，因為是冷的，其二，因為你需要用當季的番茄。但是做法非常簡單又容易（用攪拌器）。我決定用從西班牙大使夫人那裡取得的食譜（透過琵琶）做一次，所以，夠誠意吧。真不敢相信，竟然要用那麼多橄欖油，所以我只用一半的量，結果有點太稠了（努內試了一湯匙）。

　　努內：噁，難喝。
　　我：這是西班牙大使的 Gazpacho 耶。
　　努內：就是液化沙拉嘛。

　　其他的冷湯還包括了萵苣、甜菜根，和大黃瓜等。基本上就是所有沙拉的材料。但是你應該只在夏天的時候才喝。老實說，我寧可喝熱的湯。你根本不會料到，湯還可以喝冰鎮的，那真是心態的問題。

　　必須跑一趟管家的店，去買修理腳踏車輪胎破洞的工具。瑪麗凱的腳踏車輪胎老是漏風，我需要騎去國會山丘，和一票祿姆進麗都玩。55 號沒有一個人懂腳踏車維修，但是亞倫高明得很，只要你事先通知他，晚餐時間不到，他就會在門廊裡把腳踏車顛

倒過來檢查了。他似乎樂在其中。在管家的店，那個男生問我需不需要幫忙。我說我要找一位朋友幫忙修輪胎。那個男生非常親切，說他可以教我怎麼做，然後我下輩子就可以自力救濟了（就修補輪胎破洞而言）。我考慮了一下下，但決定還是寧可讓亞倫幫忙。我告訴管家的店那個男生，可能以後再來跟他討教。但是並沒有去。（後來，亞倫過來修理輪胎。）

　　亞倫：（檢查內胎）內胎沒有什麼問題。
　　我：那輪胎本身呢？
　　亞倫：沒怎樣，只是有人把氣放掉了。

　　晚餐時，我們都在猜，是誰（如果有人的話）把瑪麗凱腳踏車輪胎的氣放掉。

　　山姆：亞瑟‧斯卡吉爾（英國政治人物）。
　　亞倫：他才不會。
　　瑪麗凱：我只能想到一個人。
　　我：誰？
　　瑪麗凱：你！
　　我：我？
　　山姆：對，就是史提比。
　　我：為什麼是我？
　　威爾：為了博君一笑。
　　我：等等，是我跑去管家的店買修理腳踏車輪胎破洞的工具，又安排班奈過來修理，為了這事延遲炒菜，同時，他還為了修車把兩手搞得油膩膩的，有的沒的麻煩事。
　　亞倫：補救亂局，典型的心理變態特徵。

　　總之，輪胎修好了，大家都很高興，而且瑪莉‧霍普及時進來，看見我們又在那裡讚賞那些糖塊。

愛你的，妮娜

PS　我說不定會去給你買一盒那種漂亮糖塊喔。盒子之可愛的。

親愛的維：

　　山姆好多了，感謝上帝。上星期他甚至無法聽板球賽（必須保持 100％平靜），而且兩眼都貼著膠布。可憐的山姆，真可怕。

　　傑茲過來，趁衣服在洗的時候，讀幾章伊妮·布萊敦（童書作家）給他聽（他老是把她說成伊諾克·布萊敦）。傑茲走了以後，我必須把同一章再讀一次，因為傑茲把故事改了。（「我今天不能讓你去科林島，你瞧，孩子們，恐怕有壞消息，提米死了，他落入走私幫派之手，他們對他爆粗口，他驚嚇而死」——之類）。我試著讀一點托馬斯·哈代給他聽（一石兩鳥）。

　　我：我讀一點我在讀的東西給你聽好嗎？
　　山姆：叫做什麼？
　　我：《歸鄉記》。
　　山姆：是伊妮·布萊敦寫的嗎？
　　我：是。
　　山姆：那，好吧。

　　結果沒用，因為我們兩個都搞不懂故事到底在說什麼，大聲讀出來，只是使情況更糟而已。

　　山姆：發生了什麼事？
　　我：我想他們在演一齣劇。
　　山姆：誰在演？
　　我：我不知道。
　　山姆：我們可以回去唸《巴尼神祕案件》系列嗎？

　　山姆喜歡訥弗、努內，或傑茲來訪。但是他最喜歡的莫過於卡羅·里茲，後者才抵達，所有人馬上就和樂融融起來，而他甚至連杯茶都不要。

　　今天下午卡羅過來，問山姆有沒有什麼新聞。令我懊惱的是，山姆告訴卡羅火雞肉漢堡的事（說他們有多討厭那個漢

堡）。那令人懊惱，因為瑪麗凱老是買火雞絞肉，媽的那我還能怎樣？我告訴卡羅，不是我（而是瑪麗凱）負責採購。我不要他以為我老是買他們討厭的東西，強迫他們違反自己的意志吃火雞肉漢堡。卡羅說，聽起來我做得很棒呀（對絞肉的利用，以及處理其他一般事務）。而且他說這話是真心的（稍後我對瑪麗凱提起這件事）。

> 我：你能不能不要再買火雞絞肉了？
> 瑪麗凱：有什麼不對嗎？
> 我：我沒有辦法用火雞絞肉做好吃的東西。
> 瑪麗凱：火雞絞肉口感豐富啊──可以用來取代牛絞肉。
> 我：你是在背誦包裝上的說詞。
> 瑪麗凱：是啊，使用方法。

總之，今晚吃綠色意大利長扁麵和伊丹乳酪。亞倫覺得失望。他本來期待的是炒菜（加火雞肉）。

和努內去大英博物館。最好的部分是建築物本身。裡面有一些重要的收藏（木乃伊、真正的羅馬雕像等等），也有一些只是非常、非常古老，而無足輕重的東西，例如埃及牙籤。展示多到有點嚇人，但實際上沒有瑪麗凱的廚房餐具櫃有趣。

關於口香糖：試試 Wrigley 果汁口味（黃色包裝）。味道比較持久，而且不會干擾其他東西。但是小心喔，它會使你覺得肚子餓（會造成胃部期待），結果你可能會去找餅乾來吃。

愛你的，妮娜

PS　喬叟。你有讀過嗎？媽的。根本就是另一種語言，而且本意是要你覺得極度瘋狂好笑，可是讀起來既陰森又煩人。

103

親愛的維：

　　他當然就是**那個**亞倫‧班奈。如果看到，你一定認得出來。他以前演過「加冕街」（電視節目）。小鼻子，約克郡口音。

　　他人非常好。會說「別傻了」之類的話。他現在變得相當出名（事實上，可能比喬納森‧米勒還要紅），但是他並不當一回事。他對歷史非常有興趣，但是對自然一竅不通（和瑪麗凱一樣），儘管他非常喜歡戶外活動，也喜歡接觸（自然），例如去散步等等的（不像瑪麗凱）。

　　每次過來吃晚飯，他按的門鈴聲很小、很短，幾乎就跟沒按一樣，他只碰門鈴一下，門鈴只會發出鈴聲的前導音。那就是他。愈省事愈好。

　　有一次，晚上很晚，我自己一個人，我以為我聽到有人在房子裡躡手躡腳走動（小偷，或者更可怕的東西）。我嚇壞了，打電話給亞倫，拜託他過來一下。他立刻過來（防雨外套直接套在睡衣上面），手裡握著雨傘。他仔細地四處查看一番。並沒有外人闖入。我難為情得要死，幾乎希望真的有人闖進來。我說，「我覺得自己像個白癡。」他說，「別傻了。」

愛你的，妮娜

PS　每個上過布朗駕駛學校的人都過關了。說真的，布朗先生從沒遇過一個考照失敗的。Ｔ先生的問題是，他在服藥，而且他用手勢比要右轉或左轉。我看過他開車。你需要的，是一個有一輛正常現代車（和開車技術）的人，而不是一輛希爾曼老爺車。

親愛的維：

　　康頓議會派一個人來通知我們。他的年紀只比我大一點點，但是舉止非常官樣又成熟。他提及「即將進行的重要街道工程」，並且發給我們一張打字的文書。他很正式，不說閒話，而且連一點點幽默感也沒有（不像那天那個交通警察）。

　　瑪麗凱：所以，會有挖掘的工程嗎？
　　年輕人：某種程度。
　　瑪麗凱：用機器挖掘嗎？
　　年輕人：我預料是。
　　瑪麗凱：會很吵嗎？
　　年輕人：你白天出去工作嗎，女士？
　　我：幹嘛？你打算提供她一個工作嗎？
　　年輕人：我沒有得到授權可以提供任何人工作。

　　後來在晚飯時。

　　我：（對亞倫）有一個年輕小夥子去找你嗎？
　　亞倫：今天沒有。
　　我：有一個來找過我們，警告我們會有街道工程。
　　亞倫：（很感興趣，轉向瑪麗凱想知道更多）噢，是什麼？
　　瑪麗凱：會有一些挖掘之類的。
　　亞倫：那個年輕小夥子為什麼沒有來警告我？
　　我：不是在你那邊的街道。
　　亞倫：可是東西會跑過來呀。
　　瑪麗凱：那個年輕小夥子不會吧，顯然。

　　吃完甜點以後，亞倫又回到這個話題。

　　亞倫：我想不出來有什麼道路工程那麼必要。
　　我：不是道路工程，是街道工程（我拿起那張打字的紙）。
　　亞倫：噢，對，這裡有講，街道工程，你說得對。

他從來不相信我講的話——除非有證據。

我想起會濺水和使人（特別是瑪麗凱）絆倒的晃動石板。

我：有人應該告訴那個男的，關於晃動石板的事。
瑪麗凱：（舉起雙手）對！他在這裡的時候我有想到。
我：那你為什麼沒有提起？
瑪麗凱：因為我受夠他了。
我：下次我會提起來。
亞倫：你不能不管三七二十一，就把人行道的石板拿起來。
我：我的意思是，在下次談話的時候提起這件事。

希望你一切安好。祝考試順利。你可能需要加強足球和通俗文化方面的知識。他們一定會問這方面的問題。還有關於馬克‧吐溫。

愛你的，妮娜

親愛的維：

　　仍然在讀托馬斯・哈代的《歸鄉記》。書很長，而且不像讀《刺鳥》，只要嘩啦嘩啦一直翻過去就好，沒有人會問你奇奇怪怪的問題。像這樣的閱讀（為了準備 A 階考式），你必須讀得透徹，而且進入你在讀的故事世界裡。

　　努內老是說類似這樣的話：「當哈代告訴我們，尤思塔希亞有烏黑的頭髮，而且她來自勃德茅斯時，他就是在告訴我們，她是一個愛好感官享受的女人，而且性生活很活躍。」想到你有可能因為不知道這種文學暗號，而錯失了這些重要的訊息，就令人覺得很有意思。又想到，你可能說了什麼（如果你在寫一本書），但其實並沒有那個意思，那也很好玩。我對威爾解釋這點，心想他以後可能可以提供我一些協助（就讀書方面）。

　　我：你必須了解故事所存在的那個世界。
　　威爾：你的意思是文章的來龍去脈。
　　我：可以這麼說吧。
　　威爾：不，就是文章的來龍去脈唄。
　　我：你有聽說過謝默斯・希尼嗎？

愛你的，妮娜

PS　努內在湯馬林家的志工時間已經到期。我想他頗為傷感，但是不願表現出來。

親愛的維：

努內在湯馬林家的志工時間已經到期。他喜歡上他們，尤其是湯姆。新幫手（取代努內的人）昨天抵達 57 號。

我：他是什麼樣的人？
努內：他不會在這裡待久的。
我：為什麼？
努內：他吸毒。

聽來有道理。稍早我們有看見他被帶來認識工作環境。襯衫釦子解開到腰部，繫著大剌剌的腰帶。頻頻打呵欠，一幅毫無興趣的樣子。活像個沉悶版吉姆・莫里森。總之，今天早上，他已經**走了**。昨天深夜努內必須開車載他回家。

瑪麗凱：所以努內開車送他出城嗎？
我：沒錯。
瑪麗凱：除了大剌剌的腰帶，他還有什麼太糟糕的缺點嗎？
我：他有毒癮。
瑪麗凱：唔──會吸毒呀。
我：所以努內會在 57 號多待一段時間。
瑪麗凱：好耶！

去攝政公園打板球和踢足球。山 & 威加入一場已經在進行中的比賽，不出五秒，威爾就進球得分。山姆頂著臭臉下球場。

我：怎麼了？
山姆：威爾就是**非**得分不可，是不是？
我：替他高興一下嘛。
山姆：他就是這麼愛現。
我：欸，你也去得個分，然後你也可以現呀。

山姆回到球場上，球馬上就在他腿上轉向，然後進了球門。

走路回家，他們一路細數著得分過程：

威爾：看那片雲，形狀像世界盃。
山姆：你老是愛現，威爾。
我：他只是在看天空啊。
山姆：天空誰都會看。

回家一路上，山姆拚命要找出一片比威爾那片更好看的雲。等我們回到家，才發現他踩到了狗屎。

山姆和我跑去57號，（為了慶祝努內繼續待下來）把幾個小塑膠兵士放進克蕾兒為晚餐準備的沙拉（野苣）裡面。很驚訝看見在一個也是克蕾兒為晚餐準備的派上面，有一份關於**如何準備馬鈴薯泥**的烹飪指示（瓦斯火力標示4，烤30分鐘）。想像一個這麼好又體貼的廚子可以做。也許下次我做牧羊人派的時候，也如法炮製一番。唯一的問題是，只有我會看烹飪指示。即使如此，想必還是會讓山＆威，還有瑪麗凱，印象深刻。晚飯後，努內來訪。

努內：謝謝沙拉裡的士兵。
我：那是我們表示很高興你留下來的方式。
努內：嗯，謝謝。

愛你的，妮娜

PS　有努內住在隔一號的隔壁，比沒有努內住在隔一號的隔壁要來得好……就準備課程大綱和其他一切而言。

親愛的維：

威爾開始愛說「狗娘養的（Son of Bitch）」。現在山姆也有樣學樣。威爾喜歡飆髒話，而且從學校學來一些憑想像創造的國罵。山姆總是有點跟不上。

山姆：「狗娘養的」實際上是什麼意思？
威爾：就是狗兒子的意思。
山姆：那不好嗎？
瑪麗凱：你是說當狗兒子不好？還是那樣說不好？
山姆：都可以啦。
威爾：兩個都不好。
瑪麗凱：說，總比當，要好一些吧，我猜。
山姆：怎樣算是狗娘養的？
威爾：百分之百渾蛋的人。
亞倫：但是，山姆，那也不是很適宜掛在嘴上的話。
山姆：誰問你了，狗娘養的？

瑪麗凱問我願不願意和他們一起去瑞士過新年。我說願意。

我：我會喜歡那裡嗎？
瑪麗凱：我不能保證那會是你有生以來最好玩的經驗。
我：為什麼？
瑪麗凱：因為無論如何都不該給人像這樣的保證。
我：可是我會喜歡嗎？
瑪麗凱：應該會吧。
我：我可以去那裡做什麼？
瑪麗凱：做你一向都在做的事——只是換成在瑞士。

我們必須搭火車，山姆不能搭飛機，因為氧氣的問題。所以這將會是一段很長的旅程（對準備課程大綱有好處）。

去琵琶那裡參加一場聖誕節暖身派對。她播放聖誕音樂（流

行風和古典風的），她的朋友梅爾（美容師實習生），在一張臨時的擱板桌上幫大家做迷你式臉部保養和修指甲等服務（特價優待）。琵琶自己並沒有做。

　　琵琶：你要修指甲嗎？
　　我：我想不要吧。
　　琵琶：我也不要——那只是性的取代品罷了。

　　我本來想做燕麥敷臉的，聽她這麼一說，就不想做了。
　　梅爾，那個美容治療師實習生，有一顆黑牙（第二顆前齒），而且老是停下來抽菸。
　　那使我想起一件事。曾經有一顆堅果害我嗑斷牙（是一顆胡桃，不是一個人）*。我不得不去找公園道的基萬吉先生補牙。手術房的牆上貼滿了感謝函和卡片。其中一張內文如下：

親愛的基萬吉先生：
　　只是想謝謝你，在我最近一次根管治療的恐慌中所提供的善意。感激不盡。

　　　　　　　　　　　　　　　　　　　P・史密斯太太上
　　PS 如果你在手術房中發現一隻 Hush Puppy 牌的咖啡色 7 號鞋子，那是我的。

　　　　　　　　　　　　　　　　　　　　愛你的，妮娜

＊　譯註：堅果，nut，有「核果」的意思，也有「瘋子」的意思。

親愛的維：

　　從努內那裡收到聖誕禮物，是一盒巧克力。明亮的藍色盒子，上面有燙金文字。真得我歡心。我喜歡那個盒子，心想巧克力吃完以後，可以拿它來裝東西，裝重要、想要永久保存的東西。威爾也很喜歡，他本來就超愛盒裝巧克力。山姆認為送錄影帶更好。後來，在57號，我注意到有一盒相同式樣的巧克力，擺在他們家圓桌上，原來努內送了一盒一模一樣的（但是比較小），給湯馬林家的房客蘇珊（漂亮、聰明、書卷氣，從勃德茅斯來的？）。原來他們倆滿友好的。

　　這完全毀了我對這盒巧克力的感受，我覺得很沮喪。堪稱小小安慰的是，她那盒比我那盒小很多。把整件事情告知瑪麗凱，也告訴她我的感受（正常情況下，我不會描述這麼多細節）。

瑪麗凱：「沮喪」——那是什麼意思？
我　：覺得很煩。
瑪麗凱：為什麼？
我　：呃，他買相同的巧克力給57號的她，只是比較小盒。
瑪麗凱：（一臉震驚）買給克蕾兒？
我　：不是啦，給那個房客蘇珊。
瑪麗凱：噢，欸，你那盒比較大呀——他比較喜歡你呀。

　　然後我心中突然產生一個念頭：也許努內會邀房客蘇珊陪我一起讀《謝默斯·希尼——詩選》（她屬於那一型的人）。問題是，在努內買相同的巧克力送她之前，我還滿喜歡蘇珊的。但是現在不怎麼喜歡了，甚至還有點生氣（對**她**）。最重要的是，對於自己情緒這般隨之起舞的可悲模樣，覺得很煩。

1. 我其實不是那麼喜歡巧克力，尤其是盒裝的。
2. 我不在乎誰買巧克力給誰，誰都可以做自己愛做的事。
3. **但是**，如果有人買巧克力給我，做為一種情意的表達，那

麼，他們就他媽的不應該又買相同的巧克力給其他人。

4.或者，他們不應該讓我發現。

為了避免接受我如今不喜歡的某人提供我文學協助，我可能必須對這件事表達不滿。

我對威爾説，他可以接收我那盒巧克力，但是他説別把他扯進這淌渾水，然後只是把盒子裡的松露巧克力全都拿走。

每個人都熱烈討論亞倫那齣間諜影集「海外英國人」。老實説，我覺得那不怎麼樣。然而，努內送給山＆威的「非常大酒店」錄影帶——精彩極了。

我拜託亞倫寫一張祝早日康復的卡片給奶奶。他答應了。他寫道，「妮娜告訴我您目前微恙。希望您早日康復。亞倫・班奈上」。再加上一小幅自畫像塗鴉。請留意卡片是否出現在她的壁爐台上。結果啊，瑪莉・霍普（香腸手指）竟然是對她毛線針的金屬過敏。他們幫她做了一系列過敏測試（用常見過敏原的刺針）。難以想像你可能會對什麼過敏。奶奶説，她對她那台吸塵器的把手過敏，必須在上面套一層塑膠袋。

你有可能對某些東西過敏，只是連自己都（還）不知道。

愛你的，妮娜

1984 年一月

親愛的維:

　　新年快樂。關於瑞士:

　　威莫斯奶奶在施塔德的助手,是艾利克·道格拉斯—荷姆[1](不是我之前在明信片上説的休姆樞機主教)的親戚。但是我們被告知不要到處講。我本來就沒打算要到處講,因為我從來沒聽説過這號人物(即使現在聽説了,也不會到處去講)。

　　威莫斯奶奶的助手人滿好的,除了我必須幫山姆修頭髮的時候(頭髮已經長到沾到他眼睛了),她站在我們旁邊,批評我的修剪方法。她並不是理髮師;她只是一個很普通的高階人士,從小被教導應該和所有人分享自己的意見。

　　助手:你應該掐住髮鬚的邊緣往上剪(用手指示範剪法)。
　　我:我一向都是往側邊剪,出來的結果也滿好的。
　　助手:如果你往上剪,可以得到像簾子一樣的效果。
　　我:我們喜歡原來那個效果。
　　助手:山姆對那個樣子有什麼意見嗎?
　　我:(對山姆説)你喜歡平常的樣子,還是要全新的造型?
　　山姆:(警覺情勢不妙)特雷弗·布魯金。

　　晚飯的時候,瑪麗凱問山姆的頭髮怎麼了——意思是看起來不甚美觀。感謝上帝,那個助手沒聽見。她正在和比佛莉討論如何做出完美的油炸麵包丁(非常熱的熱油:過期的麵包,切成一樣大小的方塊)。

　　我:(低聲對瑪麗凱説)不要在助手面前詆毀山姆的頭髮。
　　瑪麗凱:為什麼?
　　我:她批評我不會剪頭髮。
　　瑪麗凱:唉(用手比著山姆—後者看起來像《密德威奇咕咕鳥》中的一員[2])……

我：我知道，但是不要再說了。等回家以後我再處理。
瑪麗凱：為什麼不現在就讓她把問題處理好？
我：不要！

威莫斯奶奶無法忍受看我穿Ｔ恤（上面沒加上衣）。她老是認為我一定很冷，而且說看我這麼冷（光著手臂又光著腳），害她也一直冷起來。所以她送我一件罩衫。很美的顏色，但實在不是我的風格（輪狀縐褶領圍）。出於禮貌和感恩，我決定穿著，自知我以後永遠也不會再穿了。雖然穿著全身發熱，但我還是穿著忍受沸騰。

瑪麗凱和威爾每天（整天）都去滑雪，晚飯的時候還繼續討論。瑪麗凱的滑雪展叫做「熱頭」，上面有火焰的標誌。我也去試了。比原先預期要困難**很多**。我失手滑進一個停車場（速度很快）。你必須集中精神才行。若不考慮滑雪和熱罩衫，我享受了一段很棒的時光（冬季勝地等等，再加上名人，母牛）。

謝謝你寄來的可愛東東。希望你也喜歡你的。

愛你的，妮娜

PS　新年願望。我的：以後少打斷別人說話。山姆的：學習怎麼繫鞋帶。威爾的：寫一本小說。瑪麗凱的：以後要多打斷別人說話。

1　英國前首相。
2　譯註：《密德威奇咕咕鳥》是一本科幻小說，曾改編為電影《魔童村》，書中有一群具有超能力的怪異兒童。

親愛的維：

　　瑪麗凱‧威莫斯。她維持婚前的本姓。
　　山＆威從父姓佛瑞爾斯。
　　山姆**不**喜歡人家暱稱他山米。有些人會叫他山米，但是那令他反感。冒犯「山米」的人包含：
　　他朋友們的媽媽
　　安娜‧謝爾（她從他很小時就這樣叫，她不在乎）
　　乾洗店的女人（同上）
　　包伊斯太太（自行假定所有叫山姆的，都喜歡被叫做山米）
　　克蕾兒‧湯馬林（有時候，但樂意接受更正）
　　蘇珊娜‧克雷普（是為了表示和善）
　　理療專家法蘭西斯（同包伊斯太太）
　　我以後要叫我的小孩傑克，或伊芙。我喜歡山姆這個名字，顯然目前不能用，我也喜歡聽起來法國風的名字，只是那種名字好像帶有性感或裝模作樣的意味。
　　威爾的中間名是艾曼紐（已經證訖）。山姆的中間名是牛頓，取自艾薩克‧牛頓。

　　我：為什麼叫牛頓？
　　瑪麗凱：取自艾薩克‧牛頓啊。
　　我：那為什麼不用艾薩克？
　　瑪麗凱：要取某個人的名字以誌紀念時，你用那個人的姓唄。
　　我：我就是沿用一個產婆的教名啊。
　　瑪麗凱：你是沿用一個認識的人的名字嘛。
　　山姆：艾薩克‧牛頓跟我們認識嗎？
　　瑪麗凱：至少我不認識。
　　我：我本來是要被取名為白琳達的，直到那個產婆出現。
　　瑪麗凱：白琳達——哇哩咧！

終於讀完托馬斯‧哈代的《歸鄉記》。

希望松林養老院一切安好。記得告訴我 S 姐妹和蠻王柯南的事情。

......

親愛的維：

威爾告訴我們，他的英文老師問全班，有沒有誰知道任何英文成語。威爾的朋友 C 舉手。

老師：是？
C：我的弟弟。
老師：繼續，「我的弟弟……」？
C：我的弟弟是一個英國白癡？*

那使我們談起成語和慣用語等話題。

山姆：烏雲背後總有一輪廓光芒。
威爾：一線光芒。
山姆：噢，對，說錯了。
威爾：總之，我不相信烏雲背後總有一線光芒。
瑪麗凱：為什麼？
威爾：事實上不是啊。
瑪麗凱：如果就哲學上的意義而言呢？

---

*　譯註：英文成語，English idiom，和英國白癡，English idiot，原文近似。C 以為老師在問有誰認識任何英國白癡。

威爾：也不是。有些事情就是百分百的狗屎。

我保持安靜，因為我對成語、諺語、慣用語、副詞等等，向來不熟悉。

然後我們聊起有些人很友善，有些人脾氣乖戾又可怕。山＆威和我，認為有些人就是天生脾氣乖戾，瑪麗凱認為大部分人的脾氣都算 OK。

瑪麗凱：人只有在飢餓或不快樂的時候才會壞脾氣。
威爾：任何人都如此。
瑪麗凱：沒錯。
威爾：每個人。
瑪麗凱：沒錯。
威爾：在任何時間。
瑪麗凱：沒錯。
山姆：他們只是需要一根香蕉。
瑪麗凱：正是如此。

愛你的，妮娜

親愛的維：

　　課程大綱：我和努內已經進行到《冬天的故事》，一部莎士比亞寫的喜劇。這本比托馬斯・哈代的《歸鄉記》還要可笑又討人厭。故事說有一個男生想像自己的妻子和他的朋友發生姦情，所以把妻子趕出去，以為她就此離開人世。不久他明白自己犯了錯，如此過了十六年悲苦日子──直到一天，那個妻子起死回生。看見努內坐在接近普林姆羅斯丘頂一條凳子上，裹著一件大外套在看書。我好高興遇到他，直到我看見他不是在讀威廉・莎士比亞《冬天的故事》──課程大綱指定書籍──而是在讀一本叫做《百年孤寂》的書。

　　我：那不在課程大綱上。
　　努內：沒錯，我知道。是蘇珊推薦的──非常好看。
　　我：所以你不管《冬天的故事》了嗎？
　　努內：我當然管啊，但是我也想讀別的書啊。
　　我：隨便你。

　　離開公園（悶悶不樂），遇見琵琶。她在照顧一隻叫做查理斯的狗。琵琶告訴我，有一條法規明定這種狗（查理斯王小獵犬）在本國享有自由，可以進去任何牠們想進去的地方，即使那裡不准（其他）狗進入的。我表示亞曼達的東家也有一隻相同品種的狗，只是老一點，但從來沒聽她提起有這條專屬西班牙小獵犬的特別法。琵琶說要（或不要）主張這項權利，交由個別狗主人決定。

　　琵琶：沒有人可以要求我把查理斯帶離這個公園。
　　我：可是普林姆羅斯丘本來就允許狗進入啊。
　　琵琶：是啦，但即使他們不允許，查理斯還是可以進來。
　　我：可是他們允許啊。
　　琵琶：我知道。

我：聽起來好像你很想帶牠去狗不准進入的地方。
琵琶：對啊，可是哪裡有這種地方？

告訴瑪麗凱，琵琶極力主張查理斯王小獵犬有權去任何牠想去的地方。瑪麗凱說她可以理解。瑪麗凱對不合理的行為非常能夠理解，但是對其他型態的行為卻太快評斷。瑪麗凱告訴我們，她認識一個男生，會把皮夾隨手留在餐館裡，希望某人來試圖偷走，這樣他就可以出面抵禦。她對那種行為也可以理解，說有時候人們只是希望有什麼事情發生，但是這年頭不是都那麼容易。

C某學院的卡蘿寫了一封表達鼓勵的信來：「親愛的 A 階（英國文學）學生」。信中建議新手 A 階學生讀一些托馬斯·哈代寫的詩（有助於我們「了解那枝筆後面的人」，以便進一步了解課程大綱上的小說）。並且說，多讀既定文本（課程大綱）之外的作品，可以輔助學生對文本的學習。

讀了這信，我有點煩。原來以為只要準備課程大綱就行了，結果還要我們讀許多和五個作家有關的其他東西。媽的。我這輩子什麼其他事情都別想做了。

按照該信，從霍爾本圖書館借了一些哈代的詩集。多半都是廢話，無助於我了解他。它們使我把他想成是一個無病呻吟，成天緬懷舊日的傢伙，但至少沒有對妻子忘恩負義。

這些我從《歸鄉記》的引言就知道了。

有一首詩描寫惡劣天氣（〈舊日〉之後，他最偏愛主題），我確實有點喜歡。「泛白的天空蹙眉，撲動難捱的眼睛。」

哈代的意思是說，天空是白色的，雖然不是非常明亮，仍然會刺痛你的眼睛。這當中充滿了象徵。我們很習慣陰沉的天空，即使是一片白色的天空，都會讓我們的眼睛難受。

還有，既然人已經在那裡（圖書館）了，我就順便去借一卷錄音帶來聽，是某個男生用老式英語讀喬叟的作品。聽得我差點漏尿。

請來電談談計畫。

愛你的，妮娜

PS　開始覺得哈代的豌豆頭很討人厭。

……

親愛的維：

周圍仍堆積著一些聖誕節雜物。你不會相信人家送他們什麼
──你會以為那些人搞不好根本不認識他們。
其中一批：
山姆：木琴（多色）。
威爾：木琴（銀色）。
瑪麗凱：迷你蠟燭台（附紅色蠟燭，小枝的）。

另一批：
山姆：午餐盒，上面寫著「好好吃」。
威爾：午餐盒，上面寫著「好呷」。
瑪麗凱：孤挺花球根、花盆，和一袋土（附說明書）。

另一批：
山姆：某著名板球運動員寫的板球書。
威爾：《我的第一本園藝指導》。
瑪麗凱：裝飾用的鈴鐺和罐裝橄欖醬。

一個男生送瑪麗凱一株山茶花（連根）。粉色花朵看起來假
假的。期待其他灌木會因為它太粗俗，起而攻擊。

瑪麗凱：山茶花現況如何？
我：不甚樂觀。
瑪麗凱：什麼造成山茶花不樂觀？
我：波動太大。
瑪麗凱：哪方面？
我：氣溫、光線。
瑪麗凱：該死，我們應該阻擋太陽西沉的。

愛你的，妮娜

親愛的維：

暫停莎士比亞。讀賈西亞·馬奎斯寫的《百年孤寂》。真希望這本書在課程大綱上，實在棒透了。你也會喜愛，我敢確定。

讀完以後，我接下來要讀《羅密歐與茱麗葉》——我已經知道基本的情節。威爾提醒過我——它和《西城故事》很像。也不是說威爾真的知道《西城故事》，其實是瑪麗凱知道，而她曾經在無意間提及《西城故事》（大致上）是以《羅密歐與茱麗葉》為範本。

不敢對人（對瑪麗凱或努內）說，我有多不喜歡莎士比亞。不覺得他的作品有多好玩或令人興奮。也許在很久以前，在現代喜劇出現以前，曾經很好玩，但是現在看起來很弱，再說，《冬天的故事》甚至不像喜劇。可憐的小兒子死於心碎，寶貝女兒被丟在森林裡等死，然後妻子變成雕像十六年。此外，還有一個傢伙被熊咬死，一切都只因為這個國王吃醋。也許莎士比亞是要說吃醋不好，但是這並不怎麼好玩。就像喬叟。只因為故事裡有人放屁，人們就老說他有多粗鄙，多好笑。

山姆在為學校戲劇進行排練。校方通常不鼓勵他參加（瑪麗凱十分憤慨），但這學期，山姆努力爭取，得到一個有台詞的角色。我們都感到非常興奮和驕傲。他必須很有節奏地喊「布狄卡，布狄卡，艾希奈的女王」好幾次，並且握著一根長矛跑來跑去。我們對發音有不同的意見。

威爾說應該唸「波—阿—姐—西—爾」。我同意。

山姆堅持唸「布——狄卡」（那是稱呼老師 XX 小姐的唸法）。

亞倫說，這個問題一直有爭論。瑪麗凱說山姆一定知道該怎麼唸，然後對威爾、我，和亞倫使了一個「閉嘴」的眼色。幫山姆拍了穿戲服的照片。等洗出來寄給妳。

琵琶給山 & 威一些向日葵種子（以供栽植，這樣他們就可以自己種）。現在她老是問，向日葵種得怎麼樣了。我們決定說，我們種了，長出一點點，然後被蛞蝓吃掉。好使她閉嘴。

很高興你的假期愉快。裘西·H聽起來是個很不錯的傢伙。寫一封長一點的信告訴我一切。

愛你的，妮娜

......

親愛的維：

我申請了兩家倫敦的技術學院。泰晤士技術學院士和北倫敦技術學院。此外，瑪麗凱請她一個朋友——在大學——給我面談。

我昨天去見了伊崔克教授。我決定不去大學！我聽不懂他在講什麼。要不是他說的內容我聽不懂，要不就是他的口齒含糊不清。再加上，他有外國口音。我想指出一些值得驕傲的事蹟，以彌補我學歷不足，結果沒有機會。他戴著一頂土耳其帽。

總之，能申請到兩家技術學院其中一家就很好了。就各方面考慮，大學有點好高騖遠。但是那是傑茲上的學校，所以如果能夠同校會很好玩。雖然他主修科學，而我主修英文。

努內和我閱讀課程大綱很順利（仍然在讀《羅密歐與茱麗葉》）。努內很享受《羅密歐與茱麗葉》裡的雙關語和幽默，一直在說那（就其內容）有多高明，而且現在他開始在讀 EMW·提爾雅寫的《伊莉莎白女王世界的圖像》，該書提供伊莉莎白女王時代的世界樣貌，如此你就可以了解莎士比亞在說什麼。

我大概不會去花那種心力。

愛你的，妮娜

親愛的維：

有新住戶搬進彎道，在窗戶上裝了蕾絲窗簾（原先是裝百葉窗）。是一種半套的窗簾。那些窗簾變成這條彎道的話題。每個人都不停地說，「瞧那些窗簾！」

瑪莉・霍普說那個東西叫 Jardiniere ——在葡萄牙非常受歡迎——她對紡織品（全世界的）知識廣博。它們算不上是窗簾，比較算是櫥窗點綴吧。與其說是窗簾，不如說是內衣。

連克蕾兒・湯馬林，平常懶得管這種事的人，都說「什麼怪窗簾！」傑茲認為那些窗簾非常「麥克・李」*。訥弗認為那些窗簾令人受不了。威爾說那些窗簾脂粉氣十足。瑪麗凱說那些人愛怎麼打點他們的窗戶是他們家的事，但是認為那些窗簾有點失去重點。我討厭那些窗簾。山姆認為我們的言行很可怕。

和瑪麗凱、山＆威，以及亞倫，去蒂蘭喜餐廳吃早餐。亞倫、瑪麗凱，和威爾遲遲不想走，山姆和我覺得無聊，便在他們之前離開。我們經過窗外時，山姆對他們招手。瑪麗凱以古怪的手勢回應（整隻手舉起來致敬）。

後來，我問她這件事。「你在蒂蘭喜招手姿勢是怎麼回事？」「噢，是，我以為那滿好的——那是新的，我從蓓西那兒學來的。」我告訴她，我們比較喜歡手肘放在桌子上，擺動手指。

我：在我看來，招手這種舉動，整體來說是尷尬的。
瑪麗凱：如果有人對你招手，回應當然比較不尷尬。
我：那是事後聰明。
山姆：你可以點頭回應。
威爾：點頭有危險性——點頭有含意。
我：老天，什麼含意？
威爾：古怪的含意。

* 譯註：導演，很注重即興創作。

125

我：你又知道了？

威爾：我朋友有個叔叔就用點頭代表「那個」。

我：這又是誰的叔叔了？

山姆：我打賭就是有墨水漬游泳池的那個，每次都是他。

努內告訴我，說我在結束電話（和他）時，不道再見，很沒禮貌。我不知道是不是真的沒禮貌。

我告訴他，那沒有必要，而且掛電話本來就隱含再見的意思。聽起來像瑪麗凱講的話。

愛你的，妮娜

親愛的維：

　　威爾科學測驗得了八十九分的高分（考水文循環——用圖繪註解）。

　　威爾：我畫圖 OK，但因為在太陽上畫了個笑臉，被扣一分。
　　我：在太陽上畫一個笑臉有什麼不對？
　　威爾：那樣不科學。
　　山姆：什麼是水文循環？
　　我：就是水底腳踏車。
　　瑪麗凱：別那樣跟他說。
　　山姆：那樣不科學。

　　亞曼達來電話，問山＆威要不要過去伊凡家看電影《皎潔的水灣》。山姆不是很喜歡那種電影（悲傷的結局）。他喜歡喜劇和動作片。威爾所有類型的電影都喜歡（除了愛情片），但是不喜歡伊凡家的小狗。

　　山姆：我會喜歡嗎？
　　我：會，但是有一點悲傷。
　　山姆：有人死掉嗎？
　　我：也不算真的是。
　　山姆：有動物死掉嗎？
　　我：呃，是。
　　山姆：一隻狗嗎？
　　我：不是。
　　山姆：一隻貓嗎？
　　我：不是。
　　山姆：一隻沙鼠嗎？
　　我：不是，是 O 開頭的字。
　　山姆：鴕鳥（Ostrich）？
　　我：不是。

山姆：放棄。

我：是一隻水獺（an otter）。

山姆：Notter 的開頭字母是 N 啊*。

他們家的電視間，窗簾拉得緊緊的，又有一隻狗，讓人覺得無法動彈，好像要得幽閉恐懼症。所以我們打道回府。

瑪麗凱：電影怎麼了嗎？

山姆：最後有一隻水獺死掉。

瑪麗凱：那可真快。

山姆：妮娜告訴我們結尾。

瑪麗凱：（對我）提醒我，以後不要跟妳一起去看電影。

後來，就寢時間到了。威爾讀了《我這邊的山》，覺得很棒。我主動提議要唸給山姆聽。

山姆：好看嗎？

我：我覺得好看──威爾很喜歡。

山姆：是什麼故事？

我：有個十歲男孩厭倦紐約都市，搬去卡茨基爾山裡的樹洞。

山姆：然後呢？

我：他就和他的寵物野鳥在那裡生活，吃野莓，還有泡茶。

山姆：然後呢？

我：呃，我讀給你聽，你就會知道了。

山姆：如果可能，我要在今天晚上讀完。

愛你的，妮娜

---

* 譯註：山姆把 an otter 聽成 a notter ──沒有 notter 這種動物。

親愛的維：

　　老奶奶（威莫斯）來訪。她下來廚房的動作非常緩慢，一路手扶欄杆（穿矮高跟鞋／對木階梯充滿戒心）。山姆等在樓梯底下很不耐煩，腳不停頓地板，嘴巴不停發出嘖嘖聲，暗地裡頻催**「快呀」**。

　　等她抵達底層樓梯，山姆給她一個簡短的擁抱，然後回去玩他的撞球。威爾擁抱她，然後把她舉高起來（兩隻小腳離地懸在半空，像卡通片一樣）。

　　我笑起來。威爾也大笑。瑪麗凱露出微笑。奶奶發出尖叫。

　　「唔，非廉，放我下來！」（俄國口音）

　　山姆：什麼事這麼好笑？
　　我：威爾把奶奶抱起來。
　　山姆：為什麼好笑？
　　我：有人把別人抱起來就很好笑。
　　威莫斯奶奶：也許那樣子很好笑……僅此一次。

　　山姆說他決定要學小提琴（再度），瑪麗凱必須寫一張條子給學校的音樂老師。

　　瑪麗凱：我這張條子要怎麼寫？
　　山姆：就說那樣子OK啊。
　　瑪麗凱：什麼OK？
　　山姆：我上小提琴課啊。
　　瑪麗凱：嗯，有什麼不OK的嗎？
　　山姆：如果你不想付那個費用的話。
　　瑪麗凱：噢，小提琴老師叫什麼？
　　山姆：小提琴先生。
　　瑪麗凱：小提琴先生？你在開玩笑嗎？
　　山姆：不是小提琴，是乃提琴，乃提琴先生（發出嘖嘖）。
　　瑪麗凱：什麼──還押韻啊？

威爾：就寫「親愛的先生」就好了。

後來發現，他叫做乃曼先生。

愛你的，妮娜

PS 洗窗工人剛出獄。他來洗了窗戶。事後，瑪麗凱和我討論，我們是不是應
該裝窗鎖。

親愛的維：

威爾要知道，無價（Priceless）和無價值（Worthless）的不同。
瑪麗凱：無價值——沒有價值。無價——沒有價格。
亞倫：（讀字典上的定義）無價值——沒有實用的價值或好
處。無價——無法估價，超越價值。

亞倫開始讀字典，喊出一些奇奇怪怪的字。然後威爾從他手
中把字典搶過來，也開始唸出一些奇奇怪怪的字，並且哈哈大
笑。那看起來似乎滿惱人，但我一試之下，也了解其中趣味了。
現在我愛上字典——你也應該試試看（當你無聊的時候）。
山姆受到邀請去湯馬林家吃飯——他有史以來第一次（正式
邀請，於晚間）去那邊用餐。我告訴他克蕾兒來電話，請他帶一
顆馬鈴薯過去。威爾和我覺得，讓山姆一手拿馬鈴薯，另一手拿
足球遊戲卡出門，笑果一定爆表。後來：

我：克蕾兒對馬鈴薯有說什麼嗎？
山姆：她想你一定搞錯了。

瑪麗凱的一個朋友用 Fine Fare 超市的袋子帶一袋李子過來，
以為——錯誤的想法——我們會喜歡自己做果醬。
我：你要做果醬嗎？
瑪麗凱：我以為你可能想做。
我：我從來沒做過。
瑪麗凱：每件事都有第一次啊。
我：我沒興趣。
瑪麗凱：也許你可以派山姆把李子帶去 57 號（湯馬林家）。

這就是她告訴我，她知道我用馬鈴薯戲弄山姆的方式。
謝謝你的烤牛肉食譜。不確定我會不會做（煮那樣一大塊肉）。
和 T 先生的事，繼續努力。

愛你的，妮娜

親愛的維：

威爾和我在讀《艾德里安・莫爾的日記》。

受該書鼓舞，我們也想來寫日記。亞倫說每個人都應該（寫日記），但不必浪費時間去寫時事，也就是新聞，只要寫每天身邊發生的事就好了（那些才是在多年後會讓你感興趣的東西）。

海倫來這裡小住，因此必須去肯頓市集。一個演奏迪吉里杜管（澳大利亞土著樂器）的街頭藝人，淹沒了那個可憐盲人的歌聲，後者總是在一個（聽覺效果上）比較吃虧的角落，低聲吟唱「你充滿我所有的感官」。

海倫跟一個賣香草料的傢伙買了一個母雞形狀的二手蛋杯，和一包味精。自從成為素食者以後，她特別嚮往強烈的味道。

我：瞧海倫買了什麼。
瑪麗凱：我不確定味精對你有好處。
海倫：我發現食物變得非常無味──我又開始素食了。
瑪麗凱：為什麼？
海倫：為了健康啊。
瑪麗凱：我不確定味精對你有好處。
海倫：我知道，但是可以增加味道啊。

烤牛肉的結果 OK。但十五分鐘不夠，必須再放回去多烤一段時間。非常血紅。瑪麗凱說我應該把烤箱熱度設高一些。結果算 OK 啦。威爾滿喜歡的。山姆把他的那份直接藏進他平常藏肉的地方，海倫則吃自己用錫箔紙帶來的豆子漢堡。

感謝老天，亞倫沒有在這裡目擊。原來他爹曾是里茲的屠夫，因此他（亞倫）對烹飪算頗精通。

瑪莉・霍普有一本《狄菈・史密斯烹飪指引》，喜歡該書按部就班的手法。他們都在瘋 pâté *（是一種醃燻鮭魚嗎？）。

＊　譯註：法式鵝肝醬。

從奶奶（史提比家的）那裡收到六只碟子（蘇西‧古柏設計），雖然漂亮，但是很淺。還有一套蒸蛋杯。和山＆威一起做蒸蛋。威爾喜歡那個手續（煮以前先調味，還有扭緊蓋子），但是我看不出來優點在哪裡。那有比普通的水煮蛋高明嗎？看來是為無能的傢伙（害怕蛋殼者）設計的。

愛你的，妮娜

......

親愛的維：

去肯頓路的 Flickers 髮廊做曲線燙（阿玉對細薄頭髮的解方）。結果很難看。當天就把它剪超短 —— 去不同的美容院 ——以免觸怒阿玉。阿玉的真名 ——莎莉。努內說我的新髮型（短，有點蓬鬆）看起來像大衛‧奧拉利（兵工廠足球隊隊員）。

我：努內說我看起來像大衛‧奧拉利。
威爾：對啊。
山姆：你為什麼想要像他？
我：我沒有想要像他。
瑪麗凱：她去 Flickers，並沒有要求剪一顆大衛‧奧拉利頭呀。

廚房裡有瑪麗凱在 1978 年一頭羽毛剪的照片。她剪羽毛剪看起來好看多了（比起鍋蓋頭）。再說，鍋蓋頭比較難養護，做造型的時候，你需要同時動用兩隻手，如果你有一隻手抓著吹風機，是辦不到的，做造型的時候，你往往就得用一隻手抓吹風機。

山姆的整骨醫生認為，游泳可能有助於改善他的姿勢。於是

我們計畫找一天去瑞士村游泳池。

　　山姆：我不要游泳。
　　我：那對你有好處。
　　山姆：如果剪到手指，你還能游泳嗎？
　　我：不能吧，但是你沒有剪到手指啊。
　　山姆：但是如果剪到，你還能游泳嗎？
　　我：那要看有多嚴重。

　　昨天，游泳日。猜怎麼著——山姆剪到他的手指。
　　山姆：我不是故意的。
　　我：自己去跟警察講。
　　山姆：不要打電話給警察。
　　我：我在撥囉。

　　好處是，手指上貼膏藥，他就沒辦法練小提琴了。這陣子他滿常拉小提琴的。他的琴聲很可怕，我們每個人聽得都快生病了。但瑪麗凱不准我們說壞話，他願意試，那才是最重要的。

　　　　　　　　　　　　　　　　　　　愛你的，妮娜

親愛的維：

　　有個男的來幫沙發對面那張小椅子（根本沒人坐）換新襯套。椅面的灰色織面都起毛破舊了。修墊工的技藝了得，用嘴巴含勾針。

　　他在他的汽車擋風玻璃上留了一張條子（「在 55 號工作」），但仍老去窗邊看有沒有交通查緝員來。他還請我幫忙看有沒有交通查緝員來。我說我會盡量，但是沒辦法投入 100％心力。倫敦的交通查緝員既快又狠，特別是在這一帶。

　　座椅修墊工在他的小貨車裡吃自備午餐。兩顆水煮蛋。我看見他在儀表板上敲蛋殼。沒飲料。後來，我告訴他蒸蛋杯的事（鑒於他是個愛蛋人）。他不感興趣。

　　現在椅子看起來很漂亮。藍綠色的布料，上面有小小的紅色淚滴狀花樣。然而仍舊沒有人坐。位置不對，而且太低。那是一把小型安妮女王椅，修墊工說，那是「一把超級好椅」。他還說，屋裡的餐桌椅混合了希契科克風[1]和謝拉頓風[2]。

　　到瑪莉．霍普在科茨沃茲的房子度週末。愉快極了。房子由黃石砌成，有大窗戶。花園很美，草地上一棵樹（櫻花樹？）有一枝很長的枝幹，替桌子提供完美遮蔭。瑪莉用一根竿子把它撐住。周圍的村莊都是古董店和茶館。

　　路上事故頻繁。首先，我們差點錯過從派丁頓來的火車，因為我忘了是派丁頓，以為是聖潘克拉斯（就火車路線而言，派丁頓較遠）。

　　威爾從火車車窗看見田野上的牛群。

　　威爾：（面露憂戚）噢，天哪，田野上到處都是死牛。
　　我：牠們沒有死。

1　譯註：Hitchcocks，十九世紀初美國工業革命風傢俱。
2　譯註：Sheratons，十八世紀末英國新古典風傢俱。

威爾：牠們看起來死了，頭都垂下來。

我：牠們只是在休息。

威爾：我以為牠們只有在牛欄裡，或生小寶寶時，才休息。

　　我差點把山姆的機器忘在第德考特公園大道火車站。不對，我**確實**把山姆的機器忘在火車上，車掌抱著機器跑下來。幸好火車提早抵達，所以沒有很快開走。

　　車掌希望我們隆重感謝他的義行，而當他覺得我的致謝不足時（我跟他道謝兩次，而且態度非常熱誠），他對山＆威說：「記得以後多幫幫你媽。」威爾說：「她是我們的褓姆。」然後車掌說：「噢，那你可以告訴你媽媽，你們的這番冒險。」然後威爾說：「褓姆不喜歡我們告訴媽媽這種事情。」車掌聽了以後更不高興。他重新登上火車，丟給我一個惡狠狠的眼色。

　　瑪莉‧霍普又做酸模葉湯（嚐起來有點酸酸的，但是喝多了大概就會習慣）。波麗做南非炸甜圈圈餅（好吃）。花園裡有一個游泳池，似乎不見任何人使用。當我提議要去游泳時，他們都瞪著我，好像我說了什麼蠢話。

　　逮到山＆威在看一部叫做「丹麥性感尤物精選」的錄影帶。

愛你的，妮娜

親愛的維：

　　街上有個怪胎老跟每個人說，她要告市議會未經她同意修剪她的灌木叢。那邊原先是一片灌木圍籬，現在只剩幾根殘枝（據她的說法）。市議會的修樹工錯把那片地當成他們家的，因為那片屋前花園丟著彈簧床墊，兩只輪胎，還有其他人家的垃圾桶。因此他們就把那邊的灌木叢修剪了一番。

　　一位名叫黛博菈·墨佳奇的作家住在那邊街上。我可以看見她在那裡敲打字機寫小說。我帶了一堆艾爾斯佩斯寫的詩去給她評估。老實說，我覺得那些詩寫得非常好，充滿詩意又有智慧，再說黛博菈·墨佳奇不會介意我打擾的，因為她整天除了敲敲打打，也沒做別的事。

　　黛博菈·墨佳奇非常高興看見這些詩，說它們有天份，說艾爾斯佩斯應該繼續寫，說不定她還會寄幾首給某詩刊看呢。黛博菈·墨佳奇認為每個人都應該寫（如果他們願意），而有時之所以會受到注意，運氣的成分其實大過一切。當我告訴艾爾斯佩斯這一切時，她似乎很快樂，但並沒有如我預期的那麼快樂。後來，她坦承她寫這些詩的時候喝醉了，且她**只有**在喝醉酒的時候才會寫詩，而且，愈醉愈好。

　　我說那並不會使那些詩比較沒價值（你可以看出來，我確實有在鑽研文學）。只能說，喝醉酒使她進入寫詩的情緒，如此而已。而且我感覺，托馬斯·哈代可能也是如此……而你瞧，人們多喜愛他的詩啊（雖然我不愛）。

　　艾爾斯佩斯承認，她只是有點像把既存的詩再翻譯一次而已。換句話說，使用同義詞，逐行逐句的意譯。所以，例如她的詩《白色的貓》，就是根據某人的詩《棕色的狗》衍生而來，諸如此類。她說那是欺騙，所以她無法繼續寫。

　　我也嘗試像她那樣意譯，發現不容易。事實上，比從無開始自己編造詩句，要困難多了。想像找出一首詩，在喝醉酒的狀態下，搜遍同義詞，翻譯，然後再把它們全部寫下來。她有資格拿詩的諾貝爾獎。

　　　　　　小提琴
　　　　小提琴，我恨你的聲音
　　　　像殺豬，緊張，又哀戚
　　　　　你使我想起鴿子
　　　　（骯髒，古老，又惡劣）
　　　　　我只喜歡你的形狀
　　　　　　比起鋼琴
　　　　　　你容易攜帶
　　　　　　也比較好丟棄

瞧，我兩三下就可以寫出一首來（一分鐘）。

　　　　　　　　　　　　　　　　愛你的，妮娜

親愛的維：

　　打電話問瑞士村游泳的時間。告訴山＆威和他們的朋友，有哪些選擇。

我：（對威爾和他的朋友）你們要一般游泳課，還是救生課？
威爾：（經過一番討論）一般游泳課。
我：不參加提供給 13 歲以下學員的救生課嗎？
威爾：不要，一般游泳課就好。
我：你不想學救生嗎？
威爾：不要在瑞士村學。
我：那要在哪裡學？
威爾：唔，我不會介意在真實的情況下救人。
我：除非上過課，否則你不會知道要怎麼救。
威爾：我知道，我會把我的圍巾丟給他們。
山姆：好啦，但是如果他們不是兵工廠隊的支持者怎麼辦？
威爾：我還是會盡全力。
山姆：你應該要排成一條人龍。
威爾：那是火災。
山姆：不是，火災的時候你要趕快把頭放低。

去游泳。回到家。
瑪麗凱：游泳進行得如何？
山姆：還好。
威爾：很棒。
我：很棒。
山姆：我再也不信任她了。
瑪麗凱：為什麼？
山姆：她推我下水。
瑪麗凱：（有點震驚）你推他下水？
我：我必須啊。

瑪麗凱：為什麼？

我　：否則他不下去。

瑪麗凱：那不是推人下水的好理由吧？

威爾：可是那個人是山姆。

山姆：總之，我再也不信任她了。

威爾：我從 1981 年開始就不信任她了。

山姆：你在 1982 年才認識她的耶。

威爾：所以啊，我早料到了。

瑪麗凱：（對山姆）所以，她推你下水以後，你游得愉快嗎？

山姆：還好，但是我已經喪失信任感了。

愛你的，妮娜

親愛的維：

今天看見一些塗鴉——「耍酷，也要關懷」。指給山＆威看。才開始要跟他們解釋作者用意，山＆威馬上就説他們知道。

威爾：我們知道他要説什麼。
我：有可能是「她」。
山姆：是你嗎？

他們找更多塗鴉，希望看到一些幹譙字眼，但只找到「伊略特·高爾德是娘砲」。山姆告訴我們，在安娜·謝爾家附近有一些「真的很惡劣的東西」。他不記得詳細內容，只記得克里斯·拉爾告訴他，裡面包括「英文當中最糟糕的三個詞」。我們考慮開車過去瞧瞧，但那已是星期二的事，如果真的這麼粗魯，又靠近安娜·謝爾家，有可能已經被洗掉了。

威爾：為什麼人們要塗鴉？
我：好表達他們的看法。
威爾：但是沒有人知道那是你的看法呀。
我：那就是好處之一。
威爾：噢，對，你可以愛寫什麼就寫什麼。
我：可以這麼説，但是塗鴉是非法的。
威爾：真屌。

威爾的學校作業要寫亨利八世，他把「安·珀林」（亨利八世之妻）寫成「安珀·林」。威爾想參加柔道俱樂部。他想去是因為他朋友參加了。我試圖説服他不要。努內認為那是好事。瑪麗凱説，由威爾自己決定。

愛你的，妮娜

PS 威爾喜歡聽人家説「掰掰囉」，不是因為他喜歡人家離開，只是因為他喜歡聽那句話。

嗨，維：

　　日前在湯馬林家的殘障停車位停了一下車（時間非常短）。在擋風玻璃的雨刷下發現一張專橫跋扈的紙條（努內留的）。原本以為可能是一張「要去看電影嗎？」的紙條，當我發現內容是指責我把車停在他們的停車位時，我有點不爽。

　　第二天，我把一張努內在上廁所的照片放在克蕾兒·湯馬林車子的擋風玻璃雨刷下。努內很火，拒絕告訴我後來發生了什麼事，克蕾兒是否有發現照片？或者，是他先看到照片，並丟掉？

我：發生了什麼事？
努內：我才不讓你稱心如意。
我：克蕾兒有發現嗎？
努內：你能不能不要再做那種事？
我：好玩啊。
努內：不好玩。

　　這就是問題所在。對我來說，這很好玩。《羅密歐與茱麗葉》裡面的淫猥奶媽不好玩，《巴斯太太》也不特別好玩，但是努內上廁所的照片就很好玩。特別是當照片擺在《週日時報》文學專欄主編的富豪汽車擋風玻璃上。

　　為北倫敦技術學院的面談做準備。無法和努內進行演練，因為我們為了他上廁所的照片吵架。我不想道歉。所以找瑪麗凱練習。

我：我必須假裝仰慕莎士比亞，還有喜歡哈代。
瑪麗凱：做你自己就行了——只是不要穿那件綠色的東東。
我：我不要看起來像個沒文化教養的人，把機會搞砸。
瑪麗凱：就談談你讀過的劇本——談一點點就行了。
我：我只希望他們不要問我包萍仙后或那個淫猥奶媽。
瑪麗凱：好好準備，事情就不會發生。

事實是如此。我完全準備好了要談包萍仙后和淫猥奶媽，結果那個男的只問我一件事（與課程大綱有關）：「哈代給你什麼樣的的感受？」

我很想說討厭和無趣，但是改口說**無足輕重**。我想面談進行得非常順利。我們等著瞧吧。

威爾喜歡柔道。他要求在晚飯後秀幾個動作給我們看。他把山姆的頭緊挾於腋下，然後弄倒他。山姆閃了一點尿。

愛你的，妮娜

......

親愛的維：

琵琶帶一隻**不一樣的**狗過來。上一隻狗（小獵犬查理斯）回去薩默塞特了。現在她在照顧一隻退休的灰狗（為期兩星期）。牠的名字叫泰德·休斯（簡稱泰德），因為牠長得像詩人泰德·休斯——他確實長得像（有點）。

我不確定琵琶是不是像喜歡查理斯那樣地喜歡泰德·休斯。泰德·休斯沒有那樣自由的權力，且是一隻退休老狗。

山 & 威不怎麼喜歡泰德。山姆說牠「甚至比其他狗都爛」，威爾說牠古怪，但是承認牠長得很高。這正中琵琶下懷，因為我們都在沒完沒了的討論泰德（狗），她還不斷用各種泰德生活趣事的零星資訊延長這個話題。就狗的年齡推算，泰德已經五十六歲了，由於長年參加賽狗比賽，又沒有補充充足的水，患了慢性乾咳的毛病。因喉嚨長期乾燥，甚至吠不出聲來。

我轉開話題，告訴山 & 威，馬克斯威爾的事蹟，和牠的一切成就。

我：馬克斯威爾會用牠的蹄打開水龍頭。

山姆：你以前跟我們說過了。

威爾：可惜泰德不會用牠的腳掌打開水龍頭。

琵琶：（被惹惱）泰德是專門賽跑的，沒時間去開水龍頭。

後來在晚餐時，亞倫問起琵琶的事。

亞倫：帶狗來的那個女人是誰？

我：是我的朋友，琵琶。她本來在當褓姆，後來和人家鬧翻。

亞倫：她的頭髮非常好看。

我：她有去做頭髮。

亞倫：顏色很漂亮。

我：是染的。

亞倫：我可以問問那隻狗的事嗎？

山姆：牠的名字叫泰德‧希斯。

亞倫：噢，天哪。

我：泰德‧休斯，不是希斯。

亞倫：喔，那好一點。

努內料想《巴斯太太》會是個愛狗人（顯而易見）。我一定漏讀了什麼。希望你一切安好。

愛你的，妮娜

親愛的維：

瑪麗凱從來不喜歡被逮個正著。她在晚餐時聊到這件事。

我：例如什麼狀況？
瑪麗凱：例如我睡著的時候。
山姆：從來就沒有人看見她睡著的樣子啊。
威爾：除了聖誕老公公。
我：我討厭被人家看見在打呵欠。
威爾：那挖鼻孔呢？
山姆：或者在看自己的手呢？
我：有時候很難避免被逮到。
瑪麗凱：除非你隨時都保持警戒。

那使我想起蜜絲媞在報紙上的照片（在克拉夫特狗展中，看著她的鞋底）。她（蜜絲媞）覺得很丟臉，不是因為在看鞋底，而是因為表情**很憂慮**。

告訴瑪麗凱，她則說：「如果你在狗展不能看起來很憂慮，還有哪個地方可以？」

瑪麗凱周圍隨時都有一票人。包括送她一束玫瑰花的男生，即使她生日還沒到，而她只請他喝一鍋湯，和一瓶 M&S 佐餐酒（沒有甜點）。雖然看起來不怎麼樣（那些玫瑰花），只有蓓蕾和葉子，但是放進水瓶以後，應該就會逐漸綻放。

那個男的把花遞給她，喃喃說了幾句什麼。我想他是害羞。瑪麗凱很親切，歪著頭說謝謝。也許他們之間有什麼情愫。那個男的人很好。有藝術氣息，也很體貼。

至於玫瑰花：你必須敲擊它的枝梗，否則花會死掉。瑪麗凱不懂，我也不懂（當時）。所以第二天早上（昨天），我好驚訝，看見所有的小小蓓蕾都垂下頭來，瑪麗凱跟我一樣（驚訝）。

我：噢，不，看那些花蕾。

瑪麗凱：它們怎麼啦？

我：都死了。

瑪麗凱：怎麼可能，都還沒開花耶。

我：（說謊）也許會再醒過來。

瑪麗凱：（認命的表情）或許就是這樣了。

我說，這就像茶花的事重演，我指的是之前那個傢伙去年送她的那株植物（即使我灑了酸粒花肥，植物還是死了）。後來，亞倫來了，我把那些奄奄一息的玫瑰花指給他看，他大叫：「拿敲肉槌來」，我也大叫：「你說什麼？」，然後他又大叫：「拿擀麵棍來」，我翻遍廚房，把擀麵棍找出來遞給亞倫，他一把抓過來，狠敲玫瑰花的花莖，然後把它們都丟到水龍頭底下沖冷水。不到一小時，花全抬起頭來。

我：你看看那些玫瑰。

瑪麗凱：唔。

亞倫：瞧——你得敲一敲花莖。

瑪麗凱：是喔，謝謝你。

亞倫：你不知道嗎？

瑪麗凱：現在想起來了。

總之，對花你就是必須那樣做，否則它們無法吸收水分，頭就會垂下來。

今晚，玫瑰盛開，柔軟的花瓣邊緣已經開始轉為褐色。我說依我的看法，就花朵來說，玫瑰的地位被過度高估，亞倫同意，他說就一般看來，玫瑰**花束**根本沒有什麼香味可言，而香味才是最重要的（就玫瑰而言）。瑪麗凱說，她很納悶為什麼我們前一晚花那麼多心力急救，然後等它們都被搶救回來了，才在這裡說三道四。亞倫說這樣很正常啊——根據希波克拉底宣言（意思就是，救命為先，事後再來提問題）。

告訴瑪麗凱你對金鳳花的看法。她不得不同意。

做了一個不成功的牧羊人派。之所以不成功，是因為用了新

鮮的馬鈴薯，而非一般馬鈴薯，來做那個馬鈴薯泥派頂。

　　搗馬鈴薯泥不能用**新鮮**的馬鈴薯，只能用舊馬鈴薯。沒有親身體驗，永遠也不會明白這烹飪規則（就像敲擊玫瑰花梗）。用新鮮的馬鈴薯搗泥會變膠狀，而且不好吃。很可惜，因為下半部（派餡）非常可口，用了很多芹菜、紅蘿蔔、洋蔥，和兩粒濃縮牛肉精方塊。

　　亞倫：你真的不能用新鮮的馬鈴薯搗泥。
　　我　：你怎麼知道那些馬鈴薯是不是新鮮的的？
　　山姆：它們長得小小顆，而且沾著泥巴。
　　我　：所以你不能用它們來搗馬鈴薯泥？
　　威爾：不能，絕對不能用新鮮的馬鈴薯搗泥。
　　我　：怎麼大家對馬鈴薯的知識都這麼淵博啊？
　　山姆：你自然而然就會學到。
　　威爾：是啊，活到老學到老。

　　　　　　　　　　　　　　　　　　　　　　愛你的，妮娜

PS　你知道不能用新鮮的馬鈴薯搗泥嗎？

親愛的維：

　　好消息。瑪麗凱終於撞車了——在我那次（撞車）以後，真叫人鬆了口氣。她撞上攔路繩，因為那條攔路繩「和馬路、天空都是一樣的顏色」。再加上，那條繩子圍起一個平常根本不會圍起來的區域。

　　山姆：這是媽第一次撞車。
　　我：是啦，但比我之前都要嚴重——就損傷的程度而言。
　　瑪麗凱：嗯。
　　我：我從來不需要修車。
　　瑪麗凱：問題在於你隱瞞和拒絕承認。
　　我：你把車牌撞凹了——已經沒辦法復原。
　　瑪麗凱：沒錯，但是我的信用完整無瑕。

　　告訴蜜絲媞，瑪麗凱真是個不尋常的人物。
　　我：她真是非常不尋常。
　　蜜絲媞：她是不是有點瘋啊？
　　我：老天，不會，她百分之百正常。
　　蜜絲媞：那真是不尋常。
　　我：那就是我的意思唄。

　　山＆威討論他們要不要開始抽菸。
　　威爾：我要開始在每頓飯後抽一根。
　　山姆：那就是每天四根囉？
　　威爾：三根。
　　山姆：不健康。
　　威爾：就是啊，尤其如果你有氣喘病的話。
　　山姆：我要在每天走路去搭地鐵的時候抽一根。
　　威爾：那從地鐵走回來的時候呢？
　　山姆：那就每天兩根。
　　威爾：那每頓飯以後呢？

山姆：不要再鼓勵我了，我只要每天一根就夠了。

愛你的，妮娜

……

親愛的維：

離家赴大奧蒙街醫院。
我：你的隨身聽需要備用電池嗎？
山姆：（想一想）不需要，那只有四條歌的路程。

在大奧蒙街醫院候診。
我：你很有名嗎？
山姆：是。
我：你和運動有關嗎？
山姆：沒有。
我：你有在電視上嗎？
山姆：呃，有。

等等……
我：OK，我放棄，你是誰？
山姆：安·寇克布萊德（影集演員）。
我：安·寇克布萊德？
山姆：是。
我：誰是安·寇克布萊德？
山姆：她在電視上。
我：做什麼？
山姆：有的沒的。

你的花園聽起來很不錯。在這邊，如果要在花園裡坐，你就得從餐桌搬一把硬椅子，坐到外面，直挺挺的，獨自一人，在靠近藍色小棚屋的一片排水區上。沒有休閒躺椅之類的設備。

我：（談到花園）也許我們應該有個凳子。
瑪麗凱：什麼？
我：我在想，應該要有花園座椅。
瑪麗凱：我們從來不去那邊啊。
威爾：山姆會去那邊搞怪。
山姆：我才沒有。
威爾：他在那裡瞎晃，還有張望圍牆外面。
山姆：我才沒有。
威爾：如果沒有瞎晃或張望圍牆外，那你到底在做什麼？
山姆：我只是在那裡逛逛呀。
瑪麗凱：那就是瞎晃。
山姆：好吧。但是我沒有張望圍牆外面。

好玩，因為在法國，他們整天都待在外面，身上只穿浴衣。在這裡，他們從來不做這種事，即使在熱浪來襲時。

愛你的，妮娜

親愛的維：

　　紳寶進了修車廠，因為過熱的問題。幸好努內陪我去見修車工（去談，和聽對方怎麼說）。

　　我：幸好有你陪我。
　　努內：為什麼？
　　我：我對修車廠有恐懼感。
　　努內：我以為你是對屠夫有恐懼感。
　　我：修車廠和屠夫。
　　努內：那屠宰場呢？

　　碰到非跑一趟不可的地方時，我就借用亞倫的奧迪。覺得那輛奧迪不怎麼樣。後面視線不佳，而且有點小。

　　我：可以借你的車一下下嗎？
　　亞倫：可以啊，你要去哪兒？
　　我：去杰克家一下。
　　亞倫：好啊。

　　問題是，沒有杰克這個人，我藉口杰克家，只是因為我想去漢普斯特德公園溜溜，我知道，如果我說我要去漢普斯特德公園溜溜，他會說，「你不能坐巴士去嗎？」
　　後來，在晚餐時：
　　山姆：（對亞倫）我喜歡你的車。
　　我：我不喜歡，你看不見後面。
　　亞倫：我看得見。
　　我：你比較高啊。
　　亞倫：加一個椅墊不會。
　　我：我用不到了。
　　亞倫：不需要再去杰克家了喔。
　　瑪麗凱：誰是杰克？

我：一個朋友。

亞倫：她今天下午借車開去那兒。

瑪麗凱：杰克？哪個杰克？

我：（對瑪麗凱皺眉）對啦，就是杰克，你知道。

瑪麗凱：（對亞倫）沒有什麼杰克，她只是開出去兜風。

　　還在讀喬叟。讀《巴斯太太序言》（翻譯本）。努內樂在其中（又是嗆笑，又是發表洞見的）。我則不甚投入。

努內：我們不應該假定敘述者是喬叟。

我：那應該是誰？

努內：故事中的人物。

我：故事中的人物不存在啊。

努內：天老爺——先把你的不相信擺到一邊行不行。

　　希望你在中部一切安好。

愛你的，妮娜

親愛的維：

　　在肯頓路的公車道上被一名警察攔下來。不是因為開在公車道上；而是因為沒繫安全帶。警察靠上來車子旁，嘮嘮叨叨一堆攸關行車安全和法律規定等等的。

　　我想他可能會注意到我的腳（赤腳），然後又開始嘮叨有關開車要穿鞋的規定。所以，為了避免此事發生，我一直直視他的眼睛，這樣他就不能看其他地方。那感覺很怪。他大概會以為我在生氣，但是他不會看我的腳，那才是重點。有時候你就是必須裝出生氣的樣子，以避免發生嚴重後果。

　　過了一會兒，警察問我是否知道要繫安全帶這條規定。我說，「是，抱歉，我忘了。」然後我把安全帶繫上，但是在做這些動作的時候，眼睛一直保持直視著他，我甚至用吉米·薩維爾*的聲音說，「喀嚓繫上，每次開車的時候」。

　　他說他**可以**開我罰單，但這次姑且放我一馬，因為我看起來好像有學到教訓的樣子。然後他說，「走吧，小姐」，並且拍拍車子。

　　現在山姆老愛說，「喀嚓繫上，每次開車的時候」，和「走吧，小姐」。瑪麗凱想要知道，為什麼山姆老是說這幾句話，我說因為我們有進行過關於道路安全的討論。

　　琵琶最近轉喝黑咖啡。那只是為了愛現。她以前總是喝加兩顆糖的茶。但是近來茶已經不夠酷。她現在只喝咖啡，不加糖。我看得出來，她對黑咖啡的喜愛不及以前喝的加兩顆糖的茶——她把咖啡灌下喉嚨的樣子，活像牛仔囫圇吞下威士忌，然後嗆到咳嗽的模樣。

　　告訴瑪麗凱琵琶轉喝咖啡。

---

*　譯註：英國電視節目主持人。

瑪麗凱：也許她只是想換個樣子。

我：不是，那完全是為了愛現。

瑪麗凱：為什麼喝咖啡就比喝茶了不起？

我：咖啡比較有深度，而且有歐洲風情。

瑪麗凱：你覺得你落伍了嗎？

我：有一點。

瑪麗凱：你也可以換吧？

我：我不能，至少一年內不能，否則會看起來像受她影響。

瑪麗凱：白癡。

瑪麗凱不了解。她可能了解沙士比亞和契軻夫，以及他們筆下複雜的角色，但她不清楚真實生活，例如人們改喝飲料背後的真正動機。

我現在試著多喝水。瑪麗凱的朋友說，你應該至少每兩小時喝一大玻璃杯的水。茶和咖啡不算數，氣泡礦泉水也不算，必須是自來水。

愛你的，妮娜

親愛的維：

煮了一道燉雞。芹菜、洋蔥，和大蒜——先炒過，加入雞腿，煮一會兒，然後加一罐洋菇湯罐頭（濃縮的）。煮 30 分鐘。撒上洋芫荽。

瑪麗凱：這真好吃——我好久沒吃兔肉了。
威爾：（嚇一跳）什麼？這是兔肉？
我：不是，這是雞肉。我從來沒煮過兔肉。
威爾：這聞起來像兔肉。
瑪麗凱：這真的像兔肉。
山姆：我討厭兔肉。
我：這不是兔肉。我從來沒煮過兔肉。
山姆：為什麼沒煮過？
我：就不喜歡啊。
威爾：我也不喜歡，我不吃了。

瑪麗凱老是買「闖入」餅乾（M&S 版的「闖出」餅乾）。山＆威不喜歡吃——輕椰子口味。我不喜歡 M&S 公司把它們取名為「闖入」，想藉此與「闖出」餅乾魚目混珠。食品儲存室裡有三包六塊裝的。和 57 號的相同（我在他們家的餅乾罐裡看見）。

事實上，那大概就是除了愛書以外，瑪麗凱和克蕾兒·湯馬林唯一的共通點。

海莉爾特告訴山＆威，關於大奧蒙街附近的孤兒醫院：

海莉爾特：非常悲哀——人們會把小包袱留在門階上。
威爾：什麼小包袱？
海莉爾特：小嬰兒啊。就是那些人無法照顧的小嬰兒啊。
山姆：我也應該被留在那裡。
海莉爾特：為什麼？
山姆：因為賴利－戴（指他的疾病賴利－戴症候群）。
威爾：好吧，我們待會兒會把你帶去那裡丟。

海莉爾特：噢，你這毒舌的傢伙。

　　山姆會在海莉爾特面前講那種話，威爾也是——因為他們知道會得到他們倆事先期待的回應。

愛你的，妮娜

......

親愛的維：

　　咖啡愈喝愈多了。我喜歡卡布奇諾，但是不喜歡黑咖啡。

　　瑪麗凱喜歡蒂蘭喜街上咖啡達人的咖啡（法式烘焙）。我喜歡去那裡聞他們的香味，但是那個男生太愛談咖啡了，而且還用手指頭撈咖啡豆——你得小心不要讓他有機會這樣做。當你進店的時候，最好已經在和別人聊天（但是不要聊咖啡，否則他就會過來參一腳）。和威爾在裡面排隊等咖啡。

　　威爾：咖啡嚐起來很令人失望，因為味道聞起來超好的。
　　我：不要在這個時候談咖啡。
　　威爾：但是我們正在咖啡店裡呀。
　　我：噓，談別的。
　　威爾：為什麼？
　　我：否則你會挑動那個男的來插嘴。
　　威爾：你好鐵石心腸耶，他除了咖啡別無所有了。

　　前幾天我正在幫山＆威做迷你漢堡，史蒂芬·費里爾斯突然來訪（看起來像流浪漢）。他拿起一個生漢堡，就這樣吃下去。我嚇壞了，但是仍然裝得很鎮定。後來告訴瑪麗凱這件事，她說他就是這樣（吃生漢堡）。

好玩的是，山姆叫史蒂芬「3-5-9-1-8-1-5」。那是他的電話。

我：你為什麼用電話號碼稱呼史蒂芬？
山姆：那很正常啊。
我：那不正常——你沒有用我的電話號碼稱呼我啊。
山姆：但是你的電話號碼就是我的電話號碼呀，笨蛋。

順便一提，他們不喜歡全麥麩餅乾。但是喜歡薄煎餅。我很想試拉吉·帕特爾的印度比爾尼亞菜飯食譜——你可以在下封信抄給我嗎？

愛你的，妮娜

PS　你有沒有試過摩德納的陳年葡萄醋？那是一種醋，但是比薩森醋或紅酒等等，還要好很多。是深咖啡色的。看起來很可怕，像藥水，但是好吃。努內有一個朋友直接用湯匙舀著喝。

親愛的維：

謝謝你的食譜。我沒有完全照著做——太多佐料了。到目前為止，我還沒做過什麼菜是要用超過五、六樣材料的。再加上，我們沒有正確的裝備，或搗杵。所以我做了自己的版本：煮熟的雞肉、杏仁碎片、咖哩粉，和洋芫荽，外加兩包「單身漢」牌鹹味米。

亞倫：真美味。
瑪麗凱：你非得說美味不可嗎？
亞倫：**真**美味。
瑪麗凱：我不否認，但也沒有必要這樣說吧。

亞倫問裡面有什麼作料（懷疑什麼嗎？）。
亞倫：你有加小豆蔻嗎？
我：那可用可不用。
亞倫：你有用嗎？
我：沒有。

近來常用新鮮香料植物取代乾燥的。亞倫說，你必須了解如何運用。如果不知道，後果會有點複雜。
瑪麗凱喜歡：羅勒、龍蒿、大蒜、迷迭香。亞倫喜歡：蒔蘿、空心菜、羅勒、龍蒿、大蒜、迷迭香、小豆蔻。

以下是我對香料植物的簡單結論。
龍蒿：食譜上說，龍蒿是「受到誤解」的香料植物。我可沒誤解它。我了解。太難吃了。
迷迭香：使食物嚐起來像消毒劑。
百里香：不錯，但是聞起來有點像草皮。
洋芫荽：不錯，要新鮮的，不要乾燥的。
薄荷：熱水裡的薄荷葉味道（也就是薄荷茶）總會提醒我特定餐館的廁所。但生薄荷葉剁碎，單純灑在上頭，我喜歡。

羅勒：搗爛了和起司、大蒜，以及橄欖油攪在一起（青醬），好吃。然而非得用橄欖油不可。蜜絲媞曾經不小心用了玉米油，結果就沒有那麼好。

　　琵琶的朋友（美容師）梅爾，差點就因為不小心吃下黃水仙球根而毒死自己，她以為它們是冬蔥。她差點把它們加進起司洋蔥三明治，但心裡起疑，覺得好像有什麼不對勁（沒有蔥的味道）。

　　瑪麗凱：怎麼會這樣？
　　我：她以為那些是冬蔥。
　　瑪麗凱：所以，東西原來是在哪裡？
　　我：在她的冰箱裡，在沙拉櫃裡面。
　　瑪麗凱：聽起來像是你搞的把戲。

　　　　　　　　　　　　　　　　　　　　愛你的，妮娜

PS　不是我。我從來沒去過她家。

親愛的維：

謝謝妳的剪報。和瑪麗凱緬懷往日，但她興趣缺缺。

我：「梨」牌停止生產「三個願望」系列了。

瑪麗凱：那是壞事嗎？

我：我以前喜歡他們的防臭劑——綠色的那種。

山姆：如果可以有三個願望，其中一個會不會是希望再有「三個願望」？

我：大概不會，我已經改用「沉默」牌滾抹式防臭劑了。

山姆：如果我可以有三個願望，我會希望再有一百個願望。

威爾：你不能那樣做，你只能有三個願望。

山姆：誰說的？

威爾：神燈裡的精靈。

說到門鈴對講機。問題在於，按門鈴的，有可能是任何人（除了亞倫，因為他的鈴聲很短促）。所以每當門鈴響，從廚房按解鎖讓對方進來之後，要稍微等一下，有到對方下樓梯，我們抬起頭來看（腳先現身）。要那時，我們才會知道來者是誰。

發生那個男生的意外以後，瑪麗凱說（態度相當正確），門鈴響，我們應該使用對講機，先問對方是誰。

瑪麗凱：能不能開門以前，先問問對方是誰。

山姆：為什麼？

瑪麗凱：那才是明智的做法。

威爾：對方有可能是殺人兇手。

山姆：或法蘭克·包（英國主持人）。

後來，門鈴響，山姆執行使用對講機的新程序……

山姆：哈囉，你是誰，哈囉，你是誰？哈囉，哈囉。

瑪麗凱：讓對方說話呀。

山姆：媽的，你是誰呀？說話呀（按下開關讓對方進來）。

瑪麗凱：不要只是問「你是誰」，然後就解鎖讓對方進來——

在按下解鎖**之前**，你先知道對方是誰（有人走進來）。

　　山姆：（對著樓梯上方大聲喊）你還不能進來。等一下。再出去一次（門又關起來）。

　　我們都擠在對講機周圍。威爾大聲喊：「請報上你的名字」，同時山姆又重覆說「哈囉」很多次。但對方全無反應。威爾跑上樓去看是誰來了又走，但已不見蹤影。

　　　　　　　　　　　　　　　　　　愛你的，妮娜

PS　我發現如果有人來吃晚飯，山姆和我會變得比較和善一點。瑪麗凱和威爾則會變得比較暴躁一點。以上未將亞倫來吃晚飯的情況計算在內。

　　　　　　　　　　　　……

親愛的維：

　　近來瑪麗凱開始一次穿兩件襯衫。我不知道她從哪兒學來的，但顯然是一種風尚。兩件襯衫都必須非常薄又細緻，你沒辦法用堅硬或較厚型態的襯衫這樣穿。即便如此，就算用絲質的襯衫，都會看起來好像你忘了自己身上已穿了襯衫。那就好像 B 先生不小心穿兩次衣服一樣。

　　正在讀一本傑茲介紹我看的好書（不在課程大綱上）。是有關一個男生（叫做喬瑟夫‧K）遭逮捕，即使他並沒有做什麼，故事就循線往下發展。瑪麗凱說自從我來，她一共新買三把小剪刀。

　　瑪麗凱：我得把生命花在買小剪刀上。
　　我：和我有什麼關係？

瑪麗凱：你要不弄丟了，就是摸走了。

我：你把剪刀帶去客廳就沒拿回來。一定留在書桌附近。

瑪麗凱：儘管去搜我的書桌啊。

我：我是說書桌的附近。

上去客廳，馬上就看見兩把小剪刀，和一些明信片擺在一只盤子裡。還有兩捲眼皮貼。

我：你看，馬上就找到兩把小剪刀了，和眼皮貼。

瑪麗凱：是你剛剛把它們放在那兒的。

我：沒有，我是空著手上來這邊的。

瑪麗凱：是空著口袋的嗎？

我：我覺得自己好像喬瑟夫·K。

瑪麗凱：非常好。

她極少說**非常**。

牛奶喝完了。臨晚還必須跑去「頂尖食品＆酒」一趟。看見里克·馬約在裡頭買「岱利里」起司和「傑考伯」奶油餅乾。我說哈囉，他也說哈囉。我遇過他幾次（和史蒂芬有關），而且有一次是他和艾德里安·艾德蒙森一起去大奧蒙街醫院探視山姆的時候（他們非常風趣又和氣），但是在「頂尖食品＆酒」超市中，里克不認得我是誰。

我當時沒有穿鞋子。

愛你的，妮娜

親愛的維：

　　昨天電冰箱開始發出嗡嗡聲。花了一段時間我才找出聲音從哪來。我原先以為是威爾。威爾以為是山姆。山姆以為是我。

　　瑪麗凱：那是什麼聲音？
　　我：是電冰箱。
　　瑪麗凱：為什麼會這樣？
　　我：不知道，也許表示它壞了。
　　瑪麗凱：是嗎？
　　我：我不知道。艾爾斯佩斯以前都這樣說，然後她都會用手掌十分用力的打冰箱。
　　瑪麗凱：你試過嗎？
　　我：沒有，那從來沒效——艾爾斯佩斯只是出於習慣拼命亂打。
　　（瑪麗凱踢一腳電冰箱。嗡嗡聲隨即停止。）
　　瑪麗凱：（很高興）你瞧。

　　琵琶又回頭去照顧泰德·休斯一段時間（她奶奶去參加尼羅河遊輪之旅的兩個星期期間）。現在牠回去了，琵琶很想念。她照顧牠的整段期間，牠從來沒有吠過一聲。事實上，她從來沒聽過牠吠。她把它歸因於牠在擔任賽狗的那幾年長期脫水的緣故。
　　泰德·休斯參加競賽時的名字是丁哥，但是當琵琶的奶奶從基金會把牠領回來養時，將牠的名字改為泰德（出於與該基金會的關聯）。

　　我：她是泰德·休斯的詩迷嗎？
　　琵琶：不是，「休斯」是我自己加的。

　　這就是他媽典型的琵琶，根本只是簡簡單單的泰德，故意要說成是泰德·休斯，只為了吸引別人注意。就像她根本不喜歡，還偏偏要喝黑咖啡，還有一天到晚抽菸（但是根本沒吸進去）。

我不可能像她那樣。我不可能在一隻狗的名字明明只是簡簡單單的泰德的時候，把牠叫成泰德‧休斯。

　　瑪麗凱欣賞琵琶自行加上「休斯」的行為。說那使生活變得更有趣。

　　這正反映了作家這種人慣有的態度。他們不管世界上發生了什麼事，他們對壞事從來不在乎也不生氣（就和一般人一樣），當有事情發生，而且很有趣的時候，他們就很高興，然後還加以書寫。不管對錯。

　　我不可能這樣。我不可能因為某人說某隻狗叫做泰德‧休斯，就覺得高興。我不會覺得有趣，我會覺得惱火。我沒有興趣。我感到惱火。

　　總之，琵琶很想念泰德，說她可能要養一隻小貓，但是又不敢確定，因為那可能會使她將來無法受雇照料泰德（泰德不喜歡大貓，也不喜歡小貓）。即使如此，她還是很認真的在考慮收養小貓。我指出，並不是所有房東都會同意養貓，她說，「房東不需要知道貓的事。」她的意思是，你可以隱藏你有貓的事實。

　　今晚，在晚餐的時候，電冰箱又開始嗡嗡作響。瑪麗凱站起來，踢了它一腳。嗡嗡聲暫時停止，但後來又開始發作。亞倫說他不在意那個嗡嗡聲（舉凡冰箱都會有某種噪音，畢竟，它們是機器），但是他不喜歡瑪麗凱踢電冰箱。他討厭侵略性的行為。

　　亞倫：噢，不要那樣。
　　瑪麗凱：我不喜歡那個嗡嗡聲。
　　亞倫：等我不在的時候再踢好了。那樣做一點好處也沒有。
　　瑪麗凱：嗡嗡聲停止了啊。
　　（冰箱又開始嗡嗡作響。）
　　亞倫：你看，這不是又開始響了麼（探視冰箱內部）。你有東西在這後面結凍了，瞧瞧所有這些凍結的……（舉起一包冷凍的空心菜）。你設得太低了（指溫度）。
　　瑪麗凱：噢，那就是為什麼它會嗡嗡叫嗎？
　　亞倫：我想是。它試圖要變成一個冷凍庫啊。

（亞倫把溫度調整為正常設定，冰箱立即停止嗡嗡聲）
威爾：我會想念那個溫柔的嗡嗡聲。
瑪麗凱：我會想念踢它的快感。

愛你的，妮娜

親愛的維：

棒極了的一天。在泰晤士技術學院和一位名叫約翰·威廉斯的講師面談。

一開始，我刻意找機會說哈代令我覺得微不足道，結果這些話根本沒有必要，因為我們聊得挺愉快的。我說我開始擔心當真通過 A 階測驗怎麼辦（因為不愛課程大綱的讀物，而且從來沒有真的考過試）。

約翰·威廉斯說，重要的不在於成績，而在於**你自己**（也就是我），有些最優秀的學生，其實來自於非傳統的背景。聽起來他們那裡有各式各樣很遜的人。還有比較熟齡的學生，等等。他問我讀了什麼**我喜歡**的書，以及為什麼喜歡，等等。我把我所能想到的好書都提出來，包括我的 FBOAT（有史以來最喜歡的書），亦即珍·喬治寫的《我這邊的山》。他沒聽過。但總而言之，他使我真的很想去泰晤士技術學院（只因為他親切又鼓舞人的態度）。

好好地參觀了一下校園，似乎還不錯。除了在餐廳看見一排裡面有香菸燒洞的塑膠杯以外，感覺都蠻好的。圖書館很大。從車站出來，正好就在廣場對面，而且馬路再下去一點有一個市場。

稍晚，做了你提供食譜的素食辣味燉豆，但是沒有摻很多辣椒。琵琶留在這裡吃飯，晚上吃太辣會使她神經緊張。但加了一罐罐頭紅豆，澆在米飯上吃，所以看起來還蠻像一回事的。

史蒂芬的女朋友，安妮，是一位傑出的名藝術家，全名是安妮·羅森斯坦，曾經幫瑪麗凱畫一張畫像，瑪麗凱很喜歡。形狀和顏色都很美。是屬於那種，如果你有裝備，也可以自己動手做的作品。

在「與貧窮作戰」（倫敦慈善機構）店裡，看見一個二手的畫架。心想也許可以幫山＆威買下來，便和瑪麗凱提起。

我：你想他們會喜歡畫架嗎？

瑪麗凱：不會。

我：我以為他們可能會想要畫畫。

瑪麗凱：到目前為止沒有跡象。

我：也許等他們有了畫架以後。

瑪麗凱：你想也許就會突然放出來什麼嗎？

　　再回到泰晤士技術學院的面談：幾乎已經決定要去泰晤士技術學院了（如果我可以選擇的話）。唯一的問題是，從 NW1 區過去路途遙遠，這是缺點。不想住到那邊去。我會想念 NW1 等等的，而且還有山姆的眼睛要考慮——瑪麗凱認為 OK 的時候，其實有問題，而瑪麗凱認為不 OK 的時候，其實沒有問題。連瑪契先生都說我是眼睛專家，其實他才是真的（眼睛專家）。

　　必須通勤那麼遠。但也沒關係啦。搭那條路線，我很容易就可以逃票。用粉紅色車票。而且我可以在火車上讀很多很多書。

　　謝謝你的剪報。最好的一張是「甘藍菜的五種做法」。我愈來愈會煮了。他們喜歡重口味／香草料。瑪麗凱不挑剔（對食物）。威爾喜歡漢堡類的東西（但是不可以是火雞肉）和複雜的三明治。山姆喜歡糊糊的東西。請繼續寄來。

　　希望很快見到你。

愛你的，妮娜

PS　我得到萊斯特郡議會的一筆義務獎助金。

親愛的維：

　　星期六，瑪麗凱的一個書呆子朋友出乎意料造訪，說是要來一個即興咖啡歇腳（他的話）。

　　他，或者他太太，在普林姆羅斯丘看某樣東西——可能是房地產（property），也有可能是陶器（crockery），我們沒人聽得懂（他發不出 R 的音），他說他無法面對那樣東西，所以想過來這兒坐坐。

書呆子：哈囉，瑪麗凱！
瑪麗凱：噢，你好。
書呆子：我不能待太久。
瑪麗凱：那好。

　　山 & 威和我，試圖演唱〈我們上路了〉＊讓他留下好印象。一整條歌，從頭到尾，三人和音。唱完的時候，我幾乎落下淚來，太好聽了。

瑪麗凱：（非常高興）再唱一次。（對書呆子說）你喜歡嗎？
書呆子：嗯，有點「過氣」。
瑪麗凱：總比**沒氣**好吧。

　　山 & 威，和我：「我們上路了，我們是榮恩的 22 條好漢。聽啊，紅、白、藍的怒吼，這一次，更甚於任一次，這一次，我們要找到方法，找到成功的方法，這一次，全體凝聚起來，把勝利帶回家。」

瑪麗凱：（鼓掌）
書呆子：（看著手錶）好吧，謝謝你的咖啡，我得走了。

　　稍後，因為輪到瑪麗凱煮飯，她一下子就弄好了，所以晚餐比平常早一點開飯。

山姆：要我打電話通知哈囉嗎（他稱呼亞倫「哈囉」）？

瑪麗凱：好。

山姆：（在電話上對亞倫說）哈囉，晚飯準備好了——（手掩著聽筒，對瑪麗凱說）他說有點太早了。

瑪麗凱：媽的什麼話？

山姆：（對亞倫說）她說媽的什麼話？

晚餐時。

亞倫：書讀得如何？

我：很好。

瑪麗凱：只除了，她恨透了一切。

我：沒有，我才沒有。我只討厭哈代。

瑪麗凱：還有莎士比亞和喬叟。

我：不，我現在可以接受喬叟了。

亞倫：哈代有什麼不好嗎？

我：就是他那張小圓頭照片啊，到處都見得著。

亞倫：我想你不該把這點怪罪在他身上。

山姆：（改變話題）我討厭人們爬樹。

我：為什麼？

山姆：反正就是惹我心煩。

我：我懂你的意思。

瑪麗凱：我喜歡。

山姆：為什麼？

我：我猜是因為這樣地上就可以少一個人。

瑪麗凱：不是。我喜歡有人在樹裡。

愛你的，妮娜

---

* 　譯註：英國 1982 年世界足球盃歌曲。

PS 瑪麗凱給我（借我）一本書，《從勞倫斯到狄更斯的英國小說》，裡面有提到一點點關於哈代，包括常見的曲解，和人們常會貶低他的價值。那本書事實上是麥可‧訥弗的。裡面有註明。

⋯⋯

親愛的維：

最近發現我能夠把嘴巴嘟成完美的方形。弄給山姆和威爾看。山姆說他認識某人也辦得到。威爾瞎耗時間想如法炮製，但怎麼也嘟不出來。

瑪麗凱只對於我是怎麼發現自己有辦法那樣做感興趣。我說我只是剛好在吹頭髮的時候偶然發現的，然後她就變成只對我有吹風機這件事有興趣。

傑茲和我吃了一次烤肉串。我這輩子的第一次⋯⋯沒有什麼好寫的。除了看削肉的部分還蠻好玩的。你吃過嗎？

傑茲以前吃過一次（或兩次）。他說過去沒有什麼特別的感覺，但自從我們一起吃過以後，就開始上癮了。

山姆——眼睛有恙，覺得受不了。

威爾——討厭學校——他不喜歡嬌滴滴的小孩，但上的正是那種嬌滴滴的學校。

瑪麗凱——鬧彆扭。

我——閱讀中。

愛你的，妮娜

親愛的維：

我喜歡亞倫的房子（裡面）。他真的有花一些心思佈置。他做了一些拼貼面具（就像我大約十二歲的時候做的那種）。而且有一個碗，裡面裝著滿滿的乾燥檸檬，看起來像一幅古老的畫作。我試圖在 55 號再現風華。

　　瑪麗凱：這些過期檸檬還要嗎？
　　我　：我要把它們乾燥。
　　瑪麗凱：做什麼？
　　我　：就很好看啊。
　　瑪麗凱：是嗎？
　　我　：呃，等乾了以後，就會很好看。
　　瑪麗凱：隨便你。

瑪莉・霍普一點一滴慢慢地裝潢她的房子。她的臥室裡有一條暗咖啡色的粗絨毛地毯。她說她一直盼望有一條。而且牆壁也是深咖啡色的。所有東西都很咖啡色。

房子的其他地方則比較蒼白。

她們在各處點綴各種各樣的非洲藝術。其中一樣（最主要的一樣），是一長條的布料（五呎長，像一條長壁紙），上面畫著似有似無的潑墨狀藍色和綠色長線條。它的意思是要代表瀑布，但是看起來只像有人從下方把顏料抹掉了幾撇。她們很愛這一件。

雪莉・康阮*住在隔壁。她的防盜自動警鈴老是突然大響，快把瑪莉給逼瘋了。打擾到（在咖啡色臥室裡的）她。

　　瑪麗凱：住在女超人的隔壁感覺如何？
　　瑪莉：她的防盜警鈴老是作響。
　　瑪麗凱：那就不怎麼超級了。

＊　譯註：英國小說家兼記者。

理論上，我們可以爬過自家花園後面的牆壁，進入瑪莉·霍普的花園。但是實際上，中間有很多灌木叢和格子圍籬，我看不出誰能夠真的達成使命。

就連盧卡斯都需要一番掙扎。就連女超人都需要經過一番掙扎。

有時候，透過窗戶，我們可以看見他們在那裡走來走去。

我：瞧，我可以看見瑪莉（或波麗）。
山姆：他們在做什麼？
我：走來走去忙事情。
山姆：（打開窗戶，大叫）喂，瑪莉，波波，JDF。
我：他們聽不見你的啦。
山姆：我來打電話給他們。
瑪麗凱：幹嘛？
山姆：只是要說，我們可以看見他們走來走去在忙事情。
瑪麗凱：不要打擾人家。

希望你一切都好。

愛你的，妮娜

親愛的維：

　　去霍爾本圖書館歸還一張某男生用老式英語讀喬叟作《坎特伯里故事集》（摘錄）的唱片。圖書館員從我手中接過唱片，一臉欽佩的表情（還微微點頭表示讚許）。

　　圖書館員：你喜歡這個錄音嗎？
　　我：喜歡，我拷貝了一份錄音帶。
　　圖書館員：（突然發怒）你什麼？
　　我：我拷貝了一份錄音帶。
　　圖書館員：那是非法的。
　　我：噢，抱歉，我會把它丟掉。
　　圖書館員：（看著唱片）恐怕有罰金喔——這好一陣子以前就超過借出期限了。

　　令人惱火的是，她本來沒有要理會過期的事，因為我提到錄音帶，觸怒了她（一副充滿佔有慾的樣子）才告發我要繳罰金。
　　這對我和喬叟的關係一點助益也沒有。
　　稍晚，山姆和威爾想清出小棚屋的舊東西，以便來個庭院拍賣會。他們在電視上看到，有個小孩因此發財。
　　小棚屋大約一座衣櫥大小。平常只（被威爾和隔壁的史密斯家）用來爬上和跳下。我們找到兩張漁網，一罐地板亮光劑，一台腳踏車（小的），和米勒的鋸子（在去年聖誕節借的那把）。
　　把鋸子拿進屋子裡給瑪麗凱看。

　　我：你看！
　　瑪麗凱：幹嘛？你打算去霍爾本圖書館做什麼可怕的事情嗎？
　　我：不是啦，這是米勒的鋸子。總得有人拿去還吧。
　　瑪麗凱：是你借的。
　　我：是你藏的。
　　瑪麗凱：是你找到的。

我：他是你的朋友耶。

瑪麗凱：既然你這麼在乎。

結果我拿去還。

我：這是你的鋸子。

喬納森·米勒：噢，謝謝你。

我：我們去年聖誕節借的。

喬納森·米勒：是的，我記得。欸，謝謝你拿回來還。

我：抱歉，拖了這麼久。

喬納森·米勒：沒關係，如果我們需要用，一定會跟你們講一聲的。

回到 55 號。

瑪麗凱：他們有對鋸子的事說什麼嗎？

我：喬納森要我告訴你，以後再也別想跟他借任何東西。

瑪麗凱：有罰金嗎？

愛你的，妮娜

親愛的維：

　　山姆和威爾剪了新的、更極端的鍋蓋頭。這是一種倫敦風尚，到處可見。我想它的意思是要說，「我家小孩太可愛了，沒辦法不剪這種狗屁倒灶的髮型。」

　　山&威昨天下午吵了一架。為了惹惱威爾，山姆說他可能要改為支持曼徹斯特聯隊。威爾用某個神祕的德國字眼罵山姆，據他聲稱是極具攻擊性的字眼，但結果發現是「丈母娘」的意思（根據亞倫的說法）。

　　在晚餐時。

　　威爾：（對山姆）順便告訴你，那個字是 schwiegermutter。
　　山姆：什麼字？
　　威爾：我罵你的字——是德文的「幹你娘」。
　　亞倫：schwiegermutter？事實上，那是德文的「丈母娘」。
　　威爾：噢。那德文的「幹你娘」怎麼說？
　　瑪麗凱：大概就是「幹你娘」。
　　亞倫：（想了一想）可能是 mutterficken？或者可能是 arschficken 或 arshlock？拜託，我們不能討論美好一點的事嗎？
　　我：（對所有人）你們最喜歡的詞是什麼？
　　山姆：又來了。
　　我：此時此刻，你們最喜歡的詞是什麼？
　　威爾：不考慮 schwiegermutter 的話，我喜歡「解藥」。
　　（所有人都喃喃地說，「好耶」）
　　山姆：我無法決定是「橢圓」，還是「蟾蜍」。（所有人都喃喃地說，「蟾蜍——好耶」，「橢圓——好耶」）
　　我：我喜歡「蹄」。
　　（所有人都喃喃地說，「好耶」）
　　威爾：我以為你喜歡「長褲」。
　　我：那是以前。
　　亞倫：我喜歡「勒維夫」。

（沒有人有反應）

山姆：「幹你的頭」怎麼樣？

威爾：只適用特殊場合。

瑪麗凱：（訝異的表情）很高興聽到你這麼說。

威爾：（對瑪麗凱）你喜歡哪一個詞？

瑪麗凱：所有的詞都不錯，除了「菱形花」。

亞倫：沒有人說「菱形花」——我們有「長褲」，「幹你的頭」，和「橢圓」。

瑪麗凱：（對亞倫）是你說的啊。

亞倫：我說的是「勒維夫」。

瑪麗凱：不准說地名啦。

那就是我們的晚間生活。讀字典，討論文字，然後爭吵是「側邊」比較好，還是「側面」比較好——就文字本身而言。還有如何罵人——用德文和英文。好樣的。

愛你的，妮娜

親愛的維：

晚餐時，我們討論「吉姆會想辦法」[1]裡面的那個老太太，她用掃院子的掃帚幫大象刷洗。你記得嗎？那個老太太好嬌小，而那頭大象大得驚人。

我：老太太一直夢想要幫大象洗澡。
亞倫：真是個奇異的夢想！
我：她寫信給吉姆，請他幫她想辦法。
亞倫：我可能也會寫信給他喔。
山姆：你要他幫你想什麼辦法？
亞倫：我得想想看。
山姆：你可以說你想和黑猩猩喝茶。
亞倫：我已經這麼做了（大笑）。
威爾：你可以帶米布丁去。
（暫停）
我：她真的很享受幫大象刷身體。
瑪麗凱：大象喜歡嗎？
我：我想喜歡吧。
威爾：大象喜歡被人家刷身體。
山姆：你怎麼知道？
威爾：大家都知道啊。
亞倫：是啊，我想大家都知道牠們喜歡有人幫牠們洗澡。
威爾：牠們愛死了。
我：是啊，我想牠們確實是這樣。
瑪麗凱：那麼，看來吉姆是一石兩鳥囉。
山姆：（模仿主持人吉姆·薩維爾的聲音）那麼接下來，那麼接下來。

當山姆說他討厭花椰菜時，亞倫（為了某種理由）回他，「人如其食」，真是於事無補。

177

山姆：真的「人如其食」嗎？
亞倫：欸，就某種意義來說，是的。
威爾：那麼，山姆是香蕉。
山姆：對啦，那威爾是早餐玉米片。
威爾：那史提比就是堅果囉。[2]

愛你的，妮娜

親愛的維：

　　泰晤士技術學院寄給我入學許可。沒有任何附帶條件。

　　真好，因為那表示我可以去上那所學校，修我的學位（無論如何）。同時也表示，我**不必**通過 A 階測驗（而且他們不在乎他們的學生有多聰明／或多笨）。

　　我：那表示整個 A 階的事情是毫無意義的。
　　瑪麗凱：怎麼會？
　　我：我大可以直接申請，然後就去了。
　　瑪麗凱：經由這過程，可以讓你在去以前先學會怎麼讀書啊。
　　我：大概吧。

　　努內對於沒有附帶條件的入學許可，真心感到歡喜。
　　我：至少我在去以前，先學會怎麼讀書了。
　　努內：欸，我不會把話扯那麼遠。

　　本來一直都在為測驗做考古題練習。沒有焦慮感以後，做起來就不一樣了。

　　我把謝默斯‧希尼《詩選 1965-1975》留在最後，因為努內對他沒興趣。現在看看，卻成了課程大綱上最好的讀物──唯一真正好的讀物。瑪麗凱曾說我會喜歡的，說我會遺憾把它留到最後。我真的感到遺憾。

　　　　　　我終於來到你這裡
　　　　　你的凝結的水，和愛爾蘭的空氣
　　　　　　　你的爹和他的爹
　　　　　　還有你亂糟糟的頭髮

　　　　但是我獨自面對你（沒有幫手）
　　　　　　在泥淖的字裡行間掙扎
　　　　　你裹在有風帽的粗呢大衣中

179

在一片原野前方微笑

你不像哈代
雖然有些東西還是一樣
但是你的《夏居》是什麼意思？
為什麼杜鵑花要被怪罪？

　　這是我寫給謝默斯・希尼的詩（只花我五分鐘）。我想要說的是，我喜歡你，但你是一項挑戰。

愛你的，妮娜

親愛的維：

　　皮克頓教授恭喜山姆把牙齒的清潔工作「做得很好」。山姆和我兩人都很訝異。晚餐時，所有人都在談看牙醫的事。瑪麗凱討厭看牙醫，必須先打麻藥才能接受檢查。我告訴他們，有關我幫前老闆約翰森先生泡半咖啡／半茶的事情。

　　亞倫：約翰森先生認為自己在喝什麼？
　　我：早上的咖啡，和下午的茶。
　　瑪麗凱：（搖著頭）他憑什麼有資格如此享受？
　　我：憑很多很多討人厭的事。
　　瑪麗凱：例如？
　　我：傲慢自大。
　　瑪麗凱：（仍然在搖頭）。
　　我：你們為什麼對約翰森先生這麼關心？
　　瑪麗凱：我關心的是為什麼你會精神不正常。

　　我告訴他們努內的小把戲。他會先泡一杯茶，然後問（在57號）有沒有人想喝茶。他們說不要的話（很有禮貌的），他就可以得到提供服務的美譽，但不須要真正提供，而又得以保住那杯茶。再加上，還得到賭贏的快感（他自己的話），意思也就是說，他們可能會突然說要（他們要喝茶），那時他就必須把他那杯茶端出去給人。

　　瑪麗凱：他為什麼不直接幫自己泡一杯茶就好了？
　　我：他喜歡賭呀。
　　瑪麗凱：唉，活在懸崖邊緣的人。

　　我已經有好幾個月沒喝過瑪麗凱泡的茶。我有意避免。首先，水滾以後，她總要過好一會兒才去拿水沖茶袋。第二，她只沖半杯滿。第三，她泡茶總要大張旗鼓。她說要不要喝茶總說「要不要茶袋」。有一次她問琵琶要不要喝茶。

瑪麗凱：你要不要茶袋？
　　琵琶：太好了——如果你正要泡的話。
　　瑪麗凱：我沒有要泡茶。但是你如果要，我可以幫你泡一杯。
　　琵琶：噢，呃。那就不用了，謝謝。
　　瑪麗凱：隨便你。
　　我也不常主動提議要幫她泡茶。不值得。
　　我：你要喝茶嗎？
　　瑪麗凱：我不知道耶。不要用那個杯子。
　　我：那就表示不要囉？
　　瑪麗凱：不是，我要，但是不要給我那個「賽馬之鄉」杯子。

　　星期六，查爾斯王子開一輛戴姆勒汽車，在特拉法加廣場經過努內和我的面前，他兩眼直視著我。看起來很普通，褐色的頭髮。長得有點像爹（頭髮分得太後面）。

　　努內發了一陣脾氣（因為我有點太興奮），坐在「濟食行列」咖啡館對我訓誡皇室一番，以及他們在歷史上的種種可怕作為。他很聰明的把它連結到喬叟，以取得我的注意力。這有可能成為一個轉捩點，就喬叟這檔事而言，問題是，我沒有那麼多時間。

　　威爾又展開另一部小說（他在寫小說），是關於一隻野狗，迷失在一個充滿敵意的城市裡。本來要叫做「白牙」，但是已經有另一隻迷失的文學之犬叫那個名字，所以他改稱「史酷比」，以便繼續。史酷比吃丟在馬克斯威爾餐廳外面的殘羹剩飯，而且人們老是叫牠滾開。威爾忙於小說計畫，但又有緊急的家庭作業要做（幾何圖形），所以我幫他接手（家庭作業）。

　　努內：你在做什麼？
　　我：剪圖形，是威爾的家庭作業。
　　努內：（生氣）為什麼威爾不做？
　　我：他不喜歡剪紙，而且他在寫一本小說。
　　努內：把紙依照正確的測量剪出來是數學……威爾應該自己做——這是一種生活技能。
　　威爾：我在真實生活中從來不需要測量紙張；我只要去買已

經測量好的就行了。

　　努內：（對威爾）不要讓她毀了你的人生。

　　威爾：她在幫忙我寫小說。

　　努內：（搖著頭）媽的見鬼了。

　　我：少來批判我們，要就去批判 57 號那一家。

　　努內：他們不需要人家批判，他們會自我批判。

愛你的，妮娜

……

親愛的維：

　　很搞笑。　傑茲告訴山姆（然後山姆告訴湯姆）英國足球盃的最後決戰，將改為桌上賽，而非正常型態的比賽。

　　山姆：為什麼？

　　傑茲：選手的腿都太累了，但是他們的手指頭還有力氣。

　　山姆：所以，是相同的選手，只是改為桌上足球？

　　傑茲：是啊。

　　山姆：電視會轉播嗎？

　　傑茲：會，會有很多手指頭的特寫鏡頭，和即時重播。

　　山姆：我要怎麼知道，哪根手指頭是代表哪一隊？

　　傑茲：他們會戴有顏色的橡皮圈指套。

愛你的，妮娜

親愛的維：

　　很擔憂測驗，因為我還沒有讀懂謝默斯‧希尼。我喜歡／愛他的作品，但是不確定自己讀**懂**，而且現在要了解筆後面的那個人也有點太遲了。

　　我甚至不認為他要任何人了解筆後面的他。依我的看法，筆對他而言是個令人難為情的東西，因為他握的不是鏟子（像他父親，和他父親的父親那樣）＊。

　　而課程大綱的其餘項目更是令人想了就快受不了。為什麼大家那麼喜歡莎士比亞啊？真希望我也喜歡。我試了，但就是辦不到。也許你需要有一位詼諧的老師把他的作品活化。

　　努內老是說，我把原來應該用來享受希尼的心力，拿去集中在哈代身上，是一大錯誤。瑪麗凱也說了一模一樣的話。

　　我提醒努內，是他從一開始就排斥希尼的。

　　我：你說你不喜歡希尼。

　　努內：沒錯，但是我是我，你是你。

　　我：可是要說到課程大綱時，就不能這樣分啊。

　　努內很快就要出發去搭便車環遊法國／西班牙（獨自一人）幾星期。

　　他將隨身攜帶《搭便車客的歐洲旅遊指南》，和喬叟的《坎特伯里故事集》（全本），這樣等他回來時，我們就可以把這本書整個討論解決了。我並不真的想討論解決喬叟。但是人家要送禮，我總不能太挑剔唄。

　　我一定得確定在他回來以前讀完希尼，好彌補我讀不完《坎特伯里故事集》的疏失，後者我是一定讀不完的。

　　　　　　　　　　　　　　　　　　　　愛你的，妮娜

＊　譯註：謝默斯‧希尼的父親和祖父是農夫。

親愛的維：

努力閱讀喬叟中，以便在努內回來時讓他刮目相看。我仍然不太喜歡這本書。

我：他快回來了，而且會熟讀整部《坎特伯里故事集》。
瑪麗凱：他一定連看都沒看。
我：希望不至如此。
瑪麗凱：他會玩到樂不思書。
我：天哪，那更慘。

瑪麗凱說祕訣在於讀**懂**（喬叟）——你不必然要喜歡。而我雖然不是100％喜歡，但也可以算是開始讀懂了。特別是《巴斯太太》。她是一個不可靠的人——換句話說，她說她慾求旺盛（對性），但也說可以為錢出賣性（透過策略性的婚姻）。任何真正慾求旺盛的人，應該會願意免費做那檔事，或甚至付錢以便能夠做那檔事才對。

知道她滿邪惡又不可靠，而且我**不一定要**喜歡她，事實上儘管我開始喜歡她了（一點點）。

測驗在即。以下是我的總結。
《羅密歐與茱麗葉》：羅密歐和茱麗葉根本彼此還不熟悉，但自以為戀愛了，然後雙雙自殺。奶媽是個不負責任的白痴。修道士是個低能的笨蛋。這是個荒唐可笑的故事。
《歸鄉記》：艾格頓荒原（是一個荒野的所在，不是一個人）是本書的主角。尤絲黛西亞是個蕩婦。克萊姆是個軟腳蝦。韋德伊夫——「安靜的女人」旅店的老闆——有手腳不安分的毛病。
《冬天的故事》：國王有心理疾病。王后很愚蠢。
喬叟：巴斯太太是個不可靠的老太婆，但不是個偽君子。為錢結婚，但喜歡性，認為女人應該當家做主。
《修女院院長》。不喜歡也不信任猶太人，但會為受困的老鼠感傷，而且如果有人打狗還會啜泣。

謝默斯·希尼：
汝愛土地——其泥炭狀的形貌，
也喜愛耕作的聲音。
魚簍，他書寫，亞麻，與犁溝。
然而當該死的冬天帶來
平和眼瞼的殘梗般面容，
其憂心於斯啟動。

愛你的，妮娜

PS　布魯特斯不在《羅密歐與茱麗葉》裡面，你可能把他想成泰伯特（茱麗葉
　　凶狠的表哥，結尾時死掉）了。

親愛的維：

　　大學學院附屬小學（威爾的學校）的小孩子們，在用「藍丁膠」多用途黏土和牙膏做的自製口香糖。威爾嘗試要做，但是融合不起來。我想應該要加熱，但是沒有告訴威爾。

　　我：行得通嗎？
　　威爾：（努力嚼）沒有融合──我在用嚼的使它融合。
　　我：別吞下去。
　　威爾：不會啦（咳嗽，並且表情驚駭）。
　　我：怎麼了？
　　威爾：沒什麼。
　　我：「藍丁膠」呢？
　　威爾：我吞下去了。
　　我：老天，威爾，你還好嗎？
　　威爾：（聳聳肩）沒事，薄荷清香味。

　　打電話給亞曼達尋求解方。
　　我：威爾吞下「藍丁膠」。
　　亞曼達：所以？
　　我：有沒有關係啊？
　　亞曼達：我不知道。
　　我：我應該幫他催吐嗎？
　　亞曼達：不用，吃到毒藥才需要。最好讓它拉出來，叫他喝一些熱牛奶。
　　我：那會使他嘔吐。

　　和威爾討論。
　　我：你可以把它吐出來嗎？
　　威爾：不行，已經整個吞下去了。
　　我：那塊「藍丁膠」有多大？
　　威爾：大約和一顆豆子一樣大。

我：哪一種豆子？

威爾：焗烤豆。

我：你現在覺得怎麼樣？

威爾：很蠢。

山姆只剩兩套睡衣。原因：我們留了幾套在大奧蒙街醫院。再加上，有一條睡褲在緊急狀況時被拿去用，因為「某人」忘了把油孔蓋的蓋子蓋回去。由於那氣味，那條睡褲在充當過油孔蓋以後，就不能再當睡褲穿了——即使在歷經三次洗滌之後。幫他從「茸茸屋」買了一包兩套的新睡衣，上面的圖案主題是「月球人」（要不是這個，就是戴睡帽的泰迪熊）。

山姆：我不太喜歡這些（新睡衣）。

瑪麗凱：為什麼？

山姆：不喜歡中間這硬硬的東西（刺繡的「月球人」圖案）。

瑪麗凱：這是月球人。

山姆：我討厭太空。

我：那不要理它就好了。

山姆：你沒有辦法不理會太空。

我：那你寧可要戴睡帽的泰迪熊嗎？

山姆：嗯，是啊，我可以不理會它就好了。

更多壞消息。洗衣機老是停留在洗濯步驟，不往前進。因此就一直洗啊，洗啊，洗（不斷重複）。你必須去轉旋鈕，使它的洗程往前推進，就長期而言沒有好處。

有一次，我們沒有人去轉旋鈕，就這樣洗了好幾個小時，所有東西拿出來都糾結成一團。亞倫提議，這可能和水溫沒有加熱到目標溫度有關，因此機器就不會移動到洗程的下個步驟。亞倫對家用電器的知識這麼廣博，令人驚異（如果你考慮他是一位作家，而且整天除了寫作，不太做其他事情）。

我：你對家用電器真了解。

亞倫：（面露驕傲之色）欸，我可不敢這麼說。

我：你會診斷汽車，冰箱，電話，腳踏車輪胎的問題，現在又加上洗衣機。

亞倫：我不認為我特別行。

瑪麗凱：但是知道你有另一項才能可以賴以為生，是好事啊。

總之，現在洗衣機修好了，一個男修理工來處理過，果然就如亞倫說的（水溫的問題）。

愛你的，妮娜

親愛的維：

　　這是很久以前的事情。我曾問麥可‧訥弗，他或者瑪麗凱，是否曾經出現在史蒂芬‧佛瑞爾斯的電影中。他回答：「有。威莫斯和我曾經在一部上映很久的劇情片中合作演出。」所以我就問瑪麗凱，她在史蒂芬的哪一部作品中出現過，結果她說，她從來沒有在史蒂芬的任何作品中出現過（除非我把他們的婚姻算在內）。

　　當時，我以為，要不是訥弗為了讓我刮目相看對我說謊（不太可能），就是瑪麗凱太謙虛（有可能），想避免我繼續追問。但現在對情況比較了解以後，我知道他們從來沒有參與過任何電影演出，那只是訥弗在吹牛。那道雞好吃（謝謝你的食譜），但是我加的龍蒿葉有點過量，正好證明了亞倫的說法正確（龍蒿的味道會壓倒雞肉的味道）。

　　我會加過量（龍蒿）的原因，是因為這道菜叫做「龍蒿雞」。為什麼要叫這個名字，如果裡面只用一點點的龍蒿？那不如叫「洋蔥雞」還比較合適──裡面加了好多好多洋蔥，可是在菜名中連提都沒提一下。反正我本來就不喜歡龍蒿。

　　他們很喜歡那個香蕉麵包。下次我會把葡萄乾拿掉，山姆把他的挑出來，結果在他的口袋裡一起進了洗衣機。威爾把「芙羅拉花神」牌人造奶油抹在他的麵包上，後來又把它刮掉。

　　山姆在賣學校的抽獎彩券。獎品（由家長和地方商家捐贈）包括冷凍豬肉（半隻豬），「貝克特鮮魚吧」的四人共享餐，和各種各樣價值達 50 英鎊的瓶裝酒類。以及其他無數獎項。

　　奇怪。我（剛剛）放在床邊的一杯汽泡水，已經擺在那裡一小時了，突然很吵鬧的咕嚕咕嚕冒起泡來。

                                                    愛你的，妮娜

PS　瑪麗凱最近買了一些龍蒿醋（醋裡面放了一把龍蒿）。

嗨，維：

　　謝謝你的食譜。事實上不合我們的口味，但還是做了你的那個馬鈴薯東東。山姆很愛。也做了你從帕特爾那裡學來的燉小扁豆。非常好吃。

　　我的版本如下：紅扁豆、洋蔥、芹菜、水、罐頭番茄，和「帕塔克」牌咖哩醬。最後加優格和黃瓜在頂上。和印度香米一起吃。

　　我：這是帕特爾的食譜。
　　瑪麗凱：非常好吃，請轉告帕特爾。
　　山姆：太辣了。
　　亞倫：嚴格說來，這應該算佐菜。
　　我：帕特爾把它當主菜吃。
　　瑪麗凱：這米很好吃。
　　我：是用喜馬拉雅山的融雪河水灌溉的。
　　亞倫：噢，非常好。

　　蜜絲媞開始在收集青蛙。就像你的鵝、艾爾斯佩斯的豬、G的長頸鹿、努內的母親的針織羊毛毯、亞倫的檸檬，和羅德島的陰莖。

　　幫她買了一個迴紋針放置筒（以兩隻青蛙製成，贊助她的收集），結果發現有性暗示。所以改捐廚房的碗櫥。

　　威爾：她為什麼要收集青蛙？
　　我：這是人們的一種興趣，收集某種型態的東西。
　　山姆：這是給女人做的事，取代支持某個足球隊。
　　我：沒錯，她們買依她們所選擇的物品形狀做成的迷你肥皂和日常用品。
　　山姆：你選的是什麼？
　　我：我沒有選任何東西。
　　山姆：選海馬怎麼樣？

威爾：或者鯊魚？

蜜絲媞給我一個收集肥皂殘餘碎塊的省錢裝置。那個裝置可以把碎塊擠壓在一起，這樣你（最後）就又有一塊新肥皂可用了。我拿給瑪麗凱看。

我：這是個省錢裝置。
瑪麗凱：這要多少錢？
我：2.99 英鎊。
瑪麗凱：一塊肥皂多少錢？

問題是，我們用「簡單」牌肥皂，在乾涸的時候會形成很深的裂紋，而如果一段時間沒用，它就會乾涸。而沒用的情況經常發生。所以我們從來沒有殘餘碎塊，但是我們有大塊乾涸有裂紋的「簡單」牌舊肥皂。於是我們討論殘餘碎塊與肥皂的一般話題。

我：我們應該改用不同的肥皂，可以比較持久不龜裂。
瑪麗凱：或者，也許我們可以就用「簡單」的肥皂。

我想要回頭用「皇家皮革」牌，他們的肥皂從來不會龜裂，會一直維持整齊的形狀，但願我沒有提「簡單」牌肥皂裂紋的事。

希望你一切安好。

愛你的，妮娜

1984 年七月

親愛的維：

　　努內從搭便車環遊法國／西班牙之旅歸來了。他度過了一段非常美好的時光，而且一直說個不停。他告訴我在潘普洛納的時候，有個體態豐滿的女人（被鬥牛，或番茄，或他們當地的天知道什麼東西，撩起性慾）硬要和他上床，但是他抗拒她的求愛。

　　努內：她想上我。
　　我：噢。
　　努內：但是我抗拒。
　　我：呃，你不必為了我抗拒。
　　努內：我必須抗拒，為我自己。

　　他還提到有一個男生，和另外幾個女人，也跟他求愛（在車子裡，當他搭便車的時候），而且描述他如何有技巧，又如何機智的抗拒**他們的**求愛。

　　他似乎把所有時間，都花在如何機智地抗拒法國人／西班牙人對他主動提供性愛。我問他，為什麼他會突然間變得這麼受歡迎，這麼萬人迷。他說他無論去到哪裡都是如此。他回來時穿著麻繩底帆布面的平底便鞋。對於那種鞋子（整體而言），或者對於穿在他的腳上，我都不知道要如何反應。

愛你的，妮娜

PS　他很享受喬叟的《坎特伯里故事集》。顯然那本書對女人非常有吸引力，女人常常會因為那本書來接近他，跟他談這位偉大的英國作家，然後最終還會買啤酒請他。

親愛的維：

　　星期六：和努內去動物園。他翻牆進去，我本來也想一試身手，但最後還是從入口進去，付錢買票。我第一，也最想看的，是駱駝。但也對著名的企鵝池，和任何超大型的動物感興趣。

　　駱駝令人失望，身上的毛皮零零落落，而且到處是一坨坨的大便。最糟糕的是，牠們似乎很不快樂。駱駝管理員甚至說：「大家都知道，牠們會因為無聊互相唒來唒去。」他說唒，但大概其實是咬的意思。可能甚至是殘殺的意思，如果放任牠們不管的話。可憐的東西。

　　努內喜歡狼。我不怎麼喜歡（黃色的眼睛）。總之，你從公園這邊的圍籬就可以看見牠們，賊頭賊腦的走來走去，看起來陰險又鬼祟。

　　山姆想用橡皮筋做出一顆球。他用完了（橡皮筋），所以我們跑去 57 號，找到一些。有的是用來把東西，例如成捆的信件之類，綁在一起的。我們也把鑰匙掛鉤上的字母重新排列，從 CLAIRES KEYS（克蕾兒的鑰匙）改成 SCARY SLEEKI（可怕的花言巧語）。我自以為滿聰明的，但是努內有點兒惱火。比平常反應還激烈，大概是因為他已經不算是僱員，現在比較像是「家庭友人」了。

　　努內：你對鑰匙鉤做了什麼好事？
　　我：我更動了字母。
　　努內：你他媽的心理不正常。
　　我：還滿聰明的啊，我造了新字。
　　努內：一點都不聰明。那很賤。
　　我：一定經常有人在更動那些字母吧，那是可以移動的。
　　努內：沒有，沒有人這樣做。只有你。

　　　　　　　　　　　　　　　　　　　　　　愛你的，妮娜

親愛的維：

　　瑪麗凱的生日（43，還是 44 歲？）。
　　山＆威和我準備茶。BLT 三明治（切成三角形）——就和她在紐約吃到的一樣。她覺得有趣又窩心，我們竟還記得她提起過這種三明治。山姆老是把它們稱為 DLT 三明治。亞倫說，我們應該稍微烤一下麵包，使它們更符合道地的紐約風。他說得對，那樣會更好。麵包沒烤過，吃的時候會黏在你嘴巴的上顎。

薄切白麵包（稍微烤過）
培根，煎脆
番茄，切片
萵苣
美乃滋

　　威爾做一個煎餅塔（5 片疊起來）附糖漿。他想把它們點火燃燒，顯然他把他的煎餅塔和火燒薄煎餅混淆了。
　　瑪莉·霍普送瑪麗凱一樣她自己編織的漂亮禮物——一件套頭毛衣，有斑點花紋，和她自己的一樣，只是她的是咖啡色／橘色。瑪麗凱的是灰色／藍色。
　　亞倫送她只在法國才買得到的肥皂。
　　波麗為她畫了一幅非洲地圖，用不同顏色標示出所有國家。她也為威莫斯奶奶畫過，只是更大幅，而且畫在硬紙板上。她能夠默記所有的國界（波麗有此能耐）。
　　我們廚房跑來很多各處浮飛的小黑蠅。亞倫說他們是果蠅。
　　很高興知道你那邊一切安好（除了布蘭蒂的新聞）。

愛你的，妮娜

PS 瑪麗凱的一個朋友送她一樣可以掛在花園裡的風鈴狀東東，會發出叮鈴叮鈴的聲音，和趕走負面情緒。瑪麗凱不想要—— a. 她不喜歡叮鈴叮鈴的噪音，而且 b. 她並不百分之百反對負面情緒。我把它留下來（為你保存，如果你想要的話）。

......

親愛的維：

　　下個星期要去瑪麗凱在法國的房子。

　　沒有課程大綱要掛念，覺得怪怪的。努內說，我一定要循規蹈矩準備泰晤士技術學院的暑期閱讀書單，趁暑假盡可能讀完，以備應付將來要修的課程，因為大多數的學生都上過學，對學習和考試都有豐富的經驗。

　　泰晤士的閱讀書單不叫做課程大綱，就叫做閱讀書單。書單非常長，用不同的主題分成好幾個區段。書單上的書我一本也沒有讀過。努內說，就挑一本有趣而且容易的作為開始，例如《穿破褲子的慈善家》。

　　把閱讀書單拿給瑪麗凱看。她也認為《穿破褲子的慈善家》是作為開始的好選擇（無論就社會，政治，經濟，和文化各方面而言）。

　　所以，我會從那本書開始。

　　我會在法國和旅程中讀那本書。那是一本大書。山姆可以用他的隨身聽聽夏洛克·福爾摩斯的卡帶，真好運。

　　我回來會打電話給你。

愛你的，妮娜

......

親愛的維：

　　抵達法國。在火車上，山姆和我合住一間小房間（上下舖兩層床）。很棒。山姆聽夏洛克‧福爾摩斯的卡帶，我看得出很精彩。他一聽完我就跟他借，但願我沒有這麼做──真的令人毛骨悚然。我在小床上輾轉難眠──有點兒害怕──山姆受不了我一直想跟他聊天，最後對我大吼媽的閉嘴，讓他睡覺行不行。我頗為他感到驕傲。

　　　　　　　　　　　　　　　　　愛你的，妮娜

　　　　　　　　　　　……

1984 年八月

親愛的維：

　　努內打電話到法國給我，通知 A 階測驗的結果。我很震驚。我知道我沒有考得非常好，但是拿 E 實在是太慘了。努內說這算是通過，所以棒極了（總的來說）。

　　嚴格說來，我甚至不認為 E 可以算通過，可是的確有算，顯然成績單上是這麼講的。但這是除了僅僅註明「通過」而沒有任何評分以外，你所能拿到的最爛通過分數。除此之外，還有一個 F（但那是沒有通過）。

　　告訴瑪麗凱和她的友人，我拿到一個 C。

　　有時候你就是必須說謊。我必須，因為成績出來的時候，我正好在瑪麗凱座落於法國的房子裡，而那裡有一大堆她的朋友，正在吃羅勒講法文。我總不能說：「噢，是，我通過了。我拿到

一個 E。」

就算說 C，都已經夠難聽的了。

> 瑪麗凱：所以？
> 我：什麼？
> 瑪麗凱：你有通過嗎？
> 我：有，我拿到一個 C。
> 瑪麗凱：一個 C ？
> 我：是。
> 瑪麗凱：非常好。
> 其他人：（喃喃的贊聲）太好了。

若不考慮拿 E 的事，法國很棒。

房子很可愛。厚實的牆壁，石砌的地板，還有沿路的田地裡長滿甜瓜。山姆邊聽隨身聽，邊跟著唱彼特・湯森的《獨家新聞》專輯——包括「我只是想要受人歡迎」，他確實想要受人歡迎，而且他也的確受人歡迎。

吃不完的新鮮香料植物。有一天，我們只吃青豆當午餐，還有一天，只吃沙拉和麵包。

愛你的，妮娜

親愛的維：

回到倫敦。亞倫出遠門，不需要準備晚飯。

我：亞倫哪兒去了？
山姆：他去考文垂市。
我：這是照字面上真正的意義，還是照隱喻上的意義而言？
山姆：我最討厭你這樣說話了。
我：是照字面上真正的意義，還是只是隱喻？
威爾：他照字面上真正的意義，討厭你這樣說話！

　　一直以來，琵琶的朋友，美容師實習生梅爾，老是說，就美容而言，我應該要做這個，做那個，然後我就會看起來多棒。這就是她招到生意的方法，說如果把指甲修一修，你就會看起來生色不少之類的。有點像瑪契先生的整形外科朋友。他們先使你覺得沒有安全感，那樣你就不得不把錢掏出來。總之，我同意讓梅爾幫我做眉毛和睫毛染色，代價 2.50 英鎊。

　　我們在她的公寓做。做的時候，她告訴我不要講話，以防睫毛染料滲出來（顯然講話的時候，你的眼睛會眨動）。所以都是她在說話。她告訴我在「展翅之鷹」旅館的時候，手提包被小偷偷走的事。小偷趁她在上廁所時，從門鉤上把包包拎走。她沒有辦法追，因為那時她正好把工作褲裝脫下來，那種褲裝要穿回去還頗複雜的。她認為小偷刻意以穿粗藍布工作褲裝的人為目標（心中認定會有逃跑的時間）。我只偶而回應「嗯」。

　　這使我想起約翰森先生，以前老是趁病人無法回嘴的時候，講一些廢話把人家無聊死。

　　「我的草坪簡直像打草場，迪威克先生，不知道你的怎麼樣」／「我最近發現，道地的烤千層麵裡面有香腸，我以前不知道」

　　事後。
　　美容師梅爾：（把鏡子舉到我面前）好啦，這下子可以維持

六個星期可愛的黑睫毛啦。

　　我：眼睛看起來非常紅耶。

　　梅爾：你對阿摩尼亞過敏唄。

　　我：每個人不都會嗎？

　　梅爾：一定是我們聊天的時候，有些染料滲進去了。

　　我：我沒有聊啊。

　　回到55號。

　　瑪麗凱：這樣比較好看。

　　我：什麼？

　　瑪麗凱：不管你做了什麼。

　　我：對誰？

　　瑪麗凱：對你自己。

　　我：我找梅爾染了睫毛和眉毛。

　　瑪麗凱：非常好。

　　威爾喜歡一家叫做「葛芬柯」的餐館。服務生不快樂，食物也難吃／花俏。菜單上有一道甜點，取名「太妃糖──鼻子聖代」。為什麼不叫做「太妃糖聖代」就好？跟威爾提這件事。他說：「我想你只是不喜歡『鼻子』這個詞而已。」並且點了這道。威爾很驚奇，他們的小圓麵包形狀這麼好看。那個星期稍早，在肯頓市集看到人家在做麵包造型以後，我們也動手自己試試。山姆做一顆足球，威爾做一個英文字母A。我做一隻豪豬。結果出爐以後，全部都只像一顆顆小圓麵包。

　　　　　　　　　　　　　　　　　　　愛你的，妮娜

200

親愛的維：

　　今天我必須大採購，瑪麗凱在報社非常忙。

　　我討厭桑斯博里超市。他們的冰櫃有味道，而且裡面超冷的。我通常不怕冷，但是在桑斯博里超市，我會寒毛直豎，而且我曉得大多數人（特別是女人，譬如瑪麗凱）都有同感（冷，而且懊惱）。因為這不是很好的感覺，難怪她們常常會把自己裹在開襟長羊毛衫裡，並且買胡桃奶漿慰勉自己。

　　有人送瑪麗凱一本記事本，每一頁紙張都是一顆草莓的形狀（一個朋友的女兒送的）。現在瑪麗凱都用那本記事本，所以我們老是收到草莓形狀的紙條。

　　草莓便條：請買蔬菜／沙拉，任何皆可。還有草莓？

　　記得嗎，我曾經以為歐康乃爾家那幅佛拉明哥舞者，畫的是一顆紅甜椒？一樣的事情發生在山姆身上。

　　作家型的人，總忍不住要塗塗寫寫。所以在餐館裡，當他們應該要吃東西聊天說地的時候，卻常愛用簽字筆在餐巾紙上寫一些想法。瑪麗凱偶而為之，但訥弗最常這樣做。有一天，他在一張餐巾紙上畫一顆心，然後在心的裡面寫下「瑪麗凱‧威莫斯」幾個字。

山姆：（仔細鑽研餐巾紙）那是什麼？
訥弗：那，我親愛的山姆，是我的心。
山姆：是嗎？
訥弗：是的，並且有你母親的名字鑴刻在心包膜上。
山姆：噢，看起來像一顆紅甜椒。
訥弗：謝了。

訥弗是個非常好玩的人。

愛你的，妮娜

親愛的維：

　　有個女人每天路過這條街，她有你這輩子前所未見的超大屁股。問題是，他們不喜歡對別人做這方面的批評（除了威爾），所以我向來絕口不提（除了對威爾）。

　　然後威爾晚餐時提起來。

　　威爾：我想我見過那個女人。
　　我：什麼女人？
　　威爾：就是你說的那個有大屁股的女人。
　　瑪麗凱：什麼女人？
　　我：噢，就是那個女人。
　　威爾：超大的。
　　瑪麗凱：什麼超大？
　　威爾：她的屁股。
　　亞倫：那樣非常沒禮貌，威爾。
　　威爾：（大笑）你說得對，很恐怖。

　　瑪麗凱不予置評（不像平常的她）。
　　我：你有見過，對不？
　　瑪麗凱：可能。
　　威爾：你見過，就會知道我們在說誰。
　　瑪麗凱：我見過。
　　亞倫：不要這麼刻薄，你們這些人。真是的！
　　瑪麗凱：（對亞倫）真的超大。
　　亞倫：別說了！
　　瑪麗凱：可是你沒有見過。
　　亞倫：其實有，但是我不認為你們可以因此就去取笑人家。
　　瑪麗凱：他沒見過。
　　我：沒有。

　　山姆開學了，但是威爾還沒有。瑪麗凱還在面試新褓姆。她

最中意的，是一個從肯特郡來的可怕女生，綁著很高的馬尾。其次中意的，是一個從薩默塞特郡來的，人非常好——依我的看法，太好了。

今天早上放太多葵花油，而且山姆上學遲到。

瑪麗凱：你摻了多少油？
我：一點點。
瑪麗凱：應該只要一小匙。那是粥，不是醃肉醬汁。

愛你的，妮娜

……

親愛的維：

我即將搬進瑪莉·霍普家的空房間。等去上泰晤士技術學院的時候，那裡會成為我的住宿處。房子很棒（如之前所述），而且瑪莉、波麗，和 JDF 也都很棒。再加上，事實上，波麗不僅聰明（就文學而言），而且人也風趣。

對於我搬去那邊，瑪麗凱不是 100％快樂，但也不是 100％不快樂，情況就是如此。就長期而言，她會對這樣的安排感到高興的。目前只是需要時間適應。

我：瑪莉說我可以住在他們多出來的房間。
瑪麗凱：噢。
我：我以為你會很高興。
瑪麗凱：高興你裝瘋嚇走新褓姆，並且在我們的晚飯裡藏手榴彈——太棒了，迫不及待。
我：而且這樣我能幫忙看山姆的眼睛。

瑪麗凱：太好了。

總之，這一切感覺非常奇怪，而我甚至還沒離開呢。
努內即將去薩塞克斯。

愛你的，妮娜

1984 年九月

親愛的維：

看英國隊比賽（對東德？）。我在 55 號的最後一場電視轉播足球賽。沒有跟任何人提起這事，決定只要好好的享受。

山姆：（對鮑比·羅伯森說）你挑兩個該死的伊普斯威奇隊選手做什麼（用手指頭敲電視螢幕）？
瑪麗凱：不要敲電視螢幕。
山姆：（對布萊恩·羅伯森說）加油呀，羅伯。
瑪麗凱：不要再把你的手往螢幕上貼。
山姆：加油呀，英國。
山姆：我看不下去了。我討厭足球。
威爾：這只是友誼賽。
山姆：（對鮑比·羅伯森說）這只是友誼賽，鮑比（用手指頭敲電視螢幕）。
瑪麗凱：山姆，不要再碰電視螢幕。
山姆：我看不下去了。
瑪麗凱：我們也看不下去——我們只看得見你的手。

結束時，我覺得很悲傷。但是沒說什麼。我想瑪莉·霍普一家不太看足球，然而瑪麗凱和山＆威只要有機會就看。
所以，以後我如果要看足球，就必須過來這邊。並不是說我有那麼喜歡足球，我不過是喜歡和他們一起看。瑪麗凱會評論哪個球員的頭髮好看，山姆會對裁判比出 V 的手勢，而威爾會在緊張的時刻把臉遮起來。他們在看足球的時候，總是流露真性情，更勝其他任何時刻。

愛你的，妮娜

啟
程

親愛的維：

搬進瑪莉‧霍普在攝政公園臺街的房子。非常舒適。

開始上泰晤士技術學院。

第一天只是認識環境和整理選項等等。第二天確實上了一堂研討課。「西方思想史」。

我們必須（兩人一組）利用圖書館，寫一篇簡短的報告，證明或反證上帝的存在。我環顧教室，尋找可以當組員的人，排除任何 a. 留刺蝟頭 b. 年齡超過五十 c. 看起來笨頭笨腦 d. 打扮太時髦的人。這樣一來，只剩一個人選。一個叫做史蒂菈‧希斯的女孩子（北方人，燙髮，繫白色細腰帶）。她說：「我是史蒂菈‧希斯」，然後還把她的姓氏字母逐一拼給我聽。

結果她並不如我想像的那麼聰明。暑期閱讀書單上的書，她一本也沒讀，對所謂的 *Cogito ergo sum*（笛卡兒的「我思故我在」）並不熟悉，而且來上泰晤士技術學院，只是因為考到出乎意料的壞成績。她有點令人失望，老實說。

我：我選你，是因為你好像看起來滿聰明的。

史蒂菈‧希斯：事實上，我不聰明。

我：如果你有讀暑期書單，可能會有幫助。

史蒂菈‧希斯：一直到上星期，我都還在巴特林渡假村的炸圈餅攤打工（自我辯護）。

我們去圖書館，查了所有和「現代西方思想」有關的條目，史蒂菈‧希斯老是把一種噴鼻劑往她的鼻孔裡塞（說她熱感冒）。

我們各自提出一些論點（上帝不存在），講課那個男生（彼得‧衛道森）要我們透過笛卡兒，提出前後一貫的論證，那就是他希望我們做的功課。

他確實也有說，學生多半都是透過笛卡兒，證明上帝**存在**，而不是**不**存在，而那也正是笛卡兒的立場，但是不用擔心，我們了解這個功課的重點。

所以我頗高興。在學校餐廳喝茶時，史蒂菈‧希斯告訴我，她母親是個亞倫‧班奈迷。真有趣。我什麼話都沒說（關於亞倫），這正好顯示他多受歡迎。

　　然後我回家，回到這裡。真棒，我很幸運能夠當學生，而且有一個這麼棒的家，但是我想念山＆威，和瑪麗凱，這裡一切都有點怪怪的。

　　我老是會透過花園看他們在那邊走來走去忙事情，真想過去看他們，並且告訴亞倫，史蒂菈‧希斯的媽是他的大影迷。但機會未到。

愛你的，妮娜

PS　現在我知道亞倫的感覺了。

親愛的維：

　　去參加威爾的運動會，在距離他學校好幾哩外的一處運動場舉行，等於要到 M1 高速公路了。搞不清楚地點，到那裡時有點遲到，在運動場邊緣摸索一陣子，心想我可能跑錯學校的運動會（沒穿條紋制服上衣，小孩子看起來都不一樣了）。然後逛進一處不准進入的區域，被一名老師吼。後來，威爾說我看起來好像滿頭都是頭虱藥膏──我有抹，但是否認（那要留在頭髮上 24 小時才有效）。稍後，晚餐時，談起威爾的個人運動項目：跑步、跳遠，和擲標槍。

　　我：運動會很好玩！
　　威爾：看起來你頭髮裡還有頭虱藥膏。
　　我：你以為我會頂著頭虱藥膏，去參加你學校運動會嗎？
　　威爾：應該不會吧，但你確實一個人站在角落好久，然後突然在比賽中間，邁著大步穿過板球場。
　　我：我有這樣嗎？

　　然後山姆想起來，他志願參加下星期學校運動會的拔河比賽。亞倫說，訣竅在於要穿戴不會滑的鞋子和手套，還有從一開始就採取正確的站姿。

　　亞倫：（對山姆）你真的得抓得很牢。
　　威爾：那是真的。
　　亞倫：拔河比賽的關鍵在於抓得牢不牢。
　　威爾：而擲標槍的關鍵在於該如何放手。

　　我從肯頓市場買了一把麵包刀給瑪麗凱。一把像工藝品的刀，木製刀柄。她很喜歡，「非常好，非常方便」。後來亞倫說，實際上，那是一把蛋糕刀，不是麵包刀（從圓形的刀尖可以看出來）。我指出上面的小麥束標誌（代表「麵包」的古老象徵），和刻在刀柄上的「麵包」字眼，但是他不買帳，還說，「那是蛋糕刀，那根本不適合切麵包。」

　　第二天早上，瑪麗凱用它來切麵包，效果很爛──只能切某

個角度。瑪麗凱說，用來切蛋糕可能會比較好。重點是，問題可能出在瑪麗凱，不是出在刀。刀的不良表現，可能是一種自我應驗的預言。這是努內曾經告訴我的一個概念，你使某件事情發生，因為你認為它有可能（發生）。他說，只是因為事情發生了，並不表示它絕對就是會發生（諸如此類）。努內對所有那一類的人類行為很感興趣。因此他老是會對人們說什麼／做什麼發表評論。頗煩人的。

贊同你對「優麝香草酚」牌牙粉的看法。我想喜歡的人要不是年紀很大，老派思想，就是不喜歡薄荷的味道（可能是因為它使橘子汁嚐起來很可怕）。

威爾發現他的牙刷在馬桶裡載浮載沉。

瑪麗凱：（對山姆）你知道為什麼威爾的牙刷會掉馬桶嗎？
山姆：為什麼總是要找我來解釋這種事情呢？
瑪麗凱：你的意思是說，「為什麼總是要怪我」嗎？
山姆：你是在怪我嗎？
瑪麗凱：是！

後來，我們討論起牙刷。

我：依我的看法，「舒酸定」牌牙刷是最好的牙刷。
威爾：好在哪裡？
我：刷頭小。
威爾：為什麼刷頭小就好？
我：因為刷得到牙齒，甚至牙溝。
亞倫：我們不要又聊起細菌了。
瑪麗凱：我認為鬃毛刷最好。
我：鬃毛？
瑪麗凱：是的，真正的鬃毛。
我：誰告訴你的？
瑪麗凱：我讀到的。
我：在哪裡，《塞謬爾‧皮普斯的日記》嗎？
亞倫：我讀到一種漱口的方法，真可以把牙齒漱得很乾淨。
我：我從來沒聽過。
亞倫：一種會在牙齒上內爆的氣泡。
瑪麗凱：我有聽說。
亞倫：是啊，顯然漱口正流行。
我：我從來沒聽過。
瑪麗凱：你跟不上時代了。

今天碰見琵琶。她說我不應該穿紅色，我應該「只穿藍色和綠色」。還有，她祖母要去北歐峽灣兩個星期，卻還沒找她去幫忙看狗。她很懊惱。琵琶想去哈弗斯托克上製陶課。要我也去。我不確定。如果她沒說我應該「只穿藍色和綠色」，我說不定會同意。所以我其實滿高興她說了。

當人家說你合適穿藍色和綠色時，那表示他們認為你很蒼白。順便一提，我即將試做普拉姆斯特德撞球俱樂部的工作。史蒂菈說我有第一優先權，如果真的不接，嬉皮露絲就會是她的下個人選。顯然嬉皮已經有一個兼差工作了，但是對於那是什麼樣的工作吝於分享。那一定是個讓她覺得丟臉的工作——例如當妓女或者在熟食店打工。

我會讓你知道撞球俱樂部的工作如何。

愛你的，妮娜

親愛的維：

　　泰晤士技術學院非常好，而且我很喜歡上大學唸書。有時候我看見自己背著小書包（裝著指定教科書）走路的倒影，會感覺⋯⋯振奮，這是我所能想到的唯一形容詞。真不敢相信我正在攻讀榮譽文學學士學位（不知道「榮譽」兩字代表什麼意思）。

　　那些講師真有兩把刷子，講課有趣又好玩。

　　演講課：你就把講師所說的一切都寫下來（你的速度必須很快）——不要打斷或舉手，因為嚴格說來，那是講師授課的時間。

　　然後到學校餐廳喝咖啡，討論課堂／講師。現在我幾乎都是喝咖啡。體會到不好的茶比不好的咖啡要糟糕很多（不好的咖啡只是比正常的咖啡差一點點而已，特別是，如果你是個比較愛喝茶的人）。

　　然後有些人（上課缺席的人）會在此時出現，要求看別人的課堂筆記，並且把它們抄下來。老實說，我不喜歡這個例行儀式，覺得好像是在替他們做他們應該做的工作，但是我會照例配合，以免被指為賤人。

　　我總是看得出來，哪個學生有全程讀完高中並考過 A 階鑑定考，哪個沒有。有全程讀完高中的人喝咖啡不加糖。在考鑑定考以前就離開學校的人（像我）總是加兩顆糖。除了我。我和傳統的學生比較像（就加糖這個觀點而言）。

　　研討課：就每一堂研討課，你必須先讀好某本書或某齣劇本，還有一點點相關的理論。然後你去上研討課，就與教科書相關的特定論點進行討論一小時。

　　這一刻正是你吸引別人判斷你是聰明還是白癡的機會。你一定要對討論有所貢獻（有智慧的），否則，就會看起來好像你沒有讀教科書。教師可能會對那些沒讀的人說：「誰確實讀過這個？」和「你來上這課的意義是什麼？」有時候，沒讀教科書的人會被告知乾脆離開研討課算了，那真是丟臉到家。那差點發生

在史蒂菈身上。她沒有讀艾佛瑞·丁尼生（連一首詩也沒讀），但是逃過一劫，因為我事前在咖啡吧提起一些有關達爾文的論點。

教師：在這裡，我們認為丁尼生意指什麼呢？
史蒂菈：和達爾文有關的東西？
教師：（很興奮）對！正是如此，丁尼生和他的好友深受新理論的衝擊，這些新理論質疑一切……

我**總是**會先讀好教科書，再加上額外的資料，因為我是一名成熟的學生（超過 20 歲），我是可靠的。再說，我無法忍受沒讀好教科書。史蒂菈說，那顯示對權威的畏懼。我說，那顯示我不是白痴。

有一件不好的事，我被分配到和這名叫做「急轉彎」的小鬼搭檔，進行一項短期研究計畫。我們是依照註冊的次序配對（我可沒選他）。史蒂菈和一個對市場有畏懼感（他的說法）的時髦小鬼配對，叫做韓德森。

我不知道我的搭檔（急轉彎）是女孩還是男孩，很尷尬。我只知道她／他什麼工作都不太想做，只是一直剝自己指甲上的指甲油，而且她／他很失望，伍爾維奇地區沒有如她／他所期望的那麼多龐克族。我知道這點，是因為她／他寫了一首歌，是關於一名寂寞的新龐克族，歌名叫做〈所有的龐克族都到哪裡去了〉。這使我想起威爾那隻寂寞的狗，在漢普斯特德吃漢堡麵包的事。

到 55 號。哀嘆關於急轉彎的事。
我：我不知道他是女生還是男生。
瑪麗凱：有很大的差別嗎？
我：有，我們得一起研究奴隸制度。
瑪麗凱：為什麼你非得知道不可？
我：我就是要知道。
瑪麗凱：把他視為同事，不要把他視為精蟲捐贈人就好啦。

（亞倫抵達）

亞倫：大學生活過得如何？

我：好極了。

瑪麗凱：她正在和窈窕淑男打交道。

亞倫：還有和瑪莉與波麗住在一起怎麼樣？

我：很棒。

瑪麗凱：她拿走了我們一半的東西。

亞倫：不會吧？

瑪麗凱：沒錯，她是個小偷兼說謊家。

亞倫：不會吧，不要這樣說。

瑪麗凱：沒錯。

我：只有一條浴巾。

瑪麗凱：如果你開口問，我會把浴巾送給你的。

我：是啦，但是不會是那條有條紋花的大浴巾。

瑪麗凱：那倒是真的。

愛你的，妮娜

PS 丁尼生（艾佛瑞）。他的詩很好，而且有點驚世駭俗。《茉德》，關於一個
   叫做茉德的女子，她的哥哥基本上禁止主角和茉德見面。於是主角在一場
   爭吵中殺死了那個哥哥，從此不得不逃亡。

   我注意到，在他詩作（和劇本）中的男生，往往都必須亡命天涯，留下女
   生心碎而死（茉德就是其中之一）。所以，故事是這樣子的，但是撇開這
   個部分不談，詩本身寫得真好，有一段開頭是這樣寫的：「我厭惡小木頭
   後面的那個可怖凹穴」，頗令人屏息。

親愛的維：

很愛那些照片。你去燙過頭髮，還是只是讓它自然捲？

瑪麗凱（完全直髮，甚至連一根捲毛都沒有）開始用一種非洲髮專用梳（紫色的）。

我：那是什麼？
瑪麗凱：梳子。
我：沒錯，你為什麼用那種梳子？
瑪麗凱：比較不會拉扯頭髮。
我：那是給燙過頭髮，或頭髮自然捲的人用的。
瑪麗凱：是嗎？
我：不適合你用。梳齒的間距太大了。
瑪麗凱：什麼？你連梳齒都懂。

在這裡電燈泡是一件大事，因為瑪麗凱喜歡座燈，而座燈消耗電燈泡像在燒柴火（天花板燈泡也是），特別是 100 瓦特的燈泡，因為它們才夠亮。60 瓦特的燈泡壽命長一點，但是連我都必須承認，它們有點陰暗。總之，以前必要的時候，瑪麗凱都會換燈泡。但是現在她似乎討厭做這件工作。所以就由我來做。

瑪麗凱：我不討厭。我只是不要做。
山姆：她不喜愛做。
我：沒有人喜愛做。
瑪麗凱：你似乎喜愛做。
我：我只是很愛幫忙。
山姆：她只是喜歡站在椅子上。
威爾：就像有的人喜歡指揮交通一樣。

山姆去朋友家喝茶。
山姆：那個甜點真好吃。
我：是什麼？
山姆：不知道名字，你只要加牛奶進去就行了。
威爾：「天使的喜樂」。

山姆：對！你怎麼知道？

威爾：我看過。你只要加牛奶進去就行了。

　　她祖母在挪威的期間，琵琶再度負責看顧泰德‧休斯（終於）。泰德停止食用慣常的食物，現在只吃裝袋水煮的鱈魚。琵琶已經停止叫牠泰德‧休斯，現在只叫牠泰德。她說牠對泰德的反應比對泰德‧休斯好。牠比較喜歡單名。她發現所有的狗都是如此——單名與狗吠的聲音近似。琵琶說，她不會再讓泰德住在她那裡。

威爾：為什麼不？

琵琶：那很像在照顧一個沒走紅的女明星，牠會變得很黏人。

我：所以，如果你不要泰德，你就可以養貓了呀。

琵琶：我已經放棄養貓的念頭了。

威爾：怎麼了？

琵琶：貓太冷漠了。

我：你要某種介於黏人的泰德，和冷漠貓咪之間的寵物。

威爾：試試山姆。

愛你的，妮娜

親愛的維：

　　關於手提袋：我得對那種「便利組織型手提包」說：「謝謝，可是不用麻煩了」—— a. 我不屬於那種人（不幸），而且 b. 我不用那種方式整理東西。

　　我也要為瑪麗凱婉謝你的好意。瑪麗凱使用一種像籃子的手提袋。很像買菜籃，但是屬於軟材質，不是麥稈，比較像是乾草，但是有麥稈的顏色，夾帶柔和的條紋。附有長長的皮肩帶，是扒手夢想的下手目標。

　　我現在都用一種長形的帆布袋，像水電工的袋子。瑪麗凱不忍卒睹（不是因為那看起來像水電工的袋子——而是因為看起來像另一種東西）。威爾說那有品特*的戲劇風格（這說法亦好亦壞）。山姆還蠻喜歡的，那使他聯想起板球袋。

　　大學還蠻尷尬的（就提袋和穿鞋而言）——你不能太女性化，否則會像個蕩婦，因此，你很容易走向另一個極端，變成太像男生。前幾天，我穿瑪莉‧霍普送我的綠色開襟長羊毛衫，從一家叫「霍布斯」的店買的，那家店所有東西都很時髦（而且品質優良），結果有一個我研討課班上的男生說，我看起來「很奢華」。而且所有的女生都想試穿。換句話說，那不是合宜的打扮。但總之，還是謝謝你送袋子的好意，並祝你使用愉快。

愛你的，妮娜

PS　今晚要做努內姐姐提供的雞胸排食譜。

＊　譯註：品特是英國劇作家，他的人物對話含糊，略帶威脅。

1984 年十二月

親愛的維：

　　謝謝你的禮物。我很喜歡。
　　在這邊從未提起（我的生日），但是山姆（總是記得各種事情）記得，並且提醒每一個人。
　　瑪麗凱給我一本短篇小說集，叫做《人的小小困擾》。
　　很好，但是不合你的胃口。

　　瑪莉・霍普給我一件開襟長羊毛衫，並且說「拿去換」，但是我不會拿去換──顏色很漂亮（灰綠色）。
　　她提早給我（就是之前提到，我穿去大學，結果不合時宜的那件衣服）。威爾送我一條巧克力焦糖捲「可里威里」，咬了一口，所有的巧克力都碎開散掉。
　　山姆送我《維塔克年鑑》（不是「中央文具」出的）。
　　現在要出門了。去看電影和吃飯。

愛你的，妮娜

親愛的維：

　　去 55 號造訪。

　　聖誕樹已經立起來了。和往常一樣站在樓梯的轉角，不偏不倚地豎立在一個美觀的桶子裡。沒有搖搖欲墜或傾向某個角度，站得紮紮實實的。是新褓姆立起來的，她正趕著要出門（聖誕節事宜）。

　　我：那樹看起來很好。
　　褓姆：我不得不把樹幹切掉幾英吋。
　　我：你用鋸子嗎？
　　褓姆：跟喬納森·米勒借的。
　　我：現在在哪裡？
　　褓姆：我拿去還了。

　　聽了頗失望。大可以由我拿去還，以彌補前一年的過失……但是沒辦法，她已經拿去還了。

　　後來又過去 55 號裝飾聖誕樹。大盒小盒都搬出來，所有人都把自己喜歡（或不喜歡）的裝飾品拿出來。我喜歡一個小鈴鐺，上面寫著「耶誕節」。我喜歡它，因為樹打顫的時候（今年不會了），它就會叮噹響。

　　我：鈴鐺今年不會叮噹響了，樹站得太穩了。
　　瑪麗凱：人間事無法盡如人意。

　　威爾喜歡一個玻璃雪花，以前他都把它叫做冰棒，山姆喜歡一顆上面覆蓋著白雪的松果（瑪麗凱不喜歡，因為太大了）。

　　瑪麗凱：你為什麼喜歡它？
　　山姆：因為它又大又真實。
　　瑪麗凱：聖誕節的意義不在於又大又真實。
　　山姆：那聖誕樹又怎麼說？
　　瑪麗凱：聖誕樹是唯一可以又大又真實的東西。

威爾：耶穌寶寶又怎麼說？

瑪麗凱：他很小。

　　瑪麗凱喜歡一個用多種彩色金屬字母 M-E-R-R-Y-C-H-R-I-S-T-M-A-S 連結而成，像旗幟一樣的舊物。這個被懸掛在櫥櫃的頂端。第二個 M 有點破損，用眼皮貼修補過。她還喜歡一個山姆用杯墊飾布做的天使，那裙子拉到最頂端，但常常會掉下來。還喜歡一個紫色的海葵。

　　就裝飾性小玩意兒而言，瑪麗凱不喜歡太大，或太有品味的東西。她只偏好閃亮、小型、好看、俚俗，又多樣的集合。因此她不喜歡我所謂建立主題的想法——我聽說美國人會那樣做，就是選一樣聖誕節的形象和一個顏色，然後緊抓住這個原則進行裝飾。譬如你可以選擇紅色和知更鳥（銀色或金色是可以同時被允許的），那就是你用來懸掛和裝飾聖誕樹周圍的主要物件。等到明年你可以選擇不一樣的主題。

　　我看見有一家店鋪全部用淡藍色和黃沙色（伯利恆的顏色）裝飾，甚至有自製的馬鈴薯刻印駱駝圖案。我沒有做這樣的提議。

　　亞倫不在。去了約克夏或紐約。我寧可他在這裡……天知道他在紐約做什麼（如果他是在紐約的話），無法想像他在那邊，遭計程車司機和娼妓吆喝的模樣。雖然他的大衣應該抵得住風寒。

　　　　　　　　　　　　　　　　愛你的，妮娜

親愛的維：

　　瑪麗凱找了一個建築商來規劃房屋更新事宜，在閣樓建一間新房間，並且對各個房間做全面性的修繕。
　　我想卡特（那個建築商）心儀瑪麗凱。

　　卡特：告訴你，我對那位女士有非常高的評價。
　　我：誰？
　　卡特：瑪麗凱。
　　我：為什麼？
　　卡特：她是個難得一見的品種。

　　我喜歡「難得一見的品種」這種說法。從現在起，我也要嘗試使用這種說法。告訴瑪麗凱，說卡特說她是個難得一見的品種。

　　我：我想卡特對你有意思。
　　瑪麗凱：我很懷疑。
　　我：他認為你是個難得一見的品種。
　　瑪麗凱：（聳聳肩）

　　瑪麗凱叫他做各種各樣的工作。包括褓姆的起居空間。卡特向她解說某種塑膠木頭——一種地板覆蓋物，有木頭的形貌，但實際上是塑膠製品，因此耐得住洗，甚至可以用漂白劑。

　　卡特：（舉起樣品）看起來像真的，你會發誓這是木頭。
　　瑪麗凱：我不會。
　　卡特：這真是他媽的硬（用螺絲起子猛戳），但是，光用看的，你看不出有什麼差別。
　　瑪麗凱：我看得出。
　　卡特：你真傻——用這個才是正辦（繼續戳）。
　　瑪麗凱：（瞪著他）。
　　卡特：好吧。

那就是為什麼卡特喜歡她。他搞不過她。而且無論怎麼方便或硬實，她就是不要用塑膠木頭，她無論如何就是要用真木頭，無論那是怎麼的有限和無益。

　　現在我已經相當確定，新褓姆不合適。也許，就心理上的觀點，那就是為什麼瑪麗凱要更新房子。改進她可以改進的東西（各個房間），以幫助她接受那些無法改進的東西（新褓姆）。我想她（新褓姆）好在不對的地方，也不好在不對的地方，這並不是她的錯。做不好是 OK 的，但是必須是以對的方式不好。而我剛好就是這樣（就這點來說）。你必須快速的學習，而且不要用太多陳腔濫調。而且，最重要的是，你必須善良，而不故意顯得善良，也不宜做得太超過。

　　　　　　　　　　　　　　　　　愛你的，妮娜

親愛的維：

臨時受託到 55 號看顧山＆威。

穿新鞋子，雖然討厭，但想說給它們一個機會。瑪麗凱也不喜歡。所以沒轍了。依她的品味，那雙鞋子太像鞋子。她喜歡符合愈少鞋子條件的鞋子愈好，不要有扣子，也不要有帽褶（細長腳型）。

瑪麗凱：（皺眉）
我：什麼事？
瑪麗凱：鞋子。
我：我知道不好，不要看。
瑪麗凱：忍不住呀；我想看看毛病到底出在哪裡。
威爾：我也是。
山姆：它們有點啼啼噠噠響。
瑪麗凱：我不在意啼啼噠噠，問題是在那些有的沒的東東。
我：我知道。

煮了一頓特早晚餐（青蒜馬鈴薯湯），摻了太多胡椒。
瑪麗凱：好喝，但是胡椒味太重。
我：如果你認為這樣胡椒味太重，你應該去試試瑪莉的胡椒，那根本沒有研磨，粗粗的一粒一粒，你還得把它嚼碎哩。
山姆：我的胡椒太多。
亞倫：有的湯本來就要摻很多胡椒。
我：是啊，這個湯就要求放很多胡椒。
瑪麗凱：我的湯沒有要求這麼多。
威爾：我的湯有。
山姆：我的湯沒有。
我：沒辦法討好每個人。
瑪麗凱：如果你分別回應個別的要求，說不定就可以喲。

瑪麗凱要在喝完湯以後外出（因此才託我來看小孩），她看

起來就像個男孩子（寬鬆的白襯衫，整件皺巴巴的，而且衣襬露在外面。灰色的夾克有尖尖的翻領，正常四分之三長度的袖長）。

> 我：你看起來像扒手道奇*。
> 瑪麗凱：你的行為像扒手道奇。

愛你的，妮娜

PS 要不是摻了過多胡椒，那個湯其實不錯。青蒜、馬鈴薯、洋蔥、高湯方塊、水，和乳脂（還有胡椒）。和吐司麵包及起司一起上桌。

......

親愛的維：

最近發覺我愛上美國戲劇。泰晤士技術學院可以說擁有數百件戲劇錄影帶，可以讓我們觀賞。真是棒透了。雖然大夥兒得擠在一座小小的電視機前。

還有，戲劇老師維琪，給所有人都弄到票，去西區看一齣亞瑟‧米勒的戲。史蒂菈不習慣去看戲，說她在真實的「活生生」的劇院裡（相對於看電視），覺得很不舒服。

> 史蒂菈‧希斯：我只是覺得在劇院裡很不舒服。
> 我：我也是啊。總覺得有什麼難為情的事即將發生的焦慮。
> 史蒂菈‧希斯：不是，我的意思是那些座位。

總之，亞瑟‧米勒的戲很好，但是史蒂菈睡著了，因為她在

---

* 狄更斯小說《孤雛淚》中的人物。

行前的酒吧裡喝了好幾品脫啤酒，還打呼。

維琪老師：有人在第二幕的時候打呼嗎？
史蒂拉·希斯：沒有。
我：有，有人打呼，但不是我們的人。

後來告訴史蒂拉，那種不加思索的否認不會有人信的，而且還會使她看起來有罪（事實上她是有罪）。她實在很不成熟。

記得那個泰晤士技術學院的女孩嗎？（她差點就『撐竿跳』出窗戶）她在我的戲劇研究輔導小組裡。她很聒噪，而且總是把自己當做電影《凡夫俗女（Education Rita）》裡的麗塔。

維琪老師：契訶夫如何向我們顯示，現在雖是冬天，然而春天已經在不遠的角落了？
女孩：凍結在十字路口上的鳥屎。

她搞不好還是從《凡夫俗女》裡學來那句話的（很好笑）。
告訴威爾這件事。他很愛聽大學的點滴，尤其是裡頭的人們那樣好笑的小事。就文學／戲劇而言，威爾已經遠遠超越自己的年齡，而且已經看過兩部關於推銷員的力作，也在讀狄更斯。
山姆還在讀《柳樹間的風聲》。

愛你的，妮娜

親愛的維：

　　史蒂菈‧希斯真的很想跟我交友。她約一個區管會的傢伙過來她家查看屋頂（有一群鳥在那裡頭築巢，對她造成干擾）。她問我在那個人來的時候，可否陪她回家（給她道德支持）。

　　我：你男朋友不會在家嗎？
　　史蒂菈：他應該在睡覺。
　　我：在下午三點鐘？
　　史蒂菈：他是郵差。

　　我們在約定那天一起回她家（在一堂研討課以後，該堂課討論有關宗教誘騙窮人相信，接受在人世不公平／惡劣的生活，將為他們在天堂贏得一個位置）。區管會的捕鳥人正在外面的一輛休旅車裡等著。他說他是從蟲害管治部門來的，但是專長鳥類。
　　史蒂菈打破與人應對的第一條規則，她沒有提供他熱飲。這設定了本次事件的基調。一發現她沒有要提供他飲料的意思，他的態度就不甚愉快起來。

　　史蒂菈‧希斯：那底下（指著屋頂）好像有鳥群。
　　捕鳥人：（不高興）是什麼使你這麼認為？
　　史蒂菈‧希斯：有鳥的噪音和翅膀撲動的聲音。
　　捕鳥人：什麼樣的噪音？
　　史蒂菈‧希斯：就鳥叫的聲音啊。
　　（捕鳥人抬頭看屋頂，靜默了很長一段時間）
　　捕鳥人：是咕咕，還是比較像啾啾？
　　史蒂菈‧希斯：我想是咕咕，但也有可能是啾啾。
　　捕鳥人：咕咕和啾啾代表不一樣的東西。是比較像這樣咕咕，還是這樣啾啾？
　　史蒂菈‧希斯：我想是咕咕。咕咕代表什麼？
　　捕鳥人：是鴿子（臉上浮現希望，露出微笑）。

史蒂菈‧希斯：是咕咕。
捕鳥人：（滿意的微笑）是鴿子！
我：（在一旁）你是為了取悅他才說咕咕的嗎？
史蒂菈‧希斯：不是，當然不是。你為什麼這麼說？
我：聽起來好像你是。
史蒂菈‧希斯：我才沒有。是咕咕聲沒錯。
我：你好像不是那麼確定。
史蒂菈‧希斯：我很確定。

捕鳥人爬上一個梯子。史蒂菈和我進去她的屋子（裡面擺設古怪），她吃了一盒榛果口味「雪橇」牌優格，接著抽一根菸，並且打開電視看「倒數計時」，把香菸捻熄在優格盒子裡。一段時間以後，當我們都已經忘記捕鳥人的事以後，他突然敲打法式落地窗。史蒂菈尖聲驚叫，因為她以為是房東（她積欠一大筆房租，而且他們偷喝他的私家釀酒）。

捕鳥人：我把牠們進出的那個地方封起來了。
史蒂菈‧希斯：好。
捕鳥人：隨時留意。
史蒂菈‧希斯：好。
捕鳥人：如果再聽到咕咕聲，打電話來區管會。
史蒂菈‧希斯：如果聽到啾啾聲呢？
捕鳥人：一樣打電話來區管會。如果是吱吱聲也一樣。

那個男的走了以後，我們聽到確實無誤的啾啾聲。
我：那是啾啾聲嗎？
史蒂菈‧希斯：狗屎。
我：我就知道。

然後我回家，覺得雖然我都有唸指定教科書，但比起像史蒂菈那樣有鳥群和房東的問題，總覺得自己比較不像個學生。
轉去55號告訴他們我的一天。他們已經吃過晚飯，但還沒有吃甜點。就在我告訴他們史蒂菈、捕鳥人，以及我愛上美國戲劇

等事的時候，瑪莉‧霍普來了。很好玩（遇到你真好啊，等等）。

　　瑪麗凱：例如誰？
　　我：田納西‧威廉斯、亞瑟‧米勒、愛德華‧阿爾比（最好）、山姆‧謝普（其次）、大衛‧馬密（第三）。
　　瑪麗凱：山姆‧謝普怎麼樣？
　　我：我有說他呀。
　　瑪麗凱：所以，關於捕鳥人，那是怎麼回事？
　　我：噢，天哪，那好奇怪。
　　瑪麗凱：所以，發生了什麼事？
　　我：最驚人的一件事是，當他敲窗子的時候，她尖聲大叫。
　　瑪麗凱：她為什麼尖聲大叫？
　　我：因為她欠房租，她以為是房東來了。
　　瑪莉‧霍普：（皺眉）你是在說山姆‧謝普嗎？
　　我：不是，是史蒂拉‧希斯。

　　瞧。兩個世界撞在一塊兒。我們吃熱蘋果派（上面覆格子狀裝飾）配鮮奶油。然後瑪莉‧霍普和我回來這邊，波麗叫我們閉嘴，因為我們太吵了。

愛你的，妮娜

親愛的維：

　　走訪 55 號，瑪麗凱叫我回家，因為他們要去瑪契先生那裡。我問可不可以跟他們一起去。他們說 OK。

　　走在哈利街上，赴瑪契先生的約已經遲到了。瑪麗凱臉臭臭的，她穿著船形高跟鞋，我和山姆穿著膠底帆布鞋。

　　瑪麗凱：我們遲到了——你們兩個能不能走快一點？
　　我 ：能啊，但是你能嗎？
　　瑪麗凱：我是為了你們兩個才走慢的呀。

　　山姆和我加快腳步，超越她。

　　瑪麗凱：那是跑不是走。
　　在瑪契先生的診間。
　　包伊斯太太（櫃台接待員）：哈囉，山米。
　　山姆：哈囉。
　　包伊斯太太：抱歉，但是他十二點那個預約病人已經在你之前進去了——你們有點遲到。
　　瑪麗凱：好吧。
　　包伊斯太太：而且如果他十二點半的病人準時到，恐怕也得讓他在你們之前進去。所以可能要稍等一下喔。恐怕你得耐心點兒。或者你要重約時間。
　　瑪麗凱：我們等等看吧。
　　包伊斯太太：或者你可以重約時間。
　　瑪麗凱：我們碰碰運氣好了。

　　三十秒後，瑪契先生叫我們進去。

　　瑪麗凱：（對包伊斯太太）我們的耐心好像得到報償了。
　　包伊斯太太：的確如此。
　　瑪契先生：你近來如何啊，山姆？

山姆：什麼，你是說我的一般狀況，還是我的眼結膜？

瑪契先生：（大笑）你的記性真好。

山姆：褓姆老是提起呀。

（瑪契先生微笑，看看我）

山姆：她已經不是我們的褓姆了。

瑪契先生：哦，那她真好，還陪你們來。

山姆：她想看你呀。

瑪契先生似乎頗高興，但還不如山姆高興。

愛你的，妮娜

親愛的維：

剪了頭髮。

新的美髮師叫梅琳達。她的真名是梅麗莎，但是沙龍裡已經有一個設計師叫梅麗莎（真名是唐娜），基於這顯而易見的理由，不能有兩個梅麗莎。總之，梅琳達（梅麗莎）說，楔子髮型不合適，因為那需要時常維護髮型，所以我剪了一個不整齊的鮑伯頭，但是更短。

梅琳達提供我一些吹頭髮的訣竅（給我們這種類型的頭髮），現在我要傳授給你：

依與你想要正好相反的方向吹乾頭髮。所以，如果你的頭髮往左旁分，那麼你就往右吹乾，以此類推。

平順：如果你要頭髮平順筆直，把頭髮上下顛倒過來吹。

波浪：如果你要頭髮有波浪，把頭髮順直的吹，吹到100％全乾。不要碰也不要梳它，等10分鐘讓它冷卻。然後用水噴霧器把它噴濕。

買一台像樣的吹風機。

我打算要買一台像樣的吹風機，和一把鬃毛髮刷。瑪麗凱有一台「克魯柏」牌吹風機，但是我從來沒聽到她使用的聲音。

瑪麗凱有一個新男友。他滿邋遢的，但也有可能是故意的。有點歪斜的臉，長在男人身上頗好看（長在女人身上就不行了）。好鼻樑。海軍藍的長褲和棕色的鞋子（作家偏好的穿搭）。

我看得出來瑪麗凱喜歡他。不是手牽手的那種喜歡，但是她心曠神怡，而且在喝香草茶。

我：你在喝香草茶。
瑪麗凱：我知道。
我：怎麼回事？
瑪麗凱：我心情好啊。

而且她買了一件新大衣——黑／白／灰花呢。非常非常大的

領子。穿在那件大衣裡，她顯得好小——她把領子豎起來，而且把兩手插在口袋裡。昨天在英弗訥斯街看見她。先注意到那件大衣——看起來像衣服本身在那裡兀自移動。

亞倫也買了一件新大衣。中性色。很合身。他喜歡大衣。

瑪麗凱有一條裙子的摺邊掉下來。因為趕時間，她用一片眼皮貼把它黏起來。眼皮貼不是非常黏，所以在她出門以前，摺邊又掉下來了（更慘）。

我：眼皮貼無效啦。
瑪麗凱：（很煩）我們有沒有透明膠帶？
威爾：我有藍丁膠。
瑪麗凱：釘書機哪裡去了？
我：你不能用釘書機釘啦。穿別條裙子嘛。
瑪麗凱：我沒有別條裙子。
我：你會戳到自己的腿。
瑪麗凱：我自有辦法應付。
我：別拖著一條割破皮的腿跑來找我們。
瑪麗凱：我會盡量避免。

她用釘書機把裙子的摺邊釘起來（四根釘書針），事實上看起來滿好的。

愛你的，妮娜

親愛的維：

瑪麗凱好像對那個新男生很認真（墜入愛河了？）。任何事都有可能發生（度假／結婚／裝潢新浴室）。她剪了一個斜斜的鮑伯頭。

訥弗對新男友的事感到不安（相較於前一個認真的男朋友——「蓬頭」，當時他似乎一點都不在意）。大概是因為，雖然「蓬頭」很好（也很聰明），可是這個比較合瑪麗凱的胃口。

訥弗星期六來訪。來帶山姆和我出去午餐，但主要還是要談那個新男生的事。

訥弗：（在門口）他在哪兒（意指那個新男生）？
我：不在這兒。
訥弗：很好，省得我他媽的把他揍到眼冒金星。

在餐館中。
訥弗：她看上他什麼呀？
我：我不知道。
訥弗：是喔，媽的像真的一樣，你不知道。（對山姆）他真他媽的的有那麼棒嗎？
山姆：是啊，他人很好。
訥弗：史提比摸得清楚他——我該怎麼辦，史提比？
我：大概不需要怎麼辦吧。
訥弗：所以，就這樣？就讓這個傢伙這樣加入——你的意思就是這樣嗎？
我：我想是吧。
訥弗：幹。完了，沒戲唱了。我他媽的完蛋了。
女服務生：你們要點餐了嗎？

山姆和我一起回攝政公園臺街，因為 55 號塵埃多（因為整修工程），我們一起看錄影帶。十五分鐘以後，我們必須暫停，好讓山姆打電話給瑪麗凱。

山姆：我只是要打個電話給瑪麗凱。

我：什麼事？

山姆：問看看塵埃的狀況如何。（在電話上，對瑪麗凱）哈囉，媽，灰塵的情況怎麼樣？（對我）她說比較穩定下來了。

我：那告訴她，盡量不要到處走動。

山姆：史提比說盡量不要到處走動。（對我）她說她不動如山……好比……那……什麼？誰？那，貞潔的……西西里……王后……

我：那什麼？

山姆：她說……赫梅昂妮。

我：誰？

山姆：出自《冬天的故事》，還是什麼……（電話遞給我）。

我：（在電話上）非常好笑。

　　　　　　　　　　　　　　　　愛你的，妮娜

親愛的維：

　　大學棒透了。隨時都有事情發生。今天史蒂菈發現我們哲學小組裡的一個女孩，被逮到在「超級藥妝」店裡行竊。我們都很想知道她偷了什麼。另一個修同一門課的女孩（從盧頓鎮來的學生）很有把握地告訴我們，那個女孩偷偷把一瓶「仁山利舒」洗髮精塞進她腰帶的祕密口袋。「海倫仙度絲」對她頑強的頭皮屑不夠力，而「仁山利舒」又貴，因為這算是「藥方」而不是一般的洗髮精。

　　基於她顯然有此需要，盧頓鎮來的學生建議大家湊錢幫她買一瓶（「仁山利舒」）。我們其他人則覺得，她可能不會領情，因為這樣等於在告訴她，我們都知道她順手牽羊（而且有頑固的頭皮屑）。現在我等不及要見她（那個小偷）。我更加敬佩她了（對於祕密口袋的事）。

　　史蒂菈說她（史蒂菈自己）交替使用「海倫仙度絲」和「蒂沐蝶」。顯然你的頭髮和頭皮，會習慣你使用的任何洗髮精，因而對其效用產生強力抗藥性，所以你應該要經常變換，交替使用不同的洗髮精。還有，好消息：記得我必須和那個女／男孩「急轉彎」搭檔，做奴隸制度短期研究嗎？欸，我已經不和急轉彎搭檔了。我現在必須和史蒂菈以及韓德森（對市場有畏懼感的那個）併成三人小組。理由是，急轉彎在德特福德區衝過一個多線道交叉路口時，被一輛疾駛而過的卡車撞傷。

　　總之，急轉彎有輕微的腦震盪。雖然她／他的處境不危險，但她／他無法在指定短時間內，完成該項短期研究計畫……所以，我和史蒂菈以及韓德森，就組成三人小組啦。我在想，急轉彎大概是個男孩（為了去「你愛的土豆」速食餐廳，在一個蠢地方穿越一個複雜的路口——女孩子會做這種事嗎？）

愛你的，妮娜

親愛的維：

　　老遠一趟路跑去泰晤士技術學院，結果並不需要。時間表排錯（我自己弄錯）。但是值得，因為碰到一個老師（彼得·衛道森，我最喜歡的），問我一切如何。

　　彼得·衛道森：一切都好嗎？
　　我：很棒。
　　彼得·衛道森：太好了。
　　我：不知道你記不記得我寫的，論蓋斯凱爾夫人那篇短文？
　　彼得·衛道森：記得，那篇文章印在我的心坎永難磨滅。
　　我：（很樂）謝謝你。

　　後來了解，他的意思是「我當然不記得你的文章」。而且，公允得說，他每星期都要讀上百篇文章，所以沒關係。我真的認為彼得·衛道森是全世界最好的男人，不是「想要和他結婚」的那種好。

　　他只是屬於日常生活的那種好，屬於使文學變成讓人可以忍受的那種好。

　　回到 NW1 一帶，公園道上的「史瑪茲」乾洗店（在街道頂端那家），在店舖外面的人行道上，擺了一長桿沒人認領的衣物低價拍賣（一年被人遺忘衣物的量）。另一家乾洗店（公園道尾端，瑪麗凱去的那家）那個女人，正在那邊打量。

　　我：你的店有像這樣的拍賣嗎？
　　女人：沒有，我們的東西都有人來領……除了去年的一條地毯。

　　我對瑪麗凱和亞倫提起這事（拍賣）。我沒有提地毯，因為感覺地毯可能是我們的。總之，我們開始閒扯有關東西在一家乾洗店被遺忘，但從來不會在另一家被遺忘（除了某條地毯）的神祕現象。

亞倫：也許人們懶得走上坡去領東西。

瑪麗凱：也許頂上那家有比較高的來客率。

我　：也許底下那家說謊。

瑪麗凱：為什麼要說謊？

亞倫：也許底下那家有遺忘的東西，但是他們沒有把東西歸類出來。

我　：也許底下那家只是把遺忘的東西據為己有。

威爾：因為那些東西比留在頂上那家的要好。

瑪麗凱：我們可以改聊別的嗎？

　　除了公園道上的兩家乾洗店，還有一家自助洗衣店提供乾洗服務。另外在肯頓路上也有一家乾洗店。此外，崁頓高地街上還有一家。

　　換句話說，在肯頓鎮這個區域，有很多人常常把衣服送乾洗。依我的看法，沒有必要。

我　：你為什麼不用「斯特金」洗潔劑用手洗就好？

瑪麗凱：（煩躁）我送洗的東西都是只能乾洗的。

我　：你怎麼知道？

瑪麗凱：（更煩躁）我有讀說明。

我　：標籤說「只能乾洗」，只是出於**額外**小心的立場，這樣你才不會說縮水了，或洗壞了什麼的，把貨品拿去退。

瑪麗凱：是的。標籤要的和我要的一樣。

愛你的，妮娜

PS　記得如果打電話給我，一定要做響三次然後掛斷的步驟。

239

親愛的維：

　　瑪麗凱是個藝術愛好者，擁有廣泛的圖畫收藏（有的非常好，有的很爛）。她有一張畫，是一隻鷦鷯，就站在那裡（側面）。有一張，是在一片綠色的背景上立著一大花瓶雛菊（很不真實的黃色）。還有一張，是在一片綠色的背景上進行板球比賽。事實上，她有不少藝術畫都有綠色的背景。但不是藍綠色，那太明顯屬於瑪麗凱風格，明亮的塑膠綠。

　　以上提到的只是一部分。每間房間都有畫。

　　我買了一台新相機。比舊的好，有更多性能，但工事者仍然是我。新相機相當於「奧林巴斯」旅行系列，但只要一半的價格。

　　和山＆威喝茶。威爾有一根「火星」巧克力棒，他把它切成許多薄片。那樣很便利，全部都切成片。然後我們把包裝紙撕成小方塊貼在牙齒上，玩那種喬裝有一根牙齒掉了的遊戲。

　　嘗試用新相機拍照。威爾反應很不自然，山姆為了擺出笑容把臉糾結成一團，瑪麗凱把背心裙拉起來蓋住頭，亞倫用咖啡濾紙把自己遮起來。

　　反之，我拍了幾張窗外的照片，包括一張克蕾兒‧湯馬林把筆含在嘴裡，一邊在撫摸貓（準備把照片放在努內車子的擋風玻璃上）。

　　自製泡沫橘子汁會使威爾打嗝。他試著用老方法使它停止。結果還是停不下來。山姆焦慮起來──他在《鏡報》讀過，有人打嗝打了兩年停不下來，因而試圖自殺。

　　我們一再跟山姆保證，打嗝是很正常的事，而且很快就會停下來。就在我們跟山姆一再保證的時候（說威爾會沒事的），打嗝停下來了，但是沒有人留意。

愛你的，妮娜

親愛的維：

　　這邊所有人都瘋狂愛上英弗訥斯街上那家嬉皮店的茶麵包[1]。因為我不是朝九晚五的人，他們全都要我幫忙代購。一副我就是應該要去幫他們買的樣子。

　　舉例來說：

　　亞倫：你能不能幫我去買一條那個茶麵包？
　　我　：我寧可不要承接這種委託。
　　亞倫：你會經過，不是嗎？
　　我　：是啦，但是我買來的時候，如果你不在家呢？
　　亞倫：你可以把它留在門階上。
　　我　：那樣不是會引蟲來嗎？
　　亞倫：我整天都會在家的，所以別擔心。
　　我　：那你為什麼不能自己去買那個茶麵包？
　　亞倫：我整天都忙著接電話呀。

　　自從瑪麗凱發現那個麵包以後，這種情況持續了好一陣子。我真的不是很喜歡去那家嬉皮店，一部份的原因是，那裡面充滿了香料／香草的味道，還有一部分原因是，那個「巴關・希瑞・羅傑尼希」[2]女人老是瞪著我，一副好像想要叫我改信巴關教的樣子，我是永遠辦不到。

　　然後今天我去那家店買亞倫和瑪麗凱的茶麵包（瑪莉・霍普遠行，所以不需要），結果茶麵包已經被一種比較不好看的小葡萄乾肉桂麵包取代了。

　　我　：你有茶麵包嗎？
　　巴關・希瑞女人：（態度安詳）茶麵包已經停做了。
　　我　：噢，不。
　　巴關・希瑞女人：（態度安詳）另一種甜麵包取代了它在我們烘焙選項中的位置。

我：什麼甜麵包？

巴關・希瑞女人：小葡萄乾肉桂麵包。

所以。回到 55 號，我宣告這個消息。

瑪麗凱：什麼，再也沒有茶麵包了？

我：沒有了。

瑪麗凱：你確定嗎？

我：我絕對有把握。

瑪麗凱：再也沒有茶麵包了？

我：他們已經停做了。

瑪麗凱：你有要到食譜嗎？

我：（臨時起意說謊，以減輕打擊）有。

瑪麗凱：噢，那好，你可以來做。

後來。

瑪麗凱：（對亞倫）她有告訴你關於那個麵包的事嗎？

亞倫：什麼？

瑪麗凱：（對我）你還沒告訴他嗎？

我：還沒。

亞倫：告訴我什麼？

我：茶麵包已經被肉桂麵包取代了。

亞倫：真可惜，我喜歡那個麵包。

瑪麗凱：她有要到食譜。

所以現在我得回去那家店，問裡面用了什麼作料，然後嘗試烘焙那個該死的東西。這麵包已經管控了我的生活，而我甚至沒

1　譯註：一種配茶吃的水果蛋糕。

2　譯註：印度宗教哲學家，這三個詞分別代表「神」、「偉大」、和「王」的意思。

3　譯註：一種簡單的甜餅乾，常沾茶或咖啡吃。

有那麼喜歡吃。我寧可吃「富茶」餅乾[3]。

希望你一切安好。願我們早日擬出計畫。

愛你的，妮娜

⋯⋯

親愛的維：

急轉彎回來學校告訴我們，他要離開了，而且要來取回他的擴胸器。倫敦不是很適合他。

很高興我假定他是男的。他確實是（男的）──我們都看見他的肋排，當他露出傷疤的時候。

不只是倫敦讓他失望：他剛剛才和交往三個月的女朋友分手。他非常坦率，而且多話（對他來說頗不尋常，大概是近期輕微腦震盪的一個副作用）。他告訴我們分手的確實原因，和他前女友喜歡而他不喜歡的某事有關（隸屬床第之事）。那件事（他不喜歡的那件事）聽起來非常怪異，我想那個女朋友一定是龐克族。

但是史蒂菈和我兩個都說，自從他發生車禍，而且決定要離開以後，我們現在對他感覺比較溫馨一點了。

非常晚才搭火車回 NW1。讀了愛德華・阿爾比寫的一部短劇，叫做《動物園的故事》。序言稱此劇為一部「早期的戲劇冒險」（換言之，不算真的一部戲）。比起我讀過／看過，同樣由此公創作的另兩部作品，這本並沒有那麼好。內容過時，而且有點聖經意味，趣味性也差多了。

從火車窗戶，我看見一處塗鴉，「我幹了我表妹」，用長長的白色字母寫的（非常整齊），讓我聯想到查爾斯・達爾文，覺得

自己相當了不起。

希望你安好。X 和拖車的事很好笑。

愛你的，妮娜

親愛的維：

　　我試著告訴瑪麗凱，關於急轉彎被貨車擦撞，因為輕微腦震盪上醫院，還有他稱呼他母親為巫婆等等的事……但是因為事情太複雜，我們又忙著在準備晚飯，過一會兒之後，瑪麗凱就失神了。如果同時還有別的事在進行，她就非常沒有辦法煮好飯。所以她必須集中精神。

　　然而她有聽進坦率聊天的那部分（亦即急轉彎說，他女友喜歡／他不喜歡——臥房裡的那檔事）。我有意對那點保持曖昧，但是你知道，當某人的洋蔥開始燒焦，對方對你的故事開始失去興趣時，結果會怎樣。所以我提起了那點，然後亞倫來了，於是瑪麗凱馬上對他轉述。

> 瑪麗凱：她的另一個大學友人又發生一件性事。
> 亞倫：我的老天——你們那兒都在搞這種事喔。
> 我：才沒有。我們大部分時間都在讀黑格爾。
> 瑪麗凱：所以他不喜歡做的那件事是什麼？
> 我：我不能說。
> 瑪麗凱：好吧。
> 我：好吧，那個女朋友喜歡人家扯她的毛。
> 瑪麗凱：什麼毛？
> 亞倫：樓上的還是樓下的？
> 我：樓下。
> 瑪麗凱：扯——老天！
> 我：我知道。
> 瑪麗凱：扯，是不是就是拉，但是更用力？

　　瑪莉・霍普的來訪友人比瑪麗凱的來訪友人還要差——他們一住就好幾天，而且光在忙自己的事情，把房子當旅館使用。至少瑪麗凱的過夜客人必須分擔煮食等工作。目前就有一個過夜的客人（這裡），而且使用我的浴室。我後悔用了她的富含維他命

晚霜——有一種鬱悶的氣味。在這個之前的那個朋友，用的是「無香料」的「倩碧」面霜。我比較喜歡。

希望很快與你見面。

愛你的，妮娜

PS　做了茶麵包。真的用茶下去做。應該要用酵母粉，但是買不到，所以用發粉取代。結果 OK。像一塊僵硬的四方形司康。

······

親愛的維：

　　去大奧蒙街醫院看山姆。卡羅·里茲在那裡。山姆在睡覺。卡羅說他是在他們閒聊的時候睡著的。卡羅和我談哈洛·品特——他的劇本《生日派對》，我本週稍早才在學校看過（即使不是美國的，我還是很喜歡）。

　　電影《生死相許》裡面的丹迪·尼可斯，和《大白鯊》裡的一個男生，都有參加演出。險惡又出色。對卡羅如此說，他同意我的描述。

　　山姆的周圍亂糟糟的。《每日鏡報》丟得到處、床底下都是。我正開始要收拾，山姆醒來了。

　　我：這些亂七八糟的是怎麼回事？
　　山姆：法蘭克·布魯諾幹的。
　　我：什麼？
　　山姆：那個拳擊手啊。
　　我：法蘭克·布魯諾？
　　山姆：（愁眉苦臉）是啊，法蘭克·布魯諾。他進來，問我

好不好。我告訴他滾蛋，他就把我的《每日鏡報》到處亂丟。

　　瑪麗凱：（帶食物抵達）哈囉，這些亂七八糟的東西是怎麼回事？

　　我：好像和法蘭克·布魯諾有關。

　　瑪麗凱：我應該猜到的。（對山姆）你好嗎？

　　山姆：比見到你之前好些了（擁抱）。

　　我：你沒有對我那樣說。

　　山姆：你沒有問我好不好啊。

　　瑪麗凱：你沒有問他好不好？

　　我：我不認為我可以那樣問。看看法蘭克·布魯諾問了以後，發生了什麼事。

　　瑪麗凱：（一臉好奇）。

　　山姆：我告訴他滾蛋。

　　我：然後法蘭克就把《鏡報》到處亂丟。

　　瑪麗凱：真難為你了。

愛你的，妮娜

PS　法蘭克·布魯諾沒有丟報紙。是山姆丟的。護士甚至不知道法蘭克·布魯諾那天有來過醫院。山姆只是想怪罪別人。一如往常。

親愛的維：

我近來幾乎不做任何烹飪工作。瑪莉和 JDF 只喝湯和吃健康餐或現成食物，而且我通常不會在那裡吃飯，而如果去 55 號，我無法真的煮飯，因為我不住在那裡。有時我會，但也只是因為冰箱裡剛好有現成的材料。

昨天我確實在那裡煮了一隻雞，但也只是無意中發生的。

瑪麗凱説我可以幫雞塞碎小麥和菠菜——如果我要的話。所以我就做了，但是忘了最重要的龍蒿和大蒜，所以做了一個油脂類的醬汁來滴注外皮。顯然還不錯。我沒吃，因為看起來怪怪的。瑪麗凱買了一些上面印有粉紅色玫瑰花蕾的廁所紙。看起來很好，直到你開始使用。

我：我不喜歡那些玫瑰花蕾廁所紙。
瑪麗凱：我知道，我知道。
我：令人擔憂。
瑪麗凱：我知道，我沒有想清楚。

史蒂菈開始對研討課做出一點點努力了。她瘋狂地愛上詩，這事引起詩歌講師彼得‧M 的注意。我沒有選那門課，因為他看起來像是個脾氣惡劣的渾球。但是史蒂菈愛那門課，現在我想也許我應該選修。並不是因為我那麼喜歡詩。

愛你的，妮娜

PS 我知道那一定聽起來好像……但是你必須了解，山姆告訴人家「滾蛋」，就和任何人說「不用，謝謝」，或在最壞的情況下說「你一定是在開玩笑吧」是一樣的意思。

親愛的維：

　　響三聲暗號沒有 100％ 成功。有的人就是不願意合作。山 & 威配合得不錯。他們喜歡像那樣的事情（既定程序啦，祕密啦）。其他人，像努內那種控制狂，只是用老套的方法打來，然後納悶我為什麼老是不在家。

　　還有，瑪莉‧霍普對此開始有點厭煩。

　　瑪莉：人們老是掛我電話。
　　我：噢，是嗎？
　　瑪莉：是啊，就在我一接聽的時候。
　　我：可能是我的電話暗號的關係。
　　瑪莉：噢，欸，那很煩耶。
　　我：等至少響四聲以後再接聽。
　　瑪莉：我以為是三聲。
　　我：有時候會響到四聲。如果四聲，那就是山姆。
　　瑪莉：我搞不清楚那麼多規定。

　　還有，這星期瑪麗凱引起一場混戰。她使用響三聲的暗號，我接聽了，然後她說要找瑪莉‧霍普。瑪莉‧霍普在家，在隔壁房間用手工碾種子。她聽到我們的對話。

　　瑪麗凱：瑪莉在嗎？
　　我：是你嗎？
　　瑪麗凱：是啊
　　我：你用了暗號。
　　瑪麗凱：呃，隨便啦，瑪莉在嗎？
　　我：在，但這樣會把她搞糊塗的，你用了響三聲的暗號。
　　瑪麗凱：叫瑪莉來聽就是了，不要再囉嗦。
　　我：先跟我談一下，好使程序合法。
　　瑪麗凱：幹（掛斷）。

我叫瑪莉·霍普打電話給瑪麗凱。
瑪莉：（打電話給瑪麗凱）她不在。
我：你有用那個暗號嗎？
瑪莉：看在老天的份上，現在連我打給她也必須用暗號嗎？

我打電話去 55 號（用暗號）。
瑪麗凱：哈囉。
我：瑪莉要跟你說話。
瑪麗凱：那叫她來接聽啊。

不知道瑪麗凱找瑪莉有什麼事，但是我聽到瑪莉說：「膀胱陷入危機」。

　　　　　　　　　愛你的，妮娜

　　　　　　　……

親愛的維：

　　史蒂菈和我決定修一門課，叫做「自傳 & 小說」。到目前為止，那絕對是我最好的課，卻是史蒂菈最慘的夢魘。
　　本週稍早有一堂研討課，在課堂中，每個人都做一段簡短的自傳性談話，以便對該主題有所瞭解。教師彼得·H 說，我們應該試著描述一件事，揭露真相，甚至有些困難說出口。以下便是我們的一部分談話：

　　A：我妹，今年十五歲，長得又矮又胖，不會拚「house」這個字。我為她感到羞恥，也為自己感到羞恥而羞恥（三個羞恥）。
　　B：我常常夢見自己在吃屎，而且真的能夠嚐到屎的味道（每個人都嚇壞了）。
　　C：我害怕昆蟲，如果在吃東西的時候看見蟲，或想到蟲，

就會很想吐。如果現在有蟲飛進來這邊，我很難繼續留在教室裡（每個人都覺得乏味）。

D：我和我父母、祖父母、兄弟姊妹，或在盧頓認識的任何人，都無法連結。打從我父親在我十二歲的時候取笑我的胸罩開始（每個人都很訝異）。

E（較年長的學生）：我在二十一歲的時候和我先生結婚。兩星期以後，他搬回去和他母親住，從此就沒有再跟我講過話。我一直沒有從這場打擊中恢復過來（每個人都很感傷）。

史蒂菈：我對手上有抓傷、割傷、或擦傷，以及戴石膏、綁繃帶、或有任何傷口的人，都會有偏見（每個人都有點生氣）。

我說：去年我去希臘的時候，第一次看見德國人，我無法想像當德國人會是什麼感覺。我覺得當英國人就已經夠差的了（反應不一）。

教師彼得・H似乎頗滿意。

當我們走出研討課，有些學生，包括史蒂菈，已經口乾舌燥，我們去5樓的咖啡廳繼續討論。所有人都去，除了那個昆蟲女孩。

接下來我們必須再讀一些東西，然後再**寫**一些東西。

希望你一切安好。

愛你的，妮娜

親愛的維：

　　赴靠近布萊頓的薩塞克斯大學和努內共度週末。他住在校園裡的宿舍。那裡一片碧綠又山丘起伏，和泰晤士技術學院完全不一樣。那裡學生眾多，但較之泰晤士，似乎屬於不同類型。那裡的學生比較勤奮好學，頭髮也比較長。

　　努內淋浴的時候，我在洗滌槽裡撒尿，覺得有罪惡感，開了水龍頭，把尿尿沖下排水孔（那是一間小房間）。

　　去丘陵區散步，並且到艾爾斯佩斯和保羅於 1960 年度蜜月的「船」旅館用餐。吃了魚派，結果嘔吐（我，不是艾爾斯佩斯和保羅）。

　　還去了魯德亞德・吉卜林*住過的羅廷丁村，和其他幾處名勝古蹟。

　　我在伊斯特本海灘上直接就把衣服脫了。看見努內抓狂又震驚，但實際上還滿高興的，覺得很好玩，而且好像回到往日的時光。

　　和他在一起覺得很奇怪。和他一起**在那裡**覺得很奇怪。再度遠遊覺得很奇怪。有一種一切來到終點的感覺。或是什麼的。

　　布萊頓似乎再度自我感覺良好。

愛你的，妮娜

---

*　譯註：英國作家暨詩人。

1985 年

親愛的維：

想說你可能會想看一些照片。

照片 1。有橘色窗簾的高建築物是邱吉爾大樓（人文與藝術學科在三樓）。從大樓走出來的女人是薇勒里‧史泰德，泰晤士技術學院的大人物。

照片 2。一個睡在露臺的遊民——每晚都是同一個人。有很長一段時間，我一直以為他是工程學系的學生。

用了一種我以前可能告訴過你的特別技巧（努內教我的）。**不要**把相機拿在你的臉前方，這樣就不會看起來像你真的在拍照——有助於在公眾場合拍到自然的影像。但要碰點運氣。試著用這種技巧在研討課拍照，結果拍到一張骯髒壁架的照片。

我們有一群人正在準備開辦一本新的學生雜誌（刊登學生作品——藝術、故事、詩、照片）。不確定泰晤士技術學院是否需要或再要一本雜誌，但並不影響我們的計畫。現有的雜誌是一本和圖書館有關的官方出版品。我想雜誌的名字叫做《泰晤士技術學院雜誌》。我們想好好的觀摩一下，因為我們的雜誌即將與它競爭，偏偏我一本也找不到。連圖書館也沒有。有一個男生，材料科學的博士生，說他曾經見過一本，所以我們問他那本雜誌長什麼樣子，裡面刊登什麼等等。他只記得有一個義大利蔬菜濃湯的食譜，和一張「拚命阿丹」*的圖片，如此而已。所以，至少我們知道要避開這兩個項目。

討論要幫我們的雜誌取什麼名字，最後用匿名投票決定。

《脫口而出！》被選中（附帶驚嘆號）——四票對三票。其他選項包括：《你們說》、《我們說》、《你說》、《我說》、《泰晤

---

*　譯註：漫畫人物。

士之寶》（我提出的）。

　第一期的封面是油布印刷（見照片 3），我們還加了一頁「徵求稿件」，也由那張意外拍出的骯髒壁架照片投稿，希望能登上頭版。雜誌可能是月刊性質，或更久一期。

　威爾開始喜歡說「現象」；我被他傳染，也老說個不停。山姆也是。

　瑪麗凱：為什麼每件事都成了「一種現象」？
　威爾：人生就是如此啊。
　瑪麗凱：我的意思是，為什麼每個人都不停的說「現象」？
　山姆：克里夫・理查（英國歌星）有一輛。
　威爾：什麼？
　山姆：克里夫・理查有一輛五人座的「現象」。他把它收藏在西班牙。
　我：你是說他的雷諾汽車（我在《鏡報》讀到同一篇文章）——他把車放在葡萄牙。那是一輛半轎車、半迷你巴士的車。那輛車不叫「現象」，那輛車叫「雷諾」，但是我確定那不算是一種現象。
　山姆：那什麼才是一種現象？
　我：現象是一種狀況。
　山姆：呃，當我說的時候，我是指克里夫・理查在西班牙的五人座汽車。
　威爾：當我說的時候，我是指一種複雜的狀況。
　瑪麗凱：聽起來你們兩個都沒錯。

　後來我想到，我們應該把雜誌取名為《現象》——比《脫口而出！》要好太多了！

　　　　　　　　　　　　　　　　愛你的，妮娜

親愛的維：

　　威爾的家庭作業和天氣有關（下雨，太陽）。我拿哈代的詩〈天氣〉給他看——那是他（哈代）寫得比較好的少數幾首之一，這使我們開始討論起天氣來。我們喜歡的天氣，和我們不喜歡的天氣。

　　瑪麗凱喜歡：乾爽的天氣，最好也熱。不喜歡：毛毛雨和下雨天，特別是斜著下的雨。

　　山姆喜歡：暴風雪（如果他人在家中）。不喜歡：熱，悶濕的天氣。

　　我喜歡：熱，陽光普照。不喜歡：風大（混亂，東西吹得到處都是）。

　　亞倫喜歡：溫暖的春天（四月或五月）。不喜歡：太熱，太冷，或太多風。

　　威爾喜歡：熱天，但只有在不去學校的時候（「任何天氣都好，只要不上學」）。不喜歡：任何天氣，只要正在上學的路上。

　　我教過威爾如何畫刺青（「寧死不屈」的刺青），就是畫一把匕首穿刺過皮膚，而皮膚的部分，是讓你寫名字的空間。他在紙上畫了一幅（這天是上學日），然後寫上自己的名字，我說，不是那樣。最好是寫一個女孩子的名字。

　　山姆：我要去弄一個西漢姆足球隊的刺青。
　　威爾：你會被揍死。
　　山姆：你要弄什麼刺青？
　　威爾：一把匕首。
　　山姆：你才會被揍死。
　　威爾：一把匕首的刺青？我很懷疑。

　　威爾秀給我們看，如果你在拇指的肉面上畫一張臉，往往那張臉會看起來像某個你認識的人。真的不可思議。威爾的看起來

像布萊恩‧克勞（英國足球名將）。我的：威利‧桑恩（英國專業撞球手）。山姆的看起來像派丁頓熊（兒童故事書的角色），而瑪麗凱說，她不在自己的身上作畫。威爾說，她的大概會看起來像貓王艾維斯‧普萊斯里。

> 威爾：你現在手上就有畫東西啊。
> 瑪麗凱：（低頭看）噢，這個啊。
> 山姆：那是什麼？
> 威爾：一把匕首。

她手上寫著「銀行」。

以下是到目前為止，我在泰晤士技術學院學到的兩三事。

英國文學忽視自己這門學問涵蓋的大部分學科。

一件事情真不真不重要，**聽起來**真不真才重要。

女性一直被忽視，但是她們才是自己最糟糕的敵人。

你應該給托馬斯‧哈代一個機會（彼得‧衛道森的話）。

這些東西不是他們**告訴**你的；但是你自己會體會出來。我學到得比這些多很多，但現在我只是提出來供你參考。

教師麥可‧Z（美國人，親切聰明）住在肯頓，我們有時候會從伍爾維奇兵工廠站搭同一班火車回家。前幾天他看見我用到稀巴爛的火車票，說：「哎呦，你保存那張舊車票多久了？」

所以我告訴他，好幾個月來，我都是用同一張車票搭車，我們的閒聊便到此為止。美國人有時候太黑白分明了點（談到犯罪的時候）。

史蒂菈迷上一個叫 PB 的講師，拚命用安全針刮自己的牙齒，想去除牙縫上的尼古丁污漬。她要展現自己最好的一面。我說，要是我，我不會擔心牙齒，讀好你的教科書比較重要，那才是他唯一會在意的東西。

顯然，根據亞倫的說法，女學生經常會對男講師發展出無害的迷戀——那是一種風潮——他們已經很習慣了（指男講師），基本上只是不予理會，然後把手上該做的工作做好。

我誠實的告訴史蒂菈：第一，沒有人會真的注意她的牙

齒，即使在她笑的時候——無論有沒有污漬，人家都不會特別注意。第二，講師們對女學生的迷戀很習慣了，根本不會理會她們。

　　然而我必須說，史蒂菈對 PB 的迷戀——雖然無害／沒有意義——卻是一件好事，因為她終於真的做起一些功課了。這對我很好，因為她的怠惰已經開始惹惱我，我已經處在考慮要換友伴的邊緣——換成從盧頓鎮來的，有胸罩問題（和愛取笑的父親）的那個——雖然白癡，但至少她會讀指定的教科書。

愛你的，妮娜

親愛的維：

55 號重新裝潢的工程差不多完成了。看起來很棒。山 & 威搬到我那兩間舊房間，浴室變比較小，但比較好。山 & 威的舊房間，現在成了褓姆的生活空間，比較小，但鋪了木頭地板，加了廚房裝備，添了很好的衣櫥、新的百葉窗，和漂亮的桌子，所以比較好。山姆和威爾在聒噪的討論，他們要在自己的房間裡擺設什麼，和要如何從新褓姆的冰箱裡偷東西等等，而我有一種強烈的感覺，很希望自己是那名褓姆。

這並不是說我**不**愛去上泰晤士技術學院 —— 我**非常**愛。總之，我只是這樣想而已，突然，瑪麗凱竟提議我搬進來。

我：（環顧周圍）很棒。
瑪麗凱：所以，這麼說，你願意搬進來囉？
我：好啊。
瑪麗凱：你的意思是「是的，拜託你」嗎？
我：是的。

經過上星期那場爭吵以後，我真的有點震驚。但是非常快樂。山姆發現他和雷斯·道森[1]同一天生日，而威爾和梅·蕙絲[2]同一天生日。威爾頗失望。

愛你的，妮娜

1　譯註：英國喜劇演員兼作家。
2　譯註：美國性感女明星。

親愛的維：

又上了一堂「自傳 & 小說」研討課，我們再度討論何謂自傳性。有好幾個學生沒來，所以出席的人覺得是在自我揭露。我不會（覺得是在自我揭露）。

盧頓鎮來的那個女孩又開口了，而且又談她父親取笑她胸罩的事。這次她補充說，當時她用「大量」的衛生紙塞在胸罩裡，她相當能夠理解，為什麼她父親會嘲笑她。我想這次她是要博取笑聲，而上星期她把它講成好像是一場影響她一輩子的悲劇。

彼得‧H 對她的直言不諱很高興，說那就是自傳的重點——我們永遠都在調整我們的角度和對真相的看法。然而我認為一個人必須要自己決定好立場，然後堅持信守。

我們都在為這門課寫作「短文」。這和其他課的短文不一樣，其他課的短文，你只要讀指定教材，然後寫下你讀到什麼，說明你認為如何，還有其他人認為如何就行了。這篇是寫你自己的故事。

我的計畫，是想交出一點我正在寫的半自傳性小說。我問過教師彼得‧H，可否拿「實際正在寫作中的東西」當呈課堂作業，答案是「可以，那就太好了」。

所以，我嘗試對自己整個唸過一遍——那是一個富戲劇張力的複雜家庭狀況——並且決定也聽聽別人的意見，所以我請史蒂菈唸開場的幾段給我聽。我只是想看看她的第一印象如何。

史蒂菈‧希斯：我想你不應該交這篇。
我：為什麼？
史蒂菈‧希斯：太暴露了。
我：是啊，就是要暴露啊——記得研討課是怎麼說的。
史蒂菈‧希斯：我才不要在這個關鍵點上暴露這麼多。

史蒂菈這陣子常說例如「關鍵點」、「質地」，和「中肯」之類的名詞。這都是要表現她的文學修養。無論如何，我接納她的

説法，決定把它改成稍微不那麼自我揭露一點。

史蒂菈的計畫，是要呈現一個（真實，但不是非常自我揭露的）故事，描述去看電影，結果一雙手套被偷。後來，雖然走路回家時雙手很冷，她不得不和一個男生手牽手，但其實暗地裡高興手套被偷。

史蒂菈·希斯：所以，基本的情節就是這樣。我不知道要如何把它描述出來。

我：你能不能說，小偷坐在你後面，把你的辮子剪掉，你離開電影院時變成短髮，而之前你是（像小孩一樣的）長髮，你因此萌生了一場性的覺醒？

史蒂菈·希斯：（大笑）和參孫（《舊約聖經》中力大無比的勇士，因頭髮被剪而失去力量）相反嗎？

我：欸，那比手套有戲劇性啊。

史蒂菈·希斯：但是在真實生活中，**是**手套啊，那才是真正發生的事情呀。

我：但是那樣的故事聽起來沒什麼，如此而已。

史蒂菈·希斯：但事情就是這樣啊。

然後我注意到她的鞋子有異樣。

我：你鞋子上那個是什麼？

史蒂菈·希斯：噢，那是鬆餅色油漆。

於是，一個值得述說的故事出現了：在她來學校的路上，有人失手翻倒了一罐油漆（顏色：鬆餅色），油漆濺出人行道。雖然鋪了木板條讓行人通行，但史蒂菈的軟皮平底鞋鞋底仍然沾到油漆。走去搭巴士時，她看見自己在身後留下的鬆餅色足印，看起來像鬆餅色的足印在跟蹤她（追逐她）。所以她開步跑好逃離它們，但顯然沒有辦法（逃離它們），那就像一場惡夢。在巴士上（頂層座位），她俯望人行道上漸漸淡去的足印，覺得很詭異。

我告訴史蒂菈，那會比手套遭竊的故事精采。史蒂菈不同意。只說她對鞋子沾到油漆感到很煩。所以，就用手套的故事

囉。回到 55 號，告訴瑪麗凱有關手套與鬆餅色足印的對決。

　　我：你覺得哪一個好？
　　瑪麗凱：那要看你如何說故事。
　　我：欸，就像我剛剛那樣子說呀。
　　瑪麗凱：嗯，足印那個，因為你說得比較好。手套那個可能
也不錯，但是你故意把它說得很無聊。

　　所以，就是老生常談啦，也就是「看你怎麼溝通」的問題。
叫人不得不納悶，那作家幹嘛費盡心思編造好故事（追逐鯨魚
啦，或住在一棵老樹的樹洞裡啦），如果只是手套遭竊就能成為
一個好故事，假使你用對方法說的話。

　　希望你安好，事事順心。

　　　　　　　　　　　　　　　　　　愛你的，妮娜

親愛的維：

　　瑪麗凱遠行度週末（大概是薩塞克斯郡或多塞特郡）。她不擅長遠遊，除非那個地方相當舒適，而且天氣一點也不冷，也不惡劣。這是某人在鄉下村子裡的度假小屋。一聽到那個字（村），我就有一種不良的預感。你不會把瑪麗凱擺在一個村子裡。她在一個鎮上或一個城市裡會比較快活。天知道她為什麼要去。有時候她就是會做明知自己會討厭的事。

　　瑪麗凱：這次有好也有壞。
　　亞倫：告訴我們壞的。
　　瑪麗凱：小路彎一點也不棒，而惱人的毛衣更無助於事。
　　我：惱人的？
　　瑪麗凱：斑點花紋。
　　我：那個村子怎麼樣？
　　瑪麗凱：我沒問。
　　亞倫：好的呢？
　　瑪麗凱：壞的還沒說完咧。
　　亞倫：那就繼續吧。
　　瑪麗凱：天氣很冷。
　　亞倫：好的呢？
　　瑪麗凱：X做了一個好吃的烤碎肉團。
　　亞倫：只有這樣嗎？
　　瑪麗凱：那裡相當寧靜。
　　亞倫：欸，那很好啊。
　　瑪麗凱：只到某種程度。
　　威爾：你有坐在用木柴燒的熊熊大火旁嗎？
　　瑪麗凱：最後才終於。

　　後來在這個星期，瑪麗凱用碎豬肉和麵包，重現他們在多塞特／薩塞克斯村子裡吃的烤碎肉團。那使我想起以前我們在布魯

克斯店裡看見的肉品——我看著肉團，想起布魯克斯太太用機器切肉，肉片落進她打開的手裡，然後被放到紙上。有時候，有人只買一片，似乎頗令人傷感。我可能會把這個影像包括進我的「自傳＆小說」短文。

我沒有吃（烤碎肉團）。

瑪麗凱不願怪罪那對夫婦；她大概會把怨氣出在那個郡上（薩塞克斯郡或多塞特郡，隨便啦），但是和那對夫婦繼續保持友誼。如果那對夫婦請她再去住一次，瑪麗凱可能會說「也許等夏天」，然後希望他們把這整件事給忘了。

B先生的事很棒。我們都很愛知道別人午茶時間吃什麼。瑪麗凱和我在桑斯博里超市都愛看別人的推車。我呢，只是要看他們買什麼。瑪麗凱則是要抄襲他們的主意（因此才會買她買的那些東西）。

瑪麗凱錄用了一個新褓姆，她不會住在這裡，但是會在需要的時候來。瑪麗凱對她真的很滿意，因為她非常聰明，而且有我和上個褓姆的所有優點，又沒有我們有的任何缺點。瑪麗凱如此說。

愛你的，妮娜

親愛的維：

　　瑪麗凱計畫請客，並且到西倫敦去買一罐蟹肉醬做為宴客的開胃菜（伴隨一點蔬菜和麵包片）。

　　然後，在真正請客那天早上，她打電話回家，我接的。響三聲，所以一定是瑪麗凱（現在我已經搬回 55 號，沒有其他人用這個打法了）。我不應該接的（知道有這頓餐宴迫在眼前）。

　　瑪麗凱：太好了，你在。
　　我：（心知肚明）什麼事？
　　瑪麗凱：你能不能檢查一下蟹肉醬？
　　我：怎麼檢查？
　　瑪麗凱：聞一下，看味道是不是 OK。打電話回來告訴我。

　　我聞了，味道聞起來 OK。有點蟹腥味，但沒有腐臭或不好的味道。我打電話回去。

　　我：請問瑪麗凱在嗎？
　　《倫敦書評》員工：你哪裡找？
　　我：我是妮娜。
　　《倫敦書評》員工：等一下（隱約的談話聲）她現在很忙，可以請你留言嗎？
　　我：嗯，好吧，能不能請你告訴她：「是的，東西 OK。」
　　《倫敦書評》員工：所以，留言是：「是的，東西 OK」嗎？
　　我：是的，就是這樣。
　　《倫敦書評》員工：OK。是的，東西 OK。
　　我：是的，那就是我的留言。
　　《倫敦書評》員工：OK。
　　我：告訴她，關於她來電話問的那個東西，OK 啦。
　　《倫敦書評》員工：關於她來電話問的那個東西，OK 啦。
　　我：你應該說：「關於你來電話問妮娜的那個東西，OK 啦。」
　　《倫敦書評》員工：關於你來電話問妮娜的那個東西，OK 啦。

我：是，她之前，就是剛才，打電話問我的那個東西，OK 啦。
《倫敦書評》員工：OK。我想我了解了。辦。

後來，當瑪麗凱回到家：
我：你有收到我關於蟹肉醬 OK 的留言嗎？
瑪麗凱：有，清晰響亮。
我：我不想講得太明確，以防萬一。
瑪麗凱：非常體貼。

總而言之。那是一頓美好的餐宴，每個人都喜歡那個蟹肉醬和下一道大蒜煮雞肉片。沒有馬鈴薯。有可怕的卡其色罐頭小豆子，和亞倫做的一道沙拉（淋了沙拉醬）。然而，總體而言，非常美好，還有一位客人帶來醋栗派（加上亞倫不請自來的奶製品）。
有人提起碧雅翠絲·波特*，所以我告訴他們，有個哲學系學生把松鼠裝在口袋裡，然後瑪麗凱說：「告訴他們馬蹄鐵的故事」，又說：「告訴他們艾波希德女孩的故事」。

瑪麗凱：（對所有人）她擁有最有趣的大學時光。
女作家：哪所大學？
我：泰晤士技術學院。
女作家：我不知道這所學校——在哪裡？
我：在格林威治一帶。
瑪麗凱：我一直以為是在達特福德一帶。
我：欸，從現在開始，把它想成是在格林威治一帶。
瑪麗凱：好吧，但到底是在哪裡？
我：伍爾維奇。
瑪麗凱：好。現在告訴我們艾波希德女孩的故事。

請儘快打電話給我。

愛你的，妮娜

PS　關於 P，我會說不要。但是我不是 100%反對。

---

* 　譯註：英國童書《彼得兔》的作家兼插畫家。

親愛的維：

　　我不認為我曾經說過我不喜歡「彼得」這個名字。有可能是
瑪麗凱的類陰莖姓名聯想。「彼得」很好啊。雖然聽起來確實有
點類似陰莖。但話說回來，很多名字不也如此。

　　當你讀美國小說的時候，你必須接受各種各樣以前無法想像
的名字。像迪克 Dick，法蘭克 Frank，邁洛 Milo，恰克 chuck，米
奇 Mickey，迪克 Dick，畢夫 Biff，威利 Willie，葛利 Gullie，哈皮
Happy，歐吉 Augie，傅里茲 Fritz，阿提 Artie，伍迪 Woody，洛奇
Rocky，比爾 Bill。*

　　在努內喜歡的一本書中，有一個角色的名字叫迪克‧戴維
Dick Diver。

　　瑪麗凱的一個朋友送給山姆一袋玻璃彈珠（威爾得到一只羅
盤）。山姆不覺得那有什麼希罕，未予理會，直到那個朋友離開。

山姆：你怎麼玩彈珠？
我　：我不太清楚耶。
山姆：是不是要用滾的？
我　：我想是吧，但是我沒把握確實該怎麼做。
山姆：你們那個年代不玩彈珠嗎？
威爾：她在很小的時候就把它們弄丟了。

　　聽聽這個有意思的故事。每次蜜絲媞性交的時候（和她男朋
友），她就會想到埃索修車廠對面那間聖湯瑪斯教堂。她納悶這

---

*　譯註 Dick 當俚語用是「陰莖」的意思。Frank 的意思是「坦白」。Milo 的意思
是「牲畜飼料」chuck 有「扔掉」的意思。Mickey 卡通米老鼠的名字。Biff 與「牛
肉」同音。Willie 當俚語用是「陰莖」的意思。Gullie 與「陰溝」同音。Happy
的意思是「快樂」。Augie 與「縱慾」同音。Fritz 與「結冰」同音。Artie 與「附
庸風雅」同音。Woody 的意思是「木頭似的」。Rocky 的意思是「石頭似的」。
Bill 有「帳單」或「鈔票」的意思。

是不是來自上天的某種訊息。她很困惑，因為她從來沒有進過那間教堂。很多年前，她確實曾經走過教堂門口一次，而就在剛剛經過以後，一隻狗（看起來像豬）從一道矮牆後面跳出來，一路追逐她（一邊咆哮）到公園……幸好她跑進公園，關上柵門，才擋住那隻淌著口水的狗。

在他們做愛的期間，整段情節在她腦中上演。

她問我的意見。我說，聽起來重點是那隻長得像豬的狗，**不是教堂**。教堂只是一個地標。教堂並沒有做什麼事，然而那隻狗又跳，又追，而且長得像豬。

蜜絲媞：所以其中沒有訊息嗎？
我：有訊息，但是是來自於你的潛意識。
蜜絲媞：那個訊息想說什麼？
我：它要提醒你，關上柵門。
蜜絲媞：哇！
還有，她穿了耳洞，戴著小小的月形金耳環。很漂亮。

愛你的，妮娜

PS　可惜蜜絲媞不在泰晤士技術學院上我們的「自傳＆小說」研討課。
充滿暴露性象徵意義的事件老是發生在她身上，而她甚至渾然不覺。她在洛漢普頓大學修理科。

親愛的維：

努內來彎道造訪（看湯姆和山＆威）。他帶他的朋友「阿狗」一起來。阿狗不抽菸也不喝茶，所以我喝茶的時候，他們在停車位玩板球。

努內帶阿狗同行，使我想起蜜絲媞在和她男朋友做愛的時候，想像自己被一隻長得像豬的狗追的事。

後來我對努內提起這事。我沒有說是誰，因為蜜絲媞和努內彼此認識，如果知道他曉得她私密的性想像，她會覺得很丟臉。這不是說閒話──我只是覺得這有點佛洛伊德的意味，因此努內可能會有（學術上的）興趣。

我：她跑著來到一個公園，才把一張豬臉的狗擋在門外。
努內：（思考）那個男朋友長什麼樣子？。
我：有點像豬──怎麼？你假定那隻狗豬代表他男朋友嗎？

努內說，長得像豬的狗大概就是代表男朋友的那話兒。而蜜絲媞的性想像暗示，她不要那話兒靠近她。

老實說，有時候我很慶幸自己沒在大學研讀佛洛伊德或榮格。想像必須在研討課討論那一切，並且說什麼代表什麼的。

假設你弄錯了，以為某樣東西代表某件事，結果並不是……那豈不就像置身伍迪・亞倫的電影。

愛你的，妮娜

親愛的維：

　　很遺憾你必須賣掉摩莉‧O。我知道這是正確的決定，但仍然非常傷感。

　　我用五分鐘幫她寫了一首詩。我知道不足以安慰，但這是正在攻讀文學的人會做的事。

　　讓我們對彼此承諾，我們很快能一起在某個美好的海灘騎馬奔馳，或許是西班牙，或許是某個令人興奮且新奇的地方。

　　我開始愛上詩歌課。一開始我迴避，是因為授課老師似乎脾氣不好又難以取悅。但是：據說浪漫主義課要換不一樣的老師（換超棒的約翰‧威廉斯），而且，總之，看起來壞脾氣的那個老師，現在心情比較愉快一點了（由於私生活有改善嗎？）。

　　在這樣的情況下，我愛上了寫短文（浪漫主義）。

　　我一直就喜愛研讀濟慈、麥克尼斯、艾略特——我認識他們，是因為他們常常在 55 號出沒（他們的書，不是詩人本人）。我尤其愛《祕密的玫瑰》，那是在瑪麗凱起居室一杯擺很久的茶（上面都結一層膜了）底下發現的，那時我進去偷一根香菸。

　　我要建議你開始讀詩。我知道你絕對沒料到我會講這種話，但我是認真的。重點是，維，詩有可能很美，很有趣，即使是已經相當老的詩。如果你嘗試讀一些，有可能就會真的愛上。而且即使你不能再擁有馬兒了，你仍然可以在生命中擁有這些詩。如果你將一首好詩多讀幾遍，學會它，它有可能在意外的時刻閃現心頭，使你覺得心情好些，或至少覺得比較聰明一點。

　　但是，當我說老，我的意思不是**真的**很老——不要讀早於1900 年的作品（就目前而言）。

　　告訴瑪麗凱，我選錯詩歌課。

　　我：不是那麼喜歡浪漫派的詩人。
　　瑪麗凱：噢，老天。
　　我：其他人都很愛他們，但是我沒那麼愛。
　　瑪麗凱：聽起來像莎士比亞現象又發作了。

我：沒那麼糟糕啦，我只是比較偏好近期的東西。

瑪麗凱：譬如？

我：你到處擺的那些──艾略特啦，濟慈之類的。

瑪麗凱：嗯，這有好也有壞。

我：為什麼？

瑪麗凱：好的是，你喜歡。壞的是，你會偷走我的書。

　　我在寫短文（浪漫主義），**打字**，因為有人告訴我們，如果你用打字的，分數會比較高，即使全篇是廢話──老師會感激涕零，因為不必苦讀你的手寫鬼畫符。問題是，打字會造成我的鎖骨痛（左邊，我曾經跌斷的那邊），而且我討厭打「華滋華斯」這個名字。

　　老是會想到那家店（「華斯禮品暨玩具」），我在那裡買送給艾爾斯佩斯的，用十六方塊不同顏色玻璃做的煙灰缸。可憐的華斯太太宣稱，他們的姓其實是華滋華斯，但是為了店面招牌把它縮短，因為這樣才能把「玩具」兩個字擺進去。

　　　　　　　　　　　　　　　　　愛你的，妮娜

PS　附上我為摩莉．○寫的詩。

　　　　　　　　　　馬兒待售
　　　　　　暗色花斑康尼馬拉牝馬，
　　　　嘴部柔軟，反應迅速，十六手掌高。
　　　　　　實為心碎理由不得不賣，
　　　　　　心臟腸氣眼睛皆健康。
　　　　　　　　我不能再擁有馬兒，
　　　　　　再也不住草原旁或羊腸小道下。
　　　　　　看中一輛藍色飛雅特貓熊，

但我永遠也無法再有馬。
容易駕馭，釘蹄，裝載，兼狩獵，
行動敏捷，四腿強壯，步態也穩健。
吃苦耐勞，全年放牧亦可行，
媚比琳睫毛，顏面有光輝。
車陣中安靜，煤渣或沙石路皆可馳騁，
若有對象亦可擔當完美賢妻。
摩莉・〇，不得不放你走，
我需要三百英鎊展開新生活。

親愛的維：

　　這陣子在寫我的「自傳＆小說」短文。我逐字推敲。內容非常自傳性，兼帶一點點的想像。你當然有在裡面。我會寄一份複本給你（如果你要的話）。我的字數已經超出限制一點點。我們最多只能寫 3,000 字（超乎尋常的長，但是彼得·H 說，很難要求自傳寫作保持簡短），但他也確實要求我們，要保持「盡量比最高字數短少很多——如果可能的話」。

　　未預見的後果：在開始寫（短文）以前，我認為艾爾斯佩斯做為人母有點惡劣。但現在我看她，倒有點像英雄（瑪麗凱／泰晤士技術學院的影響），且也意識到，如果她是男生，人們就不會把她當成惡棍看待。而一切也會變得好很多。人們把她當惡棍看待，是所有面向中最糟糕的一點（依我的看法）。

　　但是要誠實寫作實在非常困難——舉例來說，我寫到關於我們把小馬帶上樓，後來必須把他們的眼睛矇起來，才能再帶下樓的事。當時，那似乎是一件好玩的緊急事況，但是寫下來以後，變成一件殘酷又瘋狂的事情。

　　我無意要表現殘酷或瘋狂（在寫作的當下）。我想要顯得有趣，但無論用什麼方式去寫，小馬似乎都很害怕，而我們看起來也都很荒謬。最後，寫作贏了，你不得不假定，似乎寫作就會造成這樣的結果。

　　這就是為什麼，你可能無法完全誠實。這就有點像：為了說實話，你必須撒一點謊。

　　那就是這門課（「自傳＆小說」）想要告訴我們的。我現在對那個盧頓鎮來的、罩杯不斷改變的學生說的故事，感到有點同情。

　　史蒂菈則是為了相反的理由在掙扎。她的成長過程一直非常正常又平和，而且，除了遇過幾個外國訪客（包括日本人、南美人，和共產黨份子）之外，一切都很普通（你可能可以說乏味）。可能聽起來覺得很棒，但如果要寫自傳，這是你最不想遇

到的狀況。

再加上，她不是個愛現的人，總是喜歡做對的事，所以即使是最近的生活，也都乏善可陳。她到目前為止的突出事件有：成為「克拉克」鞋公司認證的試鞋員，在巴特林渡假村的炸圈餅攤打過一個暑期的工——她在那裡遇到一些新面孔，而且這輩子第一次沒有固定的吃飯時間，還可以在星期二，而不是星期五，吃炸薯片。

總之，所有這些都意味著，她發現要寫自己的自傳性短文很困難。

我說，也許她應該誇大她生活中正常性／乏味性的面向，並且用單調的筆法陳述一系列的事物。她不喜歡這個主意，並且考慮要像維吉尼亞·吳爾芙那樣，用「意識流」的風格來寫作。這可不妙了，因為她在修的是一門現代主義的課。

史蒂菈·希斯：我考慮要用意識流的方式來寫，就像維吉尼亞·吳爾芙那樣。

我：（心想，「幹！」）是喔，應該可以吧。

史蒂菈·希斯：我想我就坐下來，然後讓它自己流出來。

我：是喔。

史蒂菈·希斯：可能結果會很乏味。

我：但是你可以在之後加進一些趣味性情節，例如竊賊剪掉你的頭髮，你發生了一場性覺醒。

史蒂菈·希斯：我不要有性覺醒。

我：我希望你有。

史蒂菈·希斯：為什麼？

我：那樣比較好玩啊。

史蒂菈·希斯：哎，你自己來一個不會。

我：不行，那和我的主題不合。

史蒂菈·希斯：總之，意識流的意思就是，無論什麼從你的意識中流出來，你都要呈現它，不加以扭曲，也不增添趣味情節或性覺醒。

我：我打賭維吉尼亞‧吳爾芙有加料。

史蒂菈‧希斯：（震驚）不，她不會，是她發明這個觀念的，她不會作弊。

希望你一切安好。馬桶座的事真糟糕。我們 55 號的也曾經那樣（在更換以前）。努內以前都把它稱為「掐子」。

愛你的，妮娜

PS 總之，即將交出短文了（媽呀！），如果你想看，告訴我。你有在裡面喔！

親愛的維：

　　威爾一直主張，我們今天使用的幹譙字眼，實際上已經存在好幾個世紀，而且是由古時候聰明又有趣的作家所發明的（例如喬叟和莎士比亞）。山姆和我決定，我們要找出現代世界合用的新幹譙字眼。它必須是令人厭煩，又不會太粗魯的，所以如果在守規矩的人（例如拉斯的媽）面前說，也沒有關係。我們主要的目的，是要惹瑪麗凱和威爾生氣。

　　我們發明了異想天開的「啪嗒啪嗒」。我們不斷的說，用它來取代幹、狗屎、或該死。很快的，威爾就被惹毛了。

　　威爾：你們能不能不要再說啪嗒啪嗒？
　　山姆：我是從她（指我）那裡學來的。
　　威爾：是喔，你們兩個一直說個不停，真的很煩耶。
　　我　：我們用它來取代「戈——安——四聲」。
　　山姆：（把白球打入撞球桌的桌袋內）啪嗒啪嗒！
　　威爾：我發現啪嗒啪嗒比幹更令人討厭。
　　山姆：沒錯，而且是我們發明的。

　　後來。
　　山姆：（對瑪麗凱）威爾受不了啪嗒啪嗒。
　　瑪麗凱：什麼？
　　威爾：那是他們可悲的的新幹譙字眼，用來取代幹。
　　瑪麗凱：我沒注意到。
　　威爾：很煩耶。
　　瑪麗凱：就是啊，我寧可說幹。

　　琵琶打電話來，問她和她男朋友能不能星期六來此過夜（上週），以便參加爵士樂節的各種活動（瑪麗凱＆山＆威要遠行）。

　　我詢問瑪麗凱。
　　我　：他們只是要在這裡睡。

瑪麗凱：是不是老在手淫那個？

我：呃，一天一回吧。

瑪麗凱：好吧，但是他要在**哪裡**做一天一回的那檔子事？

我：（明瞭了）噢，對喔。

瑪麗凱：只要確保他是在你房間的範圍內。

他們抵達之後，琵琶說他們要睡山＆威的床。我說不行。琵琶堅持。我再度說不行。

琵琶：為什麼不行？

我：因為（壓低嗓門）打手槍呀。

琵琶：噢，那個啊！（笑）如果出門在外，他會在晚間洗澡。

我不敢告訴瑪麗凱這點——她有時候會用我們的浴室，她會產生聯想和畫面。我自己也已經產生畫面了。再說，浴缸出水孔有時候會回噴。

大學很棒。那個老是炫耀她祖父是斯韋登博格信徒[*]，祖母是婦女參政運動份子的女孩（艾波希德），已經因抄襲遭到警告。而我的浪漫主義短文，則得到一個 B+，而且底下有一個加註：「你可考慮以這方面做為你延伸論文的題目」。

由此可證，如果用打字的，你就可以得到高分。我這篇短文很爛，而且胡謅一通。

希望你和那輛飛雅特貓熊都好。

愛你的，妮娜

---

[*] 譯註：瑞典神祕主義宗教。

親愛的維：

　　寄上我的「自傳 & 小說」短文複本。
　　彼得·H 好喜歡，我得到一個幾乎前所未聞的 A+。我以前從來沒拿過這種分數，我告訴他這點。

　　我　：我以前從來沒拿過 A+。
　　彼得·H：這篇文章寫得很好。
　　我　：謝謝你。
　　彼得·H：我想你不會再拿到另一個 A+。
　　我　：你怎麼知道？
　　彼得·H：你不會寫 A+ 的短文。
　　我　：我剛寫了一篇啊。
　　彼得·H：那不是短文。

　　總之，我很高興終於拿到 A。注意到彼得·H 老師的茶裡有一片檸檬。我一直瞪著檸檬，以為那是他不小心掉進去的一片餅乾。然後我逮到一陣微弱的檸檬味。
　　我寄給你（那篇短文），因為你在裡面佔了很大篇幅。
　　希望你喜歡。

　　　　　　　　　　　　　　　　　　愛你的，妮娜

　　　　　　　　　　　……

親愛的維：

　　我不在意你不喜歡那篇「自傳 & 小說」短文。
　　我會把下一篇摘錄寄給你，如果你真的想看的話，但是如果

不喜歡，不要怪我。而且記得，複印要花一英鎊，所以你最好喜歡——或至少不要抱怨。

記住我說過的話。小說中總有很多自傳，自傳中也總有很多小說。必須是這樣，否則會讓人讀不下去（除了作者自己）。

愛你的，妮娜

......

親愛的維：

史蒂菈最近常和一個叫露絲的嬉皮廝混。她的牙齦紅腫。史蒂菈說，那是因為她服用興奮劑，好使自己在夜店和課堂上都能聚精會神。顯然她蠟燭兩頭燒。

我：她的牙齦是鮮紅色的
史蒂菈‧希斯：（神色驕傲）那是因為她服了一點興奮劑。
我：鬼話，那是因為她沒刷牙，或者沒用牙線。
史蒂菈‧希斯：你怎麼知道？
我：我看到累積的牙垢。
史蒂菈‧希斯：她早上都很忙，有早堂的課。
我：忙到還有時間戴鸚鵡耳環哩。

總之，這個嬉皮露絲很聰明。在一篇我讀到的短文中，她寫了以下的句子：「列寧乃奉守狹隘教條之人……（等等，等等）**把他的冷酷無情推至鮮明的極致**。」我甚至不知道那是什麼意思。我想那就是為什麼史蒂菈喜歡她（聰明）。不僅如此，她講話很像大學講師：

嬉皮露絲：他不喜歡母親，但她死後他沒再寫過一個字。

278

史蒂菈‧希斯：也許他是受到恨的驅使。

嬉皮露絲：那過於簡單化了。

史蒂菈‧希斯：好吧。

瞧，就像個大學講師。

有個關於她的謠言，可能是真的，也有可能是假的。如果是真的，會使我喜歡她一點點。有人說她會在學校的餐廳閒晃，看到有人東西沒吃完，就會撲過去把人家的殘羹剩飯解決乾淨。顯然，她從來不必花錢買一頓飯，只靠披薩邊皮和沒人要的沙拉飾盤菜等等，就足以飽食一餐。

有一次，史蒂菈還沒有真的吃完，她就把史蒂菈的火腿潛艇堡吃掉，但是史蒂菈吭都沒吭一聲。

我：嬉皮就是這樣。

史蒂菈‧希斯：怎樣？

我：滿嘴愛與和平，然後把你的午餐偷吃掉。

史蒂菈‧希斯：這麼多人還在餓肚子時，她無法忍受浪費。

她的段數已達登峰造極。我不得不承認，真令人印象深刻，那種決心毅力和對時機的掌握。

愛你的，妮娜

1985 年六月

親愛的維：

非常擔心期末考（沒通過，就走人）。我應該不會被當，到目前為止，我已經做了很多作業，也拿到很好的成績，但是我對考試很不在行，例如去年那個 E。史蒂菈，那個嬉皮，和其他幾個人，最近都在史蒂菈家裡一起複習功課，並且喝咖啡吃餅乾。我選擇不參加，因為這種活動令我反感。但是我感覺我應該要參加。頭兩次我說不用謝謝，因為我無法忍受那個嬉皮。現在他們計畫第三次聚會，史蒂菈還沒問我去不去。

回到 55 號。

我：我擔心期末考。

瑪麗凱：你 A 階考得不錯，之前你不是一直唉聲嘆氣。

我：我沒有考那麼好。

瑪麗凱：你考得不錯呀。

我：我沒有考得不錯。我拿到一個 E。

瑪麗凱：我以為妳拿到一個 A。

我：沒有。我說我拿到一個 C，但事實上我拿到一個 E。

瑪麗凱：（惱怒）我們以後要怎麼再相信你講的任何話啊？

我：你說得好像全世界的人一定都說實話。他們才不會……只有你是病態性的誠實。

山姆：那倒是真的，人們有時候會說謊。

瑪麗凱：欸，你們兩個確實會說謊。

威爾：她告訴我她拿到一個 E。

瑪麗凱：你告訴威爾真相，但是對其他人說謊？

我：對，因為他考試也考得很爛。

威爾：而且我能夠承受真相。

愛你的，妮娜

1985 年秋季學期

親愛的維：

　　謝謝共享的好時光。

　　在火車上讀《罪與罰》。等到我們抵達凱特靈站時，男主角已經認罪了（而且被偷聽到）。我覺得惱火（為什麼對殺人之事講得這麼大聲？），於是轉讀司湯達爾（同一門課），並且吃了一些 KP 牌堅果。

　　謝謝與你共享的好時光。還在為狗狗選秀忍俊不住——必須把貝兒舉到乾草堆上給裁判看，裁判和牠四目相對。那實在很滑稽。你不覺得好笑，是因為你做過很多次（狗狗選秀），而我從來沒做過，看一個老男人那樣檢視狗狗，似乎滿好笑的。

　　回到 55 號，房子裡有奶油糖果的味道，因為不知道誰把糖潑在爐灶上（而且沒把它清乾淨）。瑪麗凱買了一件新外套，卻不喜歡。絲的，但屬於硬質料。銀灰色（曖昧的閃光）。她說很吵。

> 瑪麗凱：（走動）你聽。
> 我　：我什麼都沒聽到。
> 瑪麗凱：哎，你聽嘛。
> 我　：（仔細聽）什麼？很輕微的摩擦聲嗎？
> 瑪麗凱：是啊。
> 我　：那是因為你晃動手臂唄。
> 瑪麗凱：我就是這樣走路的呀。
> 我　：我可從來沒見過你那樣晃動手臂走路。
> 瑪麗凱：我的手臂會動——每個人都會呀。
> 威爾：殭屍不會。
> 山姆：史蒂芬不會。

> 後來，同一個話題又出現。
> 亞倫：會沙沙響，非常輕微。

瑪麗凱：（一邊大步行進，一邊聽）。
亞倫：沒有人會聽到啦，不會冒犯到別人啦。
瑪麗凱：我被冒犯了啊。

她不能拿去退換，因為已經穿過了，而且口袋也扯裂了（因為大步行進的動作）。我不能接收——上學穿太亮，而且也有點小（她很排骨）。

討論威爾的假期作業計畫——製作一份報紙。威爾考慮做一份《肯頓書評》，但是沒把握是不是合乎規定。

威爾：我不確定。
亞倫：怎樣做可以滿足老師的要求？
威爾：把假期毀了就能滿足她的要求。

很高興你喜歡《紅·漢拉罕》，我還要給你 J. M. 森恩的《艾蘭島》。重點在於他不會強說故事。他訪問該島，四處遊覽，聆聽島民的故事，然後把它們全部記錄下來。

先在這裡透露一點給你：一名艾蘭島老人告訴 J. M. 森恩，有一個男子在激烈的爭吵中，用「洛以」（蓋爾語：鏟子）一鏟打死酒醉的父親，他逃到艾蘭島，請求一些島民收留他。他們把他藏起來，即使當警察來查，還提供賞金，島民依然沒有將他供出。老人說，「若非不得已，誰會殺死自己的父親啊？」

簡簡單單。只是把人們做的和說的敘述出來。沒有道德說教。沒有象徵意涵。

愛你的，妮娜

親愛的維：

威爾囉哩八嗦的學校開始在管制邋遢的手寫字體。

威爾：到我的年紀，沒辦法改了，（手寫字體）已經固定了。

我：可以改的——我以前的字體很邋遢，後來模仿別人比較好看的字體，從那時起，就一直寫得很好。

威爾：誰的字體？

我：我不知道那是誰，但是她／他不喜歡學校供的餐。

威爾：你怎麼知道？

我：她／他把感想寫在桌子上。

威爾：什麼？

我：「吃學校供的餐，媽的吐到不行。」——寫的時候只要注意幾個曲折和轉彎就行了（我示範給他看）。

後來。

威爾：（對瑪麗凱）我的手寫字體已經有改善了。

瑪麗凱：我們來瞧瞧。

威爾：（給她看一張紙，上面寫得滿滿的都是同一個句子：「吃學校供的餐，媽的吐到不行。」）

瑪麗凱：老天，確實有改善。但你是在寫什麼呀？

威爾：史提比告訴我的某件事。顯然當她在我這個年紀的時候，這件事情幫了她。

瑪麗凱：非常好（眼睛瞄過來看我。我繼續切我的甘藍菜）。

在威爾的小說《史酷比：迷失的狗》當中，有一個好心的流浪漢對史酷比吹口哨，提醒牠附近有一個沒人要的漢堡麵包（「噓——咻！」）。

我：這個「噓——咻！」是什麼？

威爾：是流浪漢在吹口哨。

我：聽起來像色狼挑逗的口哨，不像在提醒人的口哨。

威爾：呃，他是在對一隻狗吹口哨唄。

我：如果他吹口哨引起史酷比注意，應該「咻——噓！」才對。

威爾：是嗎？

我：「噓——咻！」用在當漂亮女生走過建築工地時。

山姆：你怎麼知道？

愛你的，妮娜

……

親愛的維：

第二年的課業將會比第一年辛苦很多。我已經可以感受到了。我沒有選女性這個或女性那個的課（像史蒂菈就有），因為我無法忍受聽其他學生（女性）信口雌黃一切是／曾經是多麼的不公平。所以我只好選困難的課，例如「小說」。大概就是學些和小說有關的一切——歷史、早期小說、非傳統小說、新體小說、革新小說——基本上，就是會讓你厭煩到受不了的和小說有關的所有課題。

告訴威爾永遠不要修像那樣的課，如果他仍決心要寫小說的話。他說他可能會改修電影。

威爾學校的一個男孩告訴他，有一個「哩高俱樂部」*。

威爾：X 的叔叔是「哩高俱樂部」的會員。

山姆：是喔，3-5-9-1-8-1-5 也在那個俱樂部裡面。

威爾：我想沒有。

山姆：他有。

威爾：「哩高俱樂部」是什麼，到底？

山姆：那是一個俱樂部。

威爾：對啦，但是是哪一種俱樂部？

山姆：（在電話上）爹，嗨，我是山姆。你有參加「哩高俱樂部」嗎？（聆聽）噢，OK（掛斷電話）。

威爾：所以，他有嗎？

山姆：據他記憶所及，沒有。

威爾：沒有一個你認識的人參加過「哩高俱樂部」啦。

山姆：媽可能有。

威爾：我很懷疑——她很少搭飛機。

愛你的，妮娜

PS 「哩高俱樂部」提醒我：大學一個可怕的謠言。一個主修政治學的男生弄斷了他的那話兒。因為被「往錯的方向彎太遠」。我不知道這種事情竟然可能發生。你知道有這種可能性嗎？

---

* 譯註：其實是一句俚語，泛指曾經在飛機上搞性交的人。

親愛的維：

　　十一月：一個悽慘的月份。「大半時候多雲，許多日子下雨」詩意的天氣預報。我還要加上「好幾天兩者兼具」，因為顯然並不是若非這樣／就是那樣的二擇一狀況。

　　J.M. 森恩介紹我認識愛爾蘭話（十一月的説法）Samhain（要唸成「所限」），比英文符合這個月的實況。*

　　我：我討厭十一月。
　　威爾：為什麼？
　　我：陰暗，寒冷，還有一整個冬天要面對。
　　瑪麗凱：一月可能更糟吧。
　　威爾：我討厭二月。
　　山姆：喂！我是在二月出生的。
　　瑪麗凱：1972 年的二月非常好。
　　威爾：欸，只有好一天。
　　山姆：2 號（他的生日）那天嗎？
　　威爾：不是，1 號。

　　又冷又陰暗，我必須穿鞋子和襪子，我討厭腳上溫熱的感覺。

愛你的，妮娜

PS　謝謝你提供有關折斷那話兒的資訊。天哪，那可真慘。我怎麼從來不知道？他們用繃帶包紮嗎，還是讓它自然好（就像我的鎖骨）？

---

*　譯註：與英文「很遺憾」的發音近似。

親愛的維：

　　在技術學院辛苦研讀，卻是好事一椿。
　　正在讀詹姆斯・喬伊斯（我喜愛他，尤其是《青年藝術家的畫像》）。

　　我：（對瑪麗凱）我喜愛詹姆斯・喬伊斯。
　　瑪麗凱：是嗎？
　　我：是，很有意思。
　　瑪麗凱：什麼東西很有意思？
　　我：我在讀《青年藝術家的畫像》。
　　瑪麗凱：（發出嘖嘖聲）等讀了《尤利西斯》再說吧。

　　她的意思是「到時再看你有多愛他」。她的意思大概是我會更愛他（雖然也有可能會比較不愛，我猜）。目前我沒有這個打算（讀《尤利西斯》）──太長了，而且我也沒有時間。
　　史蒂菈也老是提起《尤利西斯》。

　　史蒂菈：你應該讀《尤利西斯》。
　　我：老實說，我聽人家提《尤利西斯》，聽到煩了。
　　史蒂菈：喬伊斯運用不同敘事風格，包括意識流。
　　我：我對意識流沒有特別感興趣。
　　史蒂菈：在《尤利西斯》，他幾乎不重複使用同樣的字眼。
　　我：我喜歡同樣的字眼一用再用。
　　史蒂菈・希斯：我偏好廣泛的詞彙。

　　這是嶄新的史蒂菈。早上不再賴床等哥布林泡茶機幫她煮「芳醇鳥」牌即溶咖啡。反之，她利用館際合作借書，而且還去上額外的研討課。前幾天，她企圖解釋「霸權主義」這個詞的意義，結果作繭自縛。我假借指出附近一個女人（在一個市場攤位旁，那個攤子叫做「派特的帽子的攤」──兩個所有格）有紅色髮尾，幫忙她脫身。

我：瞧那個紅色的髮尾。

史蒂菈：噢，對啊，我喜歡像那樣的紅色髮尾。

我：我就知道你會喜歡。

史蒂菈：如果我去買染髮劑來，你會不會染那種樣子？

我：我沒有任何染髮的經驗。

史蒂菈：我以為你很懂頭髮。

我：我只懂梳頭和吹頭髮。

史蒂菈：沒有染髮嗎？

我：沒有。

總之，史蒂菈在地窖的酒吧舉行一個生日趴（打扮得像戴洛維夫人。有三名講師來參加派對，簡直前所未聞，其中一位送她一本書，書名叫《使女的故事》（精裝本）。

該晚結束的時候，史蒂菈和一個學生接吻，那個學生老是把他的襯衫袖子捲得太高，老愛把兩臂交叉胸前。我都叫他卜派（因為捲袖子／交叉手臂的緣故）。

然後在回家的路上，史蒂菈對自己迷戀講師 PB 的事感到有點絕望。

我：他是個講師。

史蒂菈：我想那就是為什麼我喜歡他。

我：這事不會有結果的。

史蒂菈：我知道，我並不在意。

我：那到底是什麼問題？

史蒂菈：我打賭他一定認為我很愚蠢。

我：只要繼續讀好指定教材，他就永遠不會發現了。

愛你的，妮娜

親愛的維：

　　星期一，史蒂菈納悶（而且極為），為什麼所有男孩都愛慕特定的那幾個女孩。

　　史蒂菈：為什麼所有男孩都愛戀那三個虛榮的金髮女孩？
　　我：答案就在問題裡啊。
　　史蒂菈：她們有什麼好的？
　　我：最主要的，就是頭髮。
　　史蒂菈：但是她們的金髮稀薄。
　　我：聞起來香呀。
　　史蒂菈：你怎麼知道？
　　我：看起來就像。
　　史蒂菈：我的頭髮有「絲草」牌洗髮精的香味。
　　我：你的看起來就沒有她們聞起來的那麼香。
　　史蒂菈：謝了。

　　這星期對很多人來說都是歹運的一週。
　　瑪麗凱——把買的東西忘在停車場，而且連續兩天頭痛。蜜絲媞——必須去做陪審服務。蜜絲媞的媽——開車輾到自己的狗，幸好不會致命。桃樂絲，那個熟齡學生——遺失婚戒和一條有馬嚼口圖案的絲巾。瑪莉・霍普——把自己鎖在門外。亞倫——打破鏡子。史蒂菈・希斯——把自己的頭髮染成白金色（在她看來是好事）。山姆——被紙割到。威爾——不准去划獨木舟（和一個朋友的蹩腳老爸）。我——受夠了。

　　　　　　　　　　　　　　　　　愛你的，妮娜

PS　威爾近來老愛說「陰部的」一詞。還有，我認為史蒂菈把頭髮染成白金色，是為了和那些虛榮金髮女較勁，而且在為紅色髮梢做準備，她似乎認為我有辦法

親愛的維：

星期一，我試著幫史蒂菈把髮尾染成紅色。我告訴她，我對染髮完全沒有經驗，但她還是央求我。

必須戴外科手術用手套和保護性圍裙，再把粉末和阿摩尼亞混合。混合物把湯匙都融化了，令人有點膽戰心驚。史蒂菈坐進空浴缸裡，開始喝起琴酒加檸檬汁。我必須把染髮的混合物塗上每撮頭髮的尾端半英吋。

聽起來很簡單，但是那染料很難掌控（顆粒狀），史蒂菈本人也是（喝醉了）。最後（好幾小時以後），她的頭髮顏色變成100％粉紅橘（從髮尾到髮根）。

史蒂菈：噢，天哪，我看起來像一隻復活節小雞。
我：復活節小雞沒有什麼不好啊。
史蒂菈：如果今天復活節，我就變小雞了。明天不敢上學了。
我：沒有人會注意的啦。
史蒂菈：（看鏡子裡面）幹！

我回到NW1家裡，覺得自己讓她失望了。然而責任不在我。她一直扭來扭去，而且因為喝多了琴酒加檸檬汁，很不合作，再說，我對自己缺乏經驗一事百分之百坦白。

隔天到學校，連我都給嚇到了。她試圖用一條薄圍巾包住頭遮掩，但是露出來的一點點頭髮，看起來仍然驚人的粉紅橘，而且真的非常像小雞。

在研討課開始時的一段短暫靜默時間，我們聽到某人說「瘋狂的杏子」，於是史蒂菈開始滔滔不絕的自我辯護——結果那女孩說，她只是在談某種護唇膏的味道。

稍晚在55號玩一種叫「打破砂鍋問到底」的桌上遊戲。你沿著紙板路線移動，並且回答某特定主題的問題，如果你剛好落在某個特定地點，可以贏得一片像蛋糕一樣的小楔形物。瑪麗凱很快就覺得無聊了，因為還沒有人贏得任何東西之前，她就已經贏

得三片蛋糕，而且看起來會一馬當先，輕易取勝。她不喜歡領先**那麼**多。

　　然後海莉爾特抽到一連串簡單的問題，而瑪麗凱則衰運連連（她一直說牌卡有問題），海莉爾特一追上來，瑪麗凱就變得不喜歡**那麼**與人平起平坐了。然後我們注意到，山姆（他負責問瑪麗凱問題）一次抽起兩張卡，因此所得到的解答，對照的是錯的問題（如果你聽得懂我在講什麼的話）。海莉爾特堅持要退回到瑪麗凱顯然被搞錯的那些問題那裡。瑪麗凱說不必麻煩了，但是海莉爾特還是堅持……然後遊戲就在此結束，因為瑪麗凱基本上已經贏了。

　　海莉爾特：欸，那就這樣囉，我們是拚亞軍唄。
　　瑪麗凱：我就知道答案是珍·芳達。

愛你的，妮娜

親愛的維：

關於蜜絲媞，有一項新發展。
我：你老是肚子餓。
蜜絲媞：那是因為我在吃藥。
我：吃什麼藥？
蜜絲媞：（譏諷的口氣）以防萬一我有性交。
我：和誰性交？
蜜絲媞：任何人。
我：你以前不是也吃過嗎？
蜜絲媞：沒有，我們用算排卵期的方法。

後來，我問瑪麗凱，排卵期算法到底是怎樣？是不是就是我想的那樣？或者還有更多內容？

瑪麗凱：那是給不常做，而採取別種方法又太麻煩的人用的。
我：噢。
瑪麗凱：那對大多數時間不會做的人才行得通。
我：是喔。
瑪麗凱：失敗率很高。
我：噢？
瑪麗凱：如果你真的採用那個方法的話。
我：（開始談別的話題）
瑪麗凱：除非你真的不常做，否則別用那個方法。

老實說，我從來沒聽過瑪麗凱對某件事談這麼多，幾乎就是在喃喃自語（對她自己）。正常情況下，卻是其他人喋喋不休、索然無味又不得要領，然後她高聲講兩句將之斷然定案。

後來我才領悟，她一定以為**我**在算排卵期。但其實是蜜絲媞。她仍然在和同一個男生交往（而且當他們性交的時候，她仍然想像那隻狗在聖湯瑪斯教堂附近追逐她）。吃避孕藥對她而言，似乎跨出了一大步。

總之，謝謝妳送我們的圍裙。給瑪麗凱「麗滋餅乾」那條，我拿另外一條。瑪麗凱已經開始用她那條，但沒有完全綁上（除了試穿，後來都沒有綁上套頭的部分）。她不算是個邋遢的廚子，但理論上有可能把手往裙子上擦，所以那樣用也是好的。再加上，她喜歡麗滋餅乾（理論上）。

瑪麗凱：非常好，請轉告維多莉亞。我通常不穿橘色的。
山姆：很適合你呀。
瑪麗凱：聽到了沒，很適合我。

　　我不煮兩倍份量的餐，然後把另一半凍起來。一部分是因為，我們沒有那麼大的冷凍庫，另一部份是因為，那違反我的原則。做了我的版本的維多莉亞蛋糕，但必須用蘋果當秤重標準（我們的砝碼不見了），結果也沒問題。我推估一大顆蘋果大約等於5盎司（3顆蘋果就相當於1lb）。

　　就如你所說的，把果醬（黑醋栗）抹在中間，但也（應大眾要求）加了花生醬。每個人都喜歡，除了亞倫，他說花生醬應該放在旁邊，給那些未參與意見的人自行決定要不要。

　　瑪麗凱做了一次大採購──有好有壞──她買東西沒計畫（我想她模仿那些知道自己在做什麼的人）。

　　以下就是她買回來的東西：

夸克（德國式液狀起司）
帶籽芥末醬
帶籽裸麥麵包
摩德納葡萄甜醋（黑醋）
新鮮荔枝
絞火雞肉
帶籽燕麥餅乾
無花果，無花果餅乾捲
波旁威士忌
菠菜

小麥片

「帕希爾」洗衣精

「簡單」肥皂

芝麻糖

橄欖

「闖入」餅乾

袖珍橘子（苦苦的，你連皮一起吃）

香草茶

蜂蜜

　　還有其他神祕的東東，等要做飯的時候，加總起來還煮不出什麼料理來。覺得好像住在另一個國家。

　　　　　　　　　　　　　　　　　愛你的，妮娜

PS　謝謝你的禮物。給威爾雜耍用的球，給山姆有蒼蠅在裡面的假冰塊──兩個人都還沒玩出箇中訣竅。

親愛的維：

　　隔了許久，再次見到琵琶。還是老樣子。

　　她和美容師梅爾搬進靠近里奇蒙的新公寓，梅爾在那邊的新購物中心找到工作。新公寓看起來非常好，除了，廚房的碗櫃聞起來都有精液的味道。我仍然不喜歡梅爾。我對吃蘋果要用刀子的人都不免提防，而且仍然無法原諒她害我忍受六星期的紅眼皮。總之，琵琶不要聽我在技術學院生活的任何事，而且當我開始談《脫口而出！》雜誌的趣聞軼事時，她說「抱歉，我真的沒有興趣。」告訴瑪麗凱此事。

　　我：她只是把手舉起來說「我沒有興趣」。
　　瑪麗凱：噢。
　　我：你不覺得那很沒有禮貌嗎？
　　瑪麗凱：節省時間啊。
　　我：對啦，但我很有耐心聽她講廚房碗櫃聞起來有精液味道的事。
　　瑪麗凱：那件事相當有趣。
　　我：比我的雜誌有趣嗎？
　　瑪麗凱：恐怕是喔。

　　還有，美容師梅爾自我吹噓是個「音樂家」的男友，原來是個把樂器五花大綁在身上的一人樂團。琵琶對他評語苛刻。

　　琵琶：他站在長歇街上吹口琴，背著鼓，兩膝中間夾著鐃鈸。
　　我：演奏得好嗎？
　　琵琶：不過是個他媽的一人樂團罷了。
　　我：也許技巧不錯哩。
　　琵琶：和當小丑沒什麼兩樣。

　　希望信短只是表示你在忙其他事，不代表你沒啥事好說。

愛你的，妮娜

親愛的維：

　　山姆看「伽斯與大衛的熱鬧集會」搞得我很煩。這已經超越開玩笑。我正在為《天堂與地獄之結合》掙扎，而滿耳朵只不斷地聽到「兔子」。

　　這使我想起來……史蒂菈因為一張寫給她鍾愛 PB 講師的紙條，搞得自己很丟臉。那張紙條是這樣寫的：「抱歉短文延遲一天交。因為我和犀牛發生了一點爭執。」

　　她指的是一部叫做《犀牛》的劇本，那是我們在一門談荒謬劇場（有一些非常好又有趣，有一些真的很奇怪）的小課堂上讀的教材。在今天的研討課上，PB 和全班分享這張紙條。「這張紙條，夾在一個學生的作業上，讓我昨天過得很開心……（把紙條內容讀出來）我忍不住想像，那是一場怎麼樣的爭執。」

　　每個人都咯咯笑。他沒說紙條是誰寫的，但是史蒂菈讓打火機掉到桌子底下，然後待在底下太久，讓自己露了餡。下課以後。

　　史蒂菈：天哪——好丟臉。
　　我：不會啊，很好玩。
　　史蒂菈：我覺得受到侮辱。
　　我：別傻了，他說他很開心。如果他唸我的紙條，我會很高興。
　　史蒂菈：對啦，但是你沒有愛上他啊。
　　我：如果有的話，我還會更高興呢。

　　那就是我們之間的不同。這只是眾多不同當中的一項。

　　　　　　　　　　　　　　　　　　　　　　愛你的，妮娜

親愛的維：

　　是的，史蒂菈有一位完美的好男友（住在一起）。他聰明，有趣，而且是從林肯市來的，但是史蒂菈再也看不到那些優點（除了無法忽視他是林肯市人以外）。他們經常吵架，而且差不多可以說彼此厭惡了。她認為他已經找到新的牧草地偷吃——畢竟，他是郵差，顯然他們隨時都有可能遇到人提供新的牧草地（尤其是在普拉姆斯特德區，據史蒂菈的說法）。

　　她仍舊持續迷戀講師 PB。不過，至少現在會花心思讀指定教材，並且會來上課（還有刮牙齒）。

　　PB 計畫舉辦他的的第一個流行文化日，播放重要流行作品的錄影帶，例如早期的「胡搞瞎搞」系列（和品特的作品一樣，充滿了象徵和意義——只是可看性更高）*，並且開放漫談。

　　史蒂菈擔心她會遲到（9 a.m. 開始）。我說我會在要離開 NW1 時打電話叫醒她，讓她有充分的時間到校。而我也確實這樣做了。

　　她有趕來，看起來慌慌張張的，課已經進行了十分鐘——不幸，我們正在討論「為什麼喜劇很重要」。

　　我：你怎麼遲到了？我有打電話叫醒你呀。
　　史蒂菈：我的和服袖子在平底鍋上著了火。
　　我：你在煮什麼？
　　史蒂菈：在給香菸點火。

　　史蒂菈覺得有點掃興，因為我們都在大笑——她還沒有進入喜劇的情緒。

　　等那位《凡夫俗女》麗塔型的女孩帶著一個「渾比」早餐堡，但沒有穿胸罩，出現在教室時（也遲到），她才真的開心起來。史蒂菈忍不住跟她提起（她沒穿胸罩）。麗塔似乎很吃驚，甚至低下頭查看自己的襯衫。

　　麗塔說她會有「幽靈胸罩」的錯覺，甚至在沒穿胸罩的時

候，仍然自以為有穿。史蒂菈對胸罩尺碼頗為內行（顯然），她說，幽靈胸罩的錯覺，是穿過緊的胸罩，並且在身上留下勒痕的後遺症。史蒂菈的忠告是：買尺碼鬆一點的胸罩。

後來在晚餐時告訴瑪麗凱這件事。

我：所以，感覺好像她有穿胸罩，而實際上沒有。
瑪麗凱：噢，老天。
我：那樣子很難看。
瑪麗凱：噢。
我：你曾經發生過幽靈胸罩的錯覺嗎？
瑪麗凱：胸罩，沒有。襪子，有。

愛你的，妮娜

---

* 譯註：「胡搞瞎搞」Funny Business 是英國一個受歡迎的喜劇系列電影，後來也製成電視影集。

親愛的維：

你的草莓賊使我想起史蒂菈的花園盜匪。
在五樓的咖啡廳。

史蒂菈・希斯：他從灌木叢跳進來。
嬉皮露絲：你有看見他嗎？
史蒂菈・希斯：沒有，我們正在看「鮑伯滿胡」＊。
我：他有拿走什麼嗎？
史蒂菈・希斯：晾衣繩上的三樣東西。
嬉皮露絲：混蛋。他拿走什麼？
史蒂菈・希斯：其中一樣是我的絲和服（面露哀戚）。
我：我以為那被火燒了。
史蒂菈・希斯：燒到一點，那就是為什麼我把它拿去洗。
我：其他還有什麼？
史蒂菈・希斯：貼身衣物。
我：內褲嗎？
史蒂菈・希斯：對，如果你非知道不可。
嬉皮露絲：噁心的混蛋。
我：你有叫警察來嗎？
嬉皮露絲：啊，更多噁心的混蛋。

　　警察建議史蒂菈不要把私密衣物晾在街上可以看到的地方（他們的住處位於街角）。警察還說，狗有很好的威嚇效果，地上鋪砂礫也是（小偷走在上面會發出嘎喳嘎喳的聲音）。她打算從今以後把小件衣物放在儲藏室的暖氣管上晾乾，即使那裡有一張貼紙禁止晾乾衣物。
　　史蒂菈對失去內褲並不在乎，但是對於和服被偷就很生氣了──那是一位富異國風情的阿姨給她的，那個阿姨還送她一盒依法不准進口的雪茄，她不讓男朋友抽（盒子很漂亮）。
　　在 55 號的晚餐時間，告訴他們這件（女內褲竊賊的）事（他

們聽得興趣盎然）……但是說著說著，我想起 1981 年的「寇曼污垢事件」。我以為他們會喜歡，結果不然。

我：但是——重點是——他又把它夾在曬衣繩上面，事後。
瑪麗凱：什麼事後？
我：沾汙了以後。
瑪麗凱：好噁！
亞倫：（大吃一驚）噢，不會吧！
我：不！不是你們想的那樣，只是芥末啦！
兩人異口同聲：好噁！

事實上，餐桌上說這故事有點無趣。所以我改變話題，掅起瑪莉‧霍普對她的「扎努西」牌新洗衣機感到失望（旋轉的時候很不穩定）。我想她可能一次洗太多了。她每星期都要洗所有的床單。我提及瑪莉‧霍普每星期要洗所有的床單，不知怎地，好像又把我們帶回髒汙的話題，所以我沒繼續多說什麼。

然後，亞倫說，「扎努西」只是「伊萊克斯」的偽裝品牌，氣氛才終於有點改善。

愛你的，妮娜

---

* 　譯註：電視機智問答節目。

親愛的維：

蜜絲媞說服我和她一起去逛街（約翰路易斯百貨公司）。雖然口口聲聲說她「極度沮喪」，卻仍然買了維他命、指甲拋光劑、成噸的保養品和化妝品，還有可以搭配她鞋子的特製鞋帶。她袋子裡裝的，不像是要買給一個瀕臨自殺的人，反而像是要買給一個打算把生命活到極致的人。

告訴瑪麗凱這件事。

我：她買讓眼睛看起來更明亮的藥片，卻聲稱自己已經喪失活下去的意志力了。

瑪麗凱：維吉尼亞・吳爾芙那時候才剛做好頭髮。

我：什麼時候？

瑪麗凱：她溺水自殺的時候。

我：老天！

瑪麗凱：（聳聳肩）

我：所以，做了某種努力，並不代表⋯⋯

瑪麗凱：並不一定。

我：也許那是前奏的一部份。

瑪麗凱：也許。

威爾：恩德・布萊登那時候才剛打開一罐薑汁汽水。*

山姆：（突然感興趣）恩德還沒死吧，死了嗎？

總之，蜜絲媞現在似乎比較好了，她的鞋子搭配了正確的鞋帶顏色，指甲也修得整整齊齊。但是我猜，以目前所知，那可能也是一種求救信號。

愛你的，妮娜

---

* 恩德・布萊登是英國童書作家，病逝於 1968 年。在根據她童書改編的電視電影中有提及薑汁汽水的句子，後來該句子在英國廣為人知，許多人便誤以為該句出自於原著。其實布萊登在書中從來沒有提過薑汁汽水。

親愛的維：

帶史蒂菈去肯頓和山＆威與瑪麗凱認識。
山姆：你支持哪一隊？
史蒂菈‧希斯：貓頭鷹隊！
瑪麗凱：綽號貓頭鷹的謝菲爾德星期三足球隊嗎？
史蒂菈‧希斯：我想是吧。
瑪麗凱：你想是吧？

在出去的路上。
史蒂菈‧希斯：瑪麗凱人真好，可不是？
我：我不會扯那麼遠。
史蒂菈‧希斯：我以為你喜歡她哩？
我：我是喜歡她。

回到屋裡，史蒂菈已經走了。
我：怎麼樣？
山姆：她支持貓頭鷹隊。
瑪麗凱：欸，那很難說。
我：她在學校很規矩。
瑪麗凱：我以為她都不做功課的。
我：她現在做了。
瑪麗凱：怎麼突然改變了？
我：她迷戀某個講師。
瑪麗凱：我以為她在家裡有個男友。
我：她有，但她同時也迷戀一個無害的對象。
威爾：她的眉毛很奇怪。
我：她用鑷子修眉毛。

　　瑪麗凱近來有一樣新料理：烤甜椒。把整顆紅甜椒放到烤架底下炙烤（要轉動），直到整顆都變黑。然後把它們裝進塑膠袋裡，放到冷卻。然後把皮剝掉，切碎，灑上摩德納葡萄甜醋和橄

欖油。小題大作，但是好吃。

　　威爾在學校做了一張母親節卡片給瑪麗凱。上面有漩渦的圖案，裡面有一首詩：

> 媽愛打趣，媽好好玩。
> 事情到媽手上總有望。

　　我：做得真好。
　　威爾：我知道。
　　我：她會喜歡的。
　　威爾：是啊。
　　山姆：那不是他自己寫的。
　　威爾：（微笑）對，我跟坐隔壁的男生抄的。
　　我：你為什麼不自己寫？
　　威爾：這首就足以達到效果了啊。

　　山姆從文具店買一張卡片給她。上面說：「媽，你好**酷**！」圖畫上的女人顯然深陷於凍寒之中*。

愛你的，妮娜

---

*　譯註：「酷」的原文也有「冷」的意思。

親愛的維：

「橡子俱樂部」的主意聽起來非常棒。山＆威和我談個不停。

我：他在兩年前掛衣服的地方找到那件外套，而且當時留在口袋裡的一顆橡子，長出了小小的橡樹苗。

山姆：什麼時候？

我：當他從戰場回來的時候。

山姆：一棵橡樹？

我：欸，一棵小小的幼芽，從那顆橡子長出來。

山姆：有把那件外套弄壞嗎？

威爾：（發出輕蔑的嘖嘖聲）那只是象徵嘛。

山姆：好吧，但是外套毀了嗎？

威爾：你把故事毀了。

我：第二天，另一個老人說他自己的故事──他把一顆蘋果留在口袋裡。

山姆：（一臉乏味的表情）然後一棵橡樹長出來嗎？

我：不是橡樹。

山姆：不然是什麼？

我：一棵小小的蘋果樹苗。

山姆：他抄襲第一個人的故事。

我：這是一個許多人都聲稱是自己親身經歷的故事。

山姆：有一次，我把一些葡萄乾留在口袋裡。

威爾：你有發現一根小小的葡萄藤嗎？

山姆：確實，我有。

威爾：說謊大王！

我打算把這個說給彼得・H聽。他會喜歡的。這是純粹的「自傳＆小說」。他說不定會把它運用於下一批學生身上。

愛你的，妮娜

親愛的維：

　　山姆和威爾的個性南轅北轍。山姆的洞察力比較強，然而威爾比較有創造力。舉例而言。琵琶要一起吃午飯，堅持要要我帶山姆和威爾同行，可是她又一直用暗號談她的新男友。

　　琵琶：他早上運動能量比較強，所以我們常常必須早起——如果你懂得我的意思——好做慢跑。
　　我：噢。
　　琵琶：如果晚上纏著他做運動，他會配合，但從來不盡興。
　　我：是喔。
　　琵琶：我是夜貓子，所以我們還要再看看以後如何。
　　我：嗯。
　　琵琶：我不是早起的人，尤其是，你知道，如果談到運動。

　　後來，在晚餐時。
　　亞倫：所以，你們大夥兒今天午餐時跑哪兒去了？
　　威爾：我們和琵琶一起吃午飯。
　　瑪麗凱：她最近都在做什麼？
　　山姆：（大笑）她的新男友喜歡在早上騎木馬。
　　瑪麗凱：騎木馬？
　　山姆：你知道，做那種骯髒勾當啊。
　　威爾：不是，她的是說慢跑，你這性變態。
　　瑪麗凱：（對我）哪一個才對？
　　我：山姆是對的。她在用暗號講。
　　威爾：噢，是嗎？那我的腦袋太直了。
　　我：她一直在偷山姆的薯片吃，甚至還拿去沾他的蛋。
　　瑪麗凱：這也是暗號嗎？
　　我：不是，她是真的拿馬鈴薯片去沾山姆的蛋吃。
　　亞倫：真隨便。

愛你的，妮娜

親愛的維：

　　史蒂菈邀請我去吃晚餐（在她家）。上完文學理論研討課
（我最爛，她最拿手的課）以後，和她一起回家。上這門課的時
候，我只能坐在那裡想每個人到底在胡說八道什麼呀，而她則有
辦法加入天花亂墜的討論。

　　走到她家那段路很舒服，有時候有巴士經過，甚至在兩站之
間也願意停，所以走一走也是值得的。偏偏史蒂菈跳上一輛計程
車，說是因為有客人來用餐（我），需要準備晚飯，所以要犒賞
自己一下。在計程車裡，因為空氣芳香劑（吊在照後鏡晃來晃去
的一棵戴太陽眼鏡的椰子），而且史蒂菈哇啦哇啦的不斷談論泰
瑞‧伊格頓，搞得我反胃。然後，離她家還有好一段距離，她就
叫計程車讓我們下車，剩下路段步行。這是因為她不要讓男朋友
知道我們搭計程車。

　　她男朋友顯然觀察力很強（認得出兩條街外的計程車聲）。
他們正在推行省錢運動，他喜歡逮到她浪費錢（反之亦然）。

　　史蒂菈住的地方聞起來不像倫敦。雖然就技術上而言，那裡
還算是倫敦。那裡聞起來有水蠟樹和「正確防衛」男用除臭劑的
味道。道地的倫敦聞起來是壁爐周圍的磚塊味。而且，在葛羅契
斯特彎道，還有咖啡、地板亮光劑，和過熟甜瓜的味道。

　　史蒂菈的房子不甚佳。到處是地毯和壁櫥，而且因為更新工
程還沒完成，廚房沒有窗戶。工作檯是一片摺到一邊的門，冰箱
擺在又熱又小的碗櫥裡，而且聞起來有米飯的味道。

　　史蒂菈跑去泡茶，我和那個男友聊天。他很風趣，會發表機
靈的評論。他穿著四角內褲在看馬賽轉播。他告訴我，他有在玩
累計下注（但是不要告訴史蒂菈）。

　　男朋友：所以，萊斯特郡來的妮娜，你為什麼來這兒？
　　我：我不知道。
　　男朋友：所以，這麼說，你沒有在修存在主義課囉？
　　我：沒有。

男朋友：計程車費是誰付的？

我：什麼計程車？

男朋友：十分鐘前在消防局外面讓你們下車的計程車啊。

史蒂菈送三杯茶進來（沒有牛奶了）。我們看了一下馬賽，然後他們兩人開始鬥嘴，直到史蒂菈宣布晚餐的計畫：吃「鳥瞰牛排館」的焗烤晚餐。她男友抖著兩腿說：「鳥瞰牛排館焗烤晚餐，嘖呼太棒了。」

我不知道他是不是當真的，但是他們兩個似乎都因為對焗烤晚餐的期待而變得比較快活起來。我們到店名叫「如此乾淨」的街角商店，買了「鳥瞰牛排館」焗烤晚餐（冷凍的），和一品脫的低脂牛奶。她把冷凍焗烤晚餐放進烤爐，瓦斯火力 6，烤 30 分鐘。5 點鐘的時候，晚餐就烤好了。他們把它配著茶吃。

甜點是薑糖蛋糕。

然後她男友去普拉姆斯特德區打撞球，史蒂菈則帶我參觀花園——她忘記我以前看過了，就是區管會的捕鳥人來那次。我沒有再提起那件事。她特別要我看晾衣繩（犯罪現場）。那是個簡易的目標（地處街角）。我可以看見一處低矮的灌木樹籬，小偷顯然就是從那裡進來，再帶著史蒂菈的和服從那裡出去的。

我走路回伍爾維奇兵工廠站。沒坐巴士，沒搭計程車。頂多花十分鐘。

回到 55 號。把事情的梗概告訴瑪麗凱。她最喜歡累計下注和「鳥瞰牛排館」焗烤餐的部分。

瑪麗凱：和那對「達比＆瓊安」吃飯的感覺如何？

我：你是說史蒂菈＆男朋友？

瑪麗凱：是的。

我：史蒂菈很有趣。

瑪麗凱：她來這裡的時候好像不是非常有趣。

我：那是因為她努力要顯得嚴肅又有禮貌。

瑪麗凱：她不需要那樣。

我：一般人都會呀。

瑪麗凱：那是他們有戒心。

瑪麗凱對每個人都有很高的期望，甚至包括技術學院的學生。她對史蒂菈的期待和對她的薩爾曼・魯西迪型友人相同。不切實際。就像努內，他也期待相同的高標準（雖然不是針對完全一樣的事）。

愛你的，妮娜

親愛的維：

　　每個人都在選擇自己專題論文（延伸的短文）的主題。必須就我們選擇的主題寫五千字（大約）。

　　我已經決定要寫卡森・麥卡勒絲，即《心是孤獨的獵手》（幾年前讀這本書時，我就愛死了）的作者。盧頓鎮來的學生要寫山繆・貝克特的劇本。那個嬉皮要寫從 1955 年到 1985 年電視廣告中的女性形象。大力水手要寫《白鯨記》。史蒂菈則在阿爾都塞（馬克思主義的傢伙）和菲利普・拉金之間猶豫不決。

　　史蒂菈・希斯：我無法決定。
　　我：哪一個你最喜歡？
　　史蒂菈・希斯：這無關喜不喜歡，這是有關哪一個題目比較可能寫出有趣又吸引人的東西。
　　我：好吧，哪一個你最容易寫？
　　史蒂菈・希斯：拉金。

　　她大概已經決定要寫拉金了。那對她易如反掌。她只要把考 A 階時寫的一些短文舊作翻新，並且說她有多喜歡他，就行了。

　　離我們交差還有很長一段時間，但重要的是，**不要**把它放著，然後等到夏天來的時候才急得手忙腳亂（PB 的話）。我們應該規畫、閱讀，並且寫一個草稿，然後去見我們的指導老師，查核進度，並且持續穩定的工作。

　　史蒂菈已經做好初步計畫。她的計畫包括訪談亞倫，好為自己加分。因為我愚蠢的提及，亞倫曾經遇過菲利普・拉金，而且可能說得有點誇張了。

　　反感之餘。亞倫打算藉由輕描淡寫他們的關係（本來就已經沒有多少）來讓我顏面無光，而史蒂菈則打算展現她有多麼他媽的瞭解拉金和他詩作的真正意涵（依我的看法，是怪胎的孤僻獨白）讓我顏面無光。而且她會說像「關鍵點」、「中肯」，或「質地」等等之類的名詞。然後亞倫會說：「你那個朋友史蒂菈，老

是説『質地』。」

她還把「質地」的發音給唸錯了。

有一陣子，我無法在 J.M. 森恩和卡森‧麥卡勒絲之間下決定。我兩個都喜歡。努內幫不上忙，他只説，我大概不應該選我真的喜歡的主題。他説：「依我對你的了解，我想你不應該做你真正喜歡的題目，結果就是你會討厭它。」他指的是老生常談的，「親不敬，熟生蔑」。然而我並不擔心。無論選什麼，我最後一定都會討厭，所以我寧可討厭我一開始就喜歡的東西。

J.M. 森恩：我穿著生牛皮便鞋走進濕地，進而受到感染。

卡森‧麥卡勒絲：他們發現朗頓夫人失去意識，她用花園大剪刀剪去了自己的奶頭。

我在 55 號討論這件事。山姆説，我應該寫一個叫做法蘭克‧麥克維尼的西漢姆足球隊隊員。

我：我無法在麥卡勒絲和森恩之間下決定。
瑪麗凱：麥卡勒絲吧，我想。
我：我在考慮森恩。
瑪麗凱：所以你已經有定見了嘛。
我：沒有，不算真的有。
瑪麗凱：（聳聳肩）那就，森恩吧？
我：為什麼不要麥卡勒絲？
瑪麗凱：因為你已經決定森恩了啊。
山姆：你應該寫法蘭克‧麥克維尼。

我把這視為是一種徵兆，我應該要寫麥卡勒絲（麥克維尼和麥卡勒絲兩個名字如此相似）。所以那就是我要寫的作家（大概）。

愛你的，妮娜

親愛的維：

剛從肯特郡羅徹斯特鎮回來。

和一名叫做尼克·尼可斯（美國人），從聖地牙哥州立大學來的訪問講師，一起搭出租迷你巴士前往。他要看在聖詹姆斯教堂庭院裡，提供《遠大前程》開端文字靈感的那五座小墓，以及其他與狄更斯有關的文物。尼克拍了幾張照片（墳墓），並且說，終於見到「皮普的墳墓」，真叫人不可思議。

一名叫做桃樂絲的熟齡學生（沒有在迷你巴士上，自行出現），在墳墓旁突然劇烈咳嗽發作，咳掉了一枚隱形眼鏡。但是尼克·尼可斯沒有讓這事破壞他的心情。他說這就是這種蕭瑟地點所造成的影響，從海上飄來的迷霧繚繞，讓你只好任其擺布。桃樂絲說不是這樣子啦，她只是因為吃硬薄荷糖，不小心嗆到了。

她沒有找到隱形眼鏡，後來必須步步為營，因為只戴著一枚隱形眼鏡，所有的東西都變成疊影。史蒂菈建議她把另外一枚也拿掉，但是桃樂絲解釋，那不是理想的解決辦法。最後，她就一路閉著一隻眼睛，所以從那以後，我就不忍再看她一眼。

去了一家茶館。後來史蒂菈說，那家茶館叫做「佩高提的起居室」（我希望是真的叫做這個名字，但我想她只是要給那個地方擦脂抹粉），還有，我們的美國講師點了一客 BLT。美國人就是愛那種有點超出真正三明治的三明治（BLT 啦，總匯啦，還有牛排三明治）。

尼克·尼可斯：可以給我來一客白吐司的 BLT 嗎？
茶館女人：BLT？那是什麼，在你老家？
尼克·尼可斯：BLT——不就是培根，萵苣，和番茄——的三明治麼？
女人：你可以點培根雞蛋麵包捲，或者培根沙拉三明治。
尼克·尼可斯：培根沙拉裡面有什麼？
女人：培根、萵苣、番茄，和黃瓜。
尼克·尼可斯：聽起來不錯。能不能請你去掉黃瓜？

女人：為什麼（去掉黃瓜）？

尼克·尼可斯認為那個女人在耍幽默。其實她沒有。他也很愛她所說的：「那是什麼東東，**在你老家**？」

我們回家路上還去倫敦南區看尼克想看的一些壁畫，但是因為勉強從用來阻止汽車通行的兩座安全島矮欄中擠過去，他把迷你巴士刮得傷痕累累（兩邊都是）。所以我們也沒心思再多看壁畫，只是急忙把車子駛過去。

尼克·尼可斯崇拜倫敦，只要和倫敦和狄更斯有關的，他都想看。他太太（麗）和兒子（史考特）也在這裡。他們住在我的指導老師的房子（我的指導老師住在他們聖地牙哥的房子）。

我們一群屬於尼克導生的人，曾一起去尼可斯家住處吃披薩，並且看一部《遠大前程》的錄影帶（為走訪羅徹斯特墓地做準備）。他們給我們吃折起來的披薩。像一種披薩肉餡餅。

史蒂菈喝他們請的瓦爾波利塞拉葡萄酒，喝到酩酊大醉，給自己丟透了臉——她打斷電影，要求要借他們的除草機。

我：你要借他們的除草機做什麼？
史蒂菈：我家花園需要除草。
我：我需要新鞋子，但我可沒在這裡嚷嚷。
史蒂菈：我看見他們整齊的草地，心裡頭一陣觸痛。
我：你不能叫你男朋友幫你除草嗎？
史蒂菈：他是郵差。

每個人都知道他是郵差。我們有些人還見過他。史蒂菈利用他的郵差身分當藉口。拿這個來解釋一切。我說她應該停止利用她男朋友的郵差身分當支柱。我的意思是要說藉口，卻說成「支柱」，可是聽起來還頗適當的。

總之。和從聖地牙哥州立大學來的尼克·尼可斯作伴挺不錯。就在你認為一切都是屎的時候，他卻用他的老美口音說一切有多美好，而且還挺有說服力的。

愛你的，妮娜

......

親愛的維：

　　從公園道的愛德華茲那裡取回我的相片。有趣的小個子男人。蜜絲媞不願拿她的底片給他沖洗。其一，和「布茨」相比，他比較貴，其二，她總是假想他會看著她的相片手淫。我說如果她想像有人會對著她的相片手淫，表示她對自己的相片評價頗高。

　　我：他一定看不認識的人和狗的照片看到厭煩了。我打賭他連看都不想看了。
　　蜜絲媞：他當然會看。你就會看。
　　我：我不會拿那個來手淫。
　　蜜絲媞：他整天泡在裡面一定很無聊，那就是他們那種人會做的事。

　　回到家，觀賞我的相片。有幾張皮普的墳墓和尼克·尼可斯的 BLT 照片拍得不錯，還有一張拍到瑪麗凱的吸塵器失焦的照片（源自於試圖偷拍的結果，拍照時，不把相機舉起來）。兀自想像公園道的愛德華茲會怎麼看（特別是吸塵器那張）。
　　把相片拿給瑪麗凱看。

　　我：瞧，又一張意外照片。
　　瑪麗凱：這是什麼？
　　我：本來是想拍你和羅素·哈帝。卻拍到吸塵器。
　　瑪麗凱：我不知道你們倆認識。

她是指我和吸塵器。
順便一提，除非真的有頭皮屑，否則你不應該用去頭皮屑的

洗髮精。如果你原來沒有頭皮屑，卻用了，你就會得到頭皮屑。那東西就是如此運作的。它會去除頭皮屑，除非你沒有。而在後者的情況，它反而會引起頭皮屑。

告訴瑪麗凱，琵琶最近都綁頭巾（或稱「班丹納」）。

我：琵琶開始綁頭巾。
瑪麗凱：是像愛麗絲，還是像藍波？
我：介於兩者之間。
瑪麗凱：很好。

沒吃早餐。不是向來都不吃，是剛好沒吃。告訴蜜絲媞我肚子餓，因為沒吃早餐。

我：我忘了吃早餐（大約是這樣的說法）。
蜜絲媞：那很危險。
我：怎麼說？
蜜絲媞：你的新陳代謝會馬上下降。
威爾：她是指你的生理時鐘會失常。
山姆：什麼是生理時鐘？
威爾：就是在你身體裡面，指揮你做事情的時鐘。
山姆：例如什麼？
威爾：什麼時候起床啦，大便啦，或吃炸薯片啦。

愛你的，妮娜

親愛的維：

　　瑪麗凱對特定的事有很好的記憶力——你希望她忘記的事，例如你來這裡第一天做的第一件事／說過的第一句話等等（如「我愛書，特別是狄更斯、赫瑞之類的古典著作。」）。

　　你閃躲不了。你不能改變說法，否則就會有「我以為你說你討厭像水仙那種東西」的話冒出來。

　　她總是對自己說的話非常小心，從來不會沒想清楚就衝口而出，除了有一次，她衝口而出她覺得傑茲很英俊。但是平心而論，她之所以會如此，是因為瑪莉·霍普說到湯姆（英俊），這只是誰比誰帥的事情。

> 我　：湯姆回家了。
> 瑪麗凱：哪個湯姆？
> 我　：湯姆·史提比。
> 瑪麗凱：噢。
> 我　：瑪莉說他很英俊。
> 瑪麗凱：（反應比平常要快）說誰？
> 我　：說湯姆。
> 瑪麗凱：傑茲更英俊。

　　瑪麗凱會記住我告訴她的，關於你和其他的人的事。她總說：「其他的人近來如何？」，因為她學我稱呼你們大夥兒為「其他的人」。

　　她對古怪的事物觀察力很強，但是對一個人關鍵性的言行就領悟得沒那麼快（或者沒注意）。或者，她認定的關鍵和我不一樣。也許古怪的事物才是關鍵性的事物（對她而言）。

　　前幾天有一個女人來 55 號（和山姆有關），我注意到那個女的說「牙許」（而不是「也許」），而且一直這樣說。牙許。

　　瑪麗凱注意到她一直說「老實跟你說」。我倒沒注意到（我想因為我自己有時候也會這樣說，所以就不會注意到。）

瑪麗凱注意到（而且喜歡）她坐的時候會蹺二郎腿，即使是坐在餐桌椅上時，而我注意到（而且不喜歡）她的手鐲老是撞到桌子，發出砰的一聲。

　　史蒂菈的朋友露絲（那個齒齦有牙周病的聰明嬉皮）說，手鐲是奴隸制度的象徵，而且，最近更說，是女人被男人「持有」的象徵。她戴著一個嘲諷性的假手銬。

　　希望你一切都好。

　　　　　　　　　　　　　　　　　　　　　愛你的，妮娜

PS　史蒂菈以 50 英鎊賣掉她的長笛。

　　　　　　　　　　　　　　……

親愛的維：

　　我愛班森先生的故事。真好玩。你應該把那邊發生的所有事情寫成一本小說。事實上，你真的應該寫（我不是只隨說說而已）。前幾天我才在想，AJA 應該把他的早年生活寫成一本小說。他對語言的運用有獨到之處，而且有如此多有趣的鄉間回憶——那會像《大地之歌》，只是不是一個獸醫的故事，而是一個小孩的故事。

　　現在論文的主題都決定好了，而且我的計畫也交給 PB 了。我的計畫是要透過廣泛的閱讀，顯示卡森·麥卡勒絲是一個勇敢的年輕作家，他寫的聾人、窮人、不會寫字的小孩和孤立的人們，她敢於闡明美國生活中一個比較不光彩的面向。

　　我會說，雖然批評家對她沒有善意，大眾也反感，她仍然持續不斷書寫一個甚少得到表述的族群。她的動機乃出自於，她自

己也是一個被孤立而且孤寂的人，背後的原因是年輕時受到中風的打擊，以及意外嫁給一名經常在美國南方與其他孤立知識份子間尋歡作樂的同性戀者。

我認為，即使批評家對她的描繪感到生氣，她要寫出那些孤立／不是非常討人喜愛的族群的堅定決心，仍然影響了一整個世代的新作家（那些願意書寫不甚美好的事物的作家），終而使她贏得在偉大南方傳統中所應得的位置。等等，等等。

天哪。真希望我寫的是 J.M. 森恩。

改變話題，史蒂菈要找人幫她在普拉姆斯特德撞球俱樂部代一次夜班，我說我應該可以。

你只要在 6 點鐘現身，給那些玩撞球的賭徒提供飲料和微波加熱的冷凍點心就得了。

有幾項重要福利。你可以無限量飲用非酒精性飲料，無限量食用微波加熱的點心。你可以在上班時間讀你的教科書。顯然那些顧客喜歡工作人員專注於書本，好讓他們自由自在地玩撞球——他們發現那樣比較輕鬆，而且他們可以賭錢。

史蒂菈說，唯一的缺點是廁所，還有微波加熱的點心聞起來有臭汗味。

待遇很高，而且考量到你其實沒做什麼有用的工作，只除了睜一隻閉眼一隻眼，以及微波加熱點心。

愛你的，妮娜

PS　我的意思是，你寫一本小說或日記什麼的。會非常受歡迎喔。

親愛的維：

瑪麗凱出去吃晚飯。很神祕。然後，第二天早上，廚房水槽旁的一只小杯子裡，出現一小把紫羅蘭。我仔細觀賞那些花，它們真的很美（五片花瓣，有小小的黃色斑點，心形的葉片長在弧形的莖柄上）。

就在快凋謝前，我做了幾朵壓花（壓在幾本沉重書籍的書頁之間）。問瑪麗凱，等紫羅蘭壓好了，她有沒有興趣保留幾朵，她說不大有興趣。

就在紫羅蘭壓好時（正好可以點綴亞曼達的生日卡／照片），亞曼達說，「我討厭乾燥花。」所以我把壓花轉黏在給努內信件的邊緣上，以免浪費。

然後，當努內這個週末來訪時。

努內：信裡面那些死東西是什麼？

我：紫羅蘭。我做的壓花。

努內：噢。

我：你不喜歡嗎？

努內：欸，不怎麼喜歡，它們已經死了。

在愛丁堡古堡用撞球桿玩鬥劍（我和努內）。是因為我無聊起的頭，結果我們被驅逐。努內氣炸了。鬱卒地回到 55 號，告訴瑪麗凱這件事。

瑪麗凱：所以你攻擊他，因為他討厭那些紫羅蘭。

我：只是戳一下而已，不是攻擊。

瑪麗凱：好吧，但是紫羅蘭和戳人有關連？

我：有一點吧，也許，但是我現在對兩者都感到後悔了。

瑪麗凱：特別是對紫羅蘭的部分吧，我想。

我：是的。

瑪麗凱：比戳人更難以釋懷。

我：老天，沒錯。

瑪麗凱：雖然戳人也不是什麼好事。

我：當然不是。總之，現在他回薩塞克斯勒了。

瑪麗凱：那裡比較不可能有女孩子會戳他。

心煩意亂，不想再多寫。但是希望你一切都好。

愛你的，妮娜

……

親愛的維：

「擁有者」牌的戶外淋浴間聽起來很棒。很遺憾你不得不偶而瞥見他在裡面的身影（你不能就不要看嗎？），但是其他的細節（在戶外啦，竹竿啦，還有沁涼啦）都很好──就像置身野外。

瑪麗凱的浴室和那個完全不一樣──但是仍然很有趣。浴室位在她的臥房裡，就緊貼著窗邊。當然她從來不會把百葉窗開開的就進去用（浴室）（不像你的「擁有者」牌淋浴間），但是如果哪天她失心瘋，那就會是一項刻意的選擇。

浴缸上面有一個黃銅把手的超大桃花心木蓋子。把它（蓋子）掀開一定得瞎耗一番力氣，特別是，上面還堆了一堆東西。書本啊，有的沒的。那就是為什麼她那麼常用我們的浴室。

我因為一句未經思考（毫無意義）的評語，惹惱了蜜絲媞。

我：如果哪天結婚，是因為人生失敗了（未經思考的評語）。

蜜絲媞：多謝你了（悠悠地踏著大步走出去）。

我：我說錯什麼了嗎？

琵琶：她被逃婚過，記得嗎？

我：被逃婚？她才二十三歲呀。

琵琶：在她大一的時候。

我：在真的婚禮那天逃婚嗎？

琵琶：不是，在幾個星期前。

我：那不算逃婚。

我沒有再說什麼（別的話），但是這使我開始思考，逃婚是現代世界少數好用的手段之一（對徹頭徹尾的賤人而言）。我的意思是，現代社會你不能奪人童貞、殺人、半路劫財，或偷竊羊群，但是你可以在踏上誓壇時逃婚。

我可以想像那有多討厭（被逃婚），因為有一次努內臨時取消我們的週末露營之旅（感覺像輕度的逃婚）。我甚至並沒有特別想去，但是覺得自己應該努力配合，然後他突然在第十一個小時說，他要「延後」，在我已經對每個人宣布我們要去新森林露營之後，然後大家都說「好浪漫喔」。

我：所以你要取消露營？

努內：我要把它延後。

我：反正我本來就不想去。

努內：你應該早說呀。

我：我只是想示好。

努內：噢，那就是你示好的方式嗎？那就是惹我反感的原因。

愛你的，妮娜

親愛的維：

在 5 樓咖啡廳。聊起各自的父母。聽到他們全部都如此古怪，很好玩，不只是單純的古怪而已，還有一些好笑的習慣和獨特的生活風格。很高興聽到這些，因為那使人心裡舒坦多了。

盧頓鎮來的學生透露，她父母多年來都「分床」睡，因為她多有「夜行走」症候群（像夢遊症，只是那個人不會真的站起來走，只會躺在床上移動兩腿）。現在他們各自睡一張單人床，每晚在睡覺前，都會透過兩張床中間的空隙握握手（似乎很美好，也很羅曼蒂克）。但是盧頓鎮來的學生也說，她母親不願意花錢買新的單人被套給父親用，所以他只好一直用「星際大戰」那一套。

然後我們開始討論自己的睡覺姿勢，結果我的睡姿是胎兒姿勢，我躺在地板上示範。

盧頓鎮來的學生：你不應該像那樣子睡。
我：像哪樣子睡？
盧頓鎮來的學生：一隻腿疊在另一隻腿的上面。
我：為什麼？
盧頓鎮來的學生：頂上那隻腿的壓力會引致靜脈曲張。

所以，從那次以後，我就採取一種新的睡姿，大概就是所謂的「復原姿勢」——根據盧頓鎮來的學生（她受過聖約翰救護隊的訓練）的說法——不會造成靜脈曲張，窒息，或任何麻煩。我告訴她，那個姿勢並不是那麼舒服，她建議我在彎曲的那條腿的膝蓋下放一顆「腿枕」（就像懷孕的女人那樣）。只為了避免將來可能發生靜脈曲張，這樣好像太小題大作了。後來在 55 號。

我：我現在採取一種新睡姿。
威爾：是什麼？
我：像復原姿勢（我示範給他們看）。
威爾：所以，你醒來的時候，還是維持那樣的姿勢嗎？

我：（想一想），沒有，我沒有，我想我又回到舊姿勢去了。
山姆：你的舊姿勢是怎樣？
我：胎兒姿勢。
山姆：什麼，兩隻腳抬起來嗎？
我：不是，胎兒，媽媽肚子裡的寶寶（示範給他們看）。
山姆：你為什麼要改？
威爾：因為她出生了。

　　對高登・班克斯的事感到驚訝。他非常獨特（長相）。如果可能，請寄張照片來。

愛你的，妮娜

親愛的維：

我就知道不可能是真的高登・班克斯。

嚴格說來，「因婚姻與活人砲彈有遠房親戚關係」，根本不能算是有親戚關係，那只表示，那個與她有遠房親戚關係的人，嫁給了活人砲彈。

總之，到底什麼叫做活人砲彈？又不是什麼傑出的鋼琴家或了不起的作家。他們只是愛出鋒頭而已。就和莫寧頓灣道那個鳥食男一樣。

最近轉喝伯爵茶。想要培養我的品味。

除了搭火車時，瑪麗凱總是喝伯爵茶。情緒非常好或情緒非常壞時，她就喝甘菊茶。前幾天她脾氣真的變得很糟，當時她找不到茶壺，怪說是我把茶壺「拿去搞怪」。然後她在自己房間裡找到茶壺。原來她拿茶壺上去給植物澆水，後來忙別的事就給忘了。她原來要泡甘菊茶，但因為發脾氣，便轉泡平常的茶。

我發現在一塊伊丹乳酪上有被某人咬過的痕跡。咬在正中央。拿給山姆＆威爾看。兩人都否認。我可以看出來，是山姆（由他對房間四下左顧右盼的樣子）。他否認，但是當他抗議的時候，我看見他牙齒上沾滿了紅蠟。

> 我：你真是個蹩腳的說謊家。
> 山姆：你之所以知道，只是因為看到紅紅的東西。
> 我：才不是，我在那之前就知道了。
> 威爾：他說謊的段數很爛。
> 我：就是嘛，虧他還說過這麼多謊。
> 山姆：你連說話都不會說。
> 我：如果先經過計畫，我能夠說完美的謊。
> 瑪麗凱：你說「如果先經過計畫」是什麼意思？
> 我：我不會因為一時興起就說謊。
> 威爾：如果必要，我很樂意說謊，但是不會想說就說。
> 山姆：媽就沒辦法想說就說。

瑪麗凱：我有辦法，我只是不這樣做而已。
　　我：最好是不要。
　　瑪麗凱：（揚起眉毛）

　　威爾的朋友是素食主義者，但是願意吃任何因為年老而自然死亡的東西。看來這孩子的媽，有辦法從雞隻救難機構拿到因自然原因死亡的雞。

　　這使我想起海倫，她願意吃任何一種享受過美好一生的動物，除了羊、青蛙，和蝸牛——這些她一概不吃，無論牠們有活過多麼美好的一生（因為她不喜歡牠們）。

　　　　　　　　　　　　　　　　愛你的，妮娜

親愛的維：

　　高登‧班克斯比喬治‧梅利有名多了。班克斯替英國踢了將近十年的球，而且（據山姆說）是英國有史以來最好的守門員。
　　我想你說的那個高登，不可能是**真的**高登‧班克斯。除非看起來像我畫的這樣（有點像史巴克），否則就不是他。
　　我無法想像真正的高登‧班克斯出現在一家絢麗虛華的酒吧裡。聽起來就不像他。抱歉。

愛你的，妮娜

PS　有沒有人去問他（他是不是真的高登‧班克斯）？

......

親愛的維：

　　這陣子，伍爾維奇到處都是把髮尾染成紅色的人。連我們課堂上那個安靜的女孩子（菲歐娜，自稱叫「菲」）也把髮尾染紅。菲的紅髮尾真的很好看，整齊的小段髮尾，非常亮麗的紅。效果很好。她一定是去專業髮廊染的。
　　史蒂菈在學校餐廳看見，很嫉妒。她走過去和她（菲）攀談紅髮尾的事，你可以看得出來，那個女孩子（菲）一直想閃躲（她的托盤裡有雞蛋培根餡餅）。
　　史蒂菈以為，現在菲染了髮尾，她便和菲有了共通點。史蒂菈似乎忘了，她的紅髮尾根本沒有染成（只有她和我知道，她的粉紅橘頭髮，就是紅髮尾染壞的結果）。史蒂菈一副好像她們倆

都有紅髮尾的樣子，使得那個女孩子（菲）都快嚇死了。

後來在「處長」酒館遇見菲在喝一品脫萊姆甘露酒，看起來很害羞，但又把冰塊嚼得嘎喳嘎喳響，故意要讓每個人都受不了。那種害羞人士就是有某種惹人厭的特質。我的意思是，當我們其他人都必須開口表示意見的時候，憑什麼他們可以逃避說話？如果你害羞，沒問題，但是你就沒資格把髮尾染成紅色。我的意思是，你要不就真的害羞，要不就別扭捏作態

對史蒂菈表達類似上述的看法，她卻認為我心胸狹窄，並且說菲的紅髮尾是一種非語言式的自我表達。嚼冰塊也是。史蒂菈為她辯護，根本只是因為她有紅髮尾，而且在史蒂菈心目中，她們是同一隊的。

愛你的，妮娜

……

親愛的維：

昨晚北倫敦風非常大。今天早上發現，有一把被風吹壞的雨傘掉進我們圍牆裡。走去想把它丟進大垃圾桶，才看見我們有一個垃圾桶蓋被吹走了。四下尋找垃圾桶蓋的時候，看見隔壁的前院裡堆了一堆土壤，和一個破掉的赤陶花盆（希臘式的蜿蜒花紋）。

好處是，發現一張色情卡片被從公用電話亭吹進了 57 號。上面說：「如果你喜歡痛的快感，打電話給莎菈·珍。」，並且畫了一個女人甩著鞭子，乘著一輛由一名年老色衰的赤裸男人牽拉的兩輪古戰車。我把它插在他們的垃圾桶上，好讓他們都能看見。

贊同你對狄更斯的看法——因此才會修狄更斯課。不幸該課程選的小說都很陰暗（課名叫「偉大的改革者狄更斯」，所以應預期會有此結果）。剛讀了《艱難時世》。很慘（但很短）。

　　我100％同意你對《孤雛淚》的看法。它使我想起那些做好事的人……比怨恨那些對你做錯事的人要好太多了。我經常想到喬安·歐康納的媽，在我18歲生日時送我一瓶阿斯蒂氣泡酒，為我小題大作一番。當時我有些難為情，但回顧起來，那是任何人可能為我做的，最美好的事情之一。重點不在於那瓶酒，而在於她花的心思。

　　還有，瑪麗凱，當J過世時，只有她敢坦然討論，並且說：「借我的車，去吧」。而且當我困在裡面走不出來時，她說：「不要拿它當作藉口做更少。反而要做更多。」總之。一般而言，我贊同狄更斯。每個人都喜歡狄更斯。

　　我：每個人都喜歡查爾斯·狄更斯。
　　威爾：狄更斯是我第二喜歡的查爾斯。
　　我：誰是你第一喜歡的？
　　山姆：是查爾斯嗎？
　　威爾：哪個查爾斯？
　　山姆：學校裡那個查爾斯。
　　威爾：門兒都沒有！我討厭他。
　　我：那麼，是誰？
　　威爾：查爾斯·達爾文，他很重要。
　　山姆：那查爾斯王子呢？
　　威爾：門兒都沒有，他比查爾斯還討人厭。

　　　　　　　　　　　　　　　　愛你的，妮娜

親愛的維：

　　威爾博覽群書。他在各式各樣的場所讀書。他讀書的時候看起來很嚴肅（甚至憂愁）。

我：那本書還好吧？
威爾：很好笑。
我：但是你看起來好嚴肅。
威爾：我笑在心裡。
山姆：我討厭有人讀書的時候大笑出。
威爾：我也是，那就是為什麼我要隱藏。
山姆：他們只是要炫耀他們在讀一本很好玩的書。
威爾：他們是要炫耀自己讀得懂好玩在哪裡。
亞倫：如果有事令你覺得有趣，你應該有權笑出來吧。
山姆：書不可以。
亞倫：我想忍俊不住的一聲……或兩聲，應該可以被允許吧。
瑪麗凱：一聲。

山姆臥室的一只帆布背包裡，有發霉的香蕉。
山姆：我從十一歲以後就沒用過那個袋子了。
我：所以那根香蕉已經超過一歲了。
山姆：你想我們錯過它的生日了嗎？
我：是的。拿去廚房垃圾桶丟掉。
山姆：它的一生多麼沒有意義啊。
我：什麼？
威爾：被遺忘的水果總是令他氣憤。

山姆常注視他的手。那是一種習慣。
威爾：你為什麼那樣？
山姆：我喜歡——就是如此。
威爾：你是在看，還是在想？
山姆：在看……我想。不知道，不，是在想（注視著雙手）。

威爾：看起來很怪。

山姆：你應該試試看，非常有共鳴。

威爾：（注視著雙手）

我注視我的雙手，感覺很安慰。而且我心裡這樣想：我十分熟識這雙手。它們並不完美，而且有點粗，但是我喜歡它們。我必須承認，拇指比其他手指漂亮，而且擦了指甲油以後很好看。

我預期這就和有小孩的感覺很像。

告訴瑪麗凱關於雙手／小孩的事。她不理我，然後說她要恢復使用她母親的沙拉醬食譜（比較不像葡萄甜醋那麼有侵入性）。她有時候會這樣（不理會哲學性的問題，偏好實用性的事務）。

愛你的，妮娜

親愛的維：

現在山姆拒絕自己一個人走過來攝政公園臺街——因為他在柵欄的地方被友吉逼進角落。友吉的主人（隔壁再隔壁的鄰居）盡全力要撫平不快。

女人：（透過信箱對山姆說）友吉大概和你一樣嚇壞了。
山姆：（在屋內，透過信箱說）我不認為牠有嚇到。
女人：事實上牠非常友善。
山姆：我也是啊。
女人：（對我說）他願意出來和狗狗握手言和嗎？
山姆：門兒都沒有。

不知道友吉是哪種狗，但是牠非常小，也很友善。瑪莉‧霍普認為牠是北京犬，但是依我看牠毛髮太蓬鬆了。瑪莉有點和小型狗不和（她自己的狗，奇力，是拉布拉多犬）。

現在我必須走過去喬安‧佘克托的房子外面（正好半途）和山姆碰面，滿煩人的。有時候，我們其中一個人必須在那裡等另外一個人，通常是我。她（喬安‧佘克托）必然會怎麼想啊？

考慮是不是要去弄一台折疊式工作梯來爬後圍牆。或兩台。

瑪麗凱和新褓姆不太合得來。我猜她一定老問瑪麗凱週末過得好不好……還有是不是剛去做頭髮之類的，那會惹毛瑪麗凱。但是有的人就是擋不住。我知道，因為她也這樣問我。她人太好了。我之前就知道她會有這個問題。

我記得有一次，在 1982 年，問瑪麗凱週末過得好不好，我可以看出來反應不佳，所以從此就沒有再這樣問她。一直到今天仍舊如此，甚至對其他人也不問了。現在，連我自己都不喜歡被人家這樣問。

譬如，前幾天努內和我通電話。

努內：你週末過得好不好？
我：什麼？

努內：我只是在重複陳腔濫調。

我：什麼？

努內：鴻溝愈來愈大了。

還有我覺得很煩人的一件事是，你完全了解某人的意思，只是得在事過境遷半小時之後才發覺。

我正在提供**某些**人一套打電話的特別信號，這樣我才能知道，那通電話是不是找我的。否則我得跑上跑下，幫瑪莉接希爾打來的電話。

記住這個方法：打我的號碼，讓電話鈴響三次，然後掛斷。稍等一下，再打回來。那時我就會接聽（如果我在家）。如果你不用這套信號，我不會接電話，瑪莉或波麗就會說我出去了。這是要設計來過濾我不想與之通話的人，以及節省時間。這叫做「三聲鈴響區別法」。

山姆知道這套信號，但是在 55 號聽不太清楚這邊電話的鈴聲，他會混淆，常常要等到響四聲才掛斷。然而這樣也行得通啦。三聲或四聲都 OK。只是不要讓它響到五聲，否則在你掛斷之前就會有人來接聽了。

很不幸，瑪麗凱也知道這套信號。她時不時就打電話來問我有沒有拎走她的什麼東西。

瑪麗凱：（在電話上）你有沒有摸走哈利維爾的電影指南？

我　：沒有。

瑪麗凱：錄影帶租借卡？

我　：沒有。

瑪麗凱：那條有條紋花的大浴巾呢？

我　：沒有。

瑪麗凱：有綠色、藍色，和紅色條紋的那條。

我　：沒有。

瑪麗凱：我看見就在你的房間，此刻，掛在一張椅子上。

我　：（愣一下）好吧，我拿了浴巾，但是其餘的都沒拿。

瑪麗凱：叫我怎麼相信你啊？你對浴巾的事說謊。

我：真希望我沒給你這套信號。
瑪麗凱：欸，偏偏你給了。

　　瑪麗凱喜歡這套三聲鈴響的信號，說她說不定也要在 55 號採用類似的答話系統。

我：這對我們共同認識的人可能會有些複雜。
瑪麗凱：我們沒有共同認識的人。
我：一定有什麼人是會打給你也打給我的。
瑪麗凱：**一定沒有**。
我：天哪，沒有，是沒有。我只是一個分支而已。

愛你的，妮娜

PS　盼你儘快來此一遊。

親愛的維：

和從盧頓鎮來的學生閒話史蒂菈近來常在一起的新男生。

我：史蒂菈説除了走路的樣子難看，他很完美。

盧頓鎮來的學生：（眨了眨眼）走路難看有可能代表腳有毛病，那可能表示身體有問題。

我：什麼問題？

盧頓鎮來的學生：更嚴重的問題。

我：多嚴重？

後來，試圖調查此事。

我：（對史蒂菈・希斯）他走路的樣子是怎樣？

史蒂菈・希斯：很醜陋，令人倒胃口。

我：怎麼説？

史蒂菈・希斯：像一頭母牛。

我：母牛走路的樣子 OK 啊——不是嗎？

史蒂菈・希斯：靠兩條後腿走路咧？

我：唔。

那個男生叫做鈞特，名字似乎不太尋常（對我而言）。

我：鈞特？

史蒂菈・希斯：不要再説了行不行。

我：鈞特。

史蒂菈・希斯：你有沒有聽過鈞特・葛拉斯？

我：沒有。

史蒂菈・希斯：他是《錫鼓》的作者。

我：你在和寫《錫鼓》的傢伙約會？

史蒂菈的鈞特沒有寫《錫鼓》。她只是要指出這個名字有多常見。他在讀理科博士學位，專攻馬的精蟲，和為達成育種目的，精蟲的旅行能力（在馬體之外）。

總之，在技術學院的烤肉活動看見鈞特，但是他大半時間都

坐在椅子上，所以沒機會看他走路的樣子。

　　然而有跟他說過話，發現他有一隻金絲雀，叫做珊蒂，住在他公寓的一個籠子裡。史蒂菈不想張揚此事。

　　我：我聽鈞特說有一隻金絲雀。
　　史蒂菈·希斯：噢，他誇大其辭。
　　我：他要不有，要不就沒有。
　　史蒂菈·希斯：欸，他有啦，但是是人家給他的。
　　我：他大可以拒絕啊。
　　史蒂菈·希斯：他不喜歡拒絕人家。
　　我：所以他有一隻金絲雀嘛。

　　告訴瑪麗凱和山＆威，關於鈞特和他的金絲雀的事，他們都認為我太武斷了。他們從來不詆毀任何人（除了對我，因為我詆毀其他人）。

　　瑪麗凱：有一隻金絲雀有什麼不好？
　　我：就很奇怪呀。
　　山姆：你這人太糟糕了。
　　我：不是，我只是在說，擁有一隻金絲雀很奇怪——在他這個年紀。
　　瑪麗凱：她太糟糕了。
　　我：你們為什麼都要假裝擁有一隻金絲雀是正常的事？
　　瑪麗凱：看會發生什麼事再說呀。
　　威爾：應該要多大年紀，才能擁有一隻金絲雀？
　　我：很年輕，或者非常老。
　　山姆：他有可能在還小的時候，就得到那隻金絲雀了。
　　我：那表示那隻金絲雀已經十幾歲囉。
　　威爾：有可能嗎？
　　我：我從來沒見過那隻金絲雀，但是我可以問問看。

　　　　　　　　　　　　　　　　　　　愛你的，妮娜

親愛的維：

　　尾隨史蒂菈在普拉姆斯特德撞球俱樂部的所謂咖啡館實習。我觀察她和一些顧客講話，準備一客微波加熱點心三明治，擦桌子，還有給自己泡一杯琴酒加檸檬。然後就換我試做。

　　我不在意加熱點心，或打開酒瓶蓋，但是我真的討厭走進去黑暗的空間，然後高聲喊..「榮，你能過來一下嗎？」

　　顯然有些顧客對自己點的食物被唱名很在意，所以要求工作人員不要說得那麼具體。所以撞球俱樂部的經理就想出這個「榮，你能過來一下嗎？」（假設顧客的名字是榮）的對策，顧客們頗喜歡這個辦法。

　　史蒂菈說，如果我不能面對呼叫男生過來領他們的微波加熱點心這種事，那麼我可能要問自己這個問題：我的個性適合這個工作嗎？

　　步行回家的路上，我對史蒂菈坦承，我真的無法面對要求男人上來領他們的點心──我歸罪於因為自己是由單親媽媽扶養長大的，所以不習慣面對這種事情──因此，我必須婉謝這個工作機會。史蒂菈真的很失望。她說她原來還寄望能彼此交換值班晚上遇到的故事，也許甚至來一個「誰賣出最多炸牛排片」的比賽。但即使如此，也沒有增添這個工作對我的吸引力。事實上，只是減少。

　　希望你一切都好。

愛你的，妮娜

親愛的維：

　　對於你的晚餐之夜，我建議下列：烤起司（希臘起司）配希臘沙拉，然後南瓜餡義大利水餃（買現做的，水煮4分鐘）拌奶油和香草料（鼠尾草），以及有檸檬味的東西。

　　只要不做肉類，你就不會出錯。

　　美乃滋蛋不能真的算數——那不算食譜，那只是水煮蛋上面淋美乃滋醬。如果你堅持要做美乃滋蛋，那麼在上面灑一些匈牙利紅辣椒粉，至少使它看起來好像有費過一番功夫。雖然你並沒有。

　　很煩人，R・帕特爾不喜歡馬鈴薯。可能是因為卡路里的關係，但更有可能是因為現在馬鈴薯不流行了。現在到處都是義大利麵和北非蒸麥粉，總之，在倫敦是如此。

　　祝你好運。

愛你的，妮娜

親愛的維：

　　瑪莉・霍普在攝政公園臺街舉行一個遲來的小型喬遷派對。
　　傑茲、我，和一個我在泰晤士技術學院認識的朋友，擔任服務生。我們只是走來走去，給大家送香檳，和小片塗了醬料的麵包，當晚似乎進行得相當順利。
　　隔天早上，那個泰晤士技術學院的女孩子跑進我臥房，說她和 X 在瑪莉的地下室小套房做了那檔事。

　　我：噢，天哪。
　　女孩：（咧嘴而笑）是啊，他是真正的布萊恩・胡彭。
　　我：你這話什麼意思？
　　女孩：他的魯特琴超大支。
　　我：噢。
　　女孩：（咯咯笑）他差點就「撐竿跳」出窗戶。
　　我：噢，不會把，你是說真的嗎？
　　女孩：是啊（咬著下唇）。

　　在別人家的屋子裡（小套房），和別人家的朋友，而且是在瑪莉・霍普付錢雇你端盤子伺候客人以後做這種事，似乎很失禮。她一定整晚都在打情罵俏，沒有認真地到處巡視，以確保沒有人的酒杯是空的（按主人指示）。告訴瑪莉・霍普此事（以防萬一她從別處風聞），而且我希望與之保持距離。
　　結果瑪莉・霍普根本不在意，她還認為「妙極了」。
　　後來去 55 號吃晚飯，告訴瑪麗凱這件事。她認為「超有趣」，當亞倫抵達時（帶著一罐「獅威」啤酒，和一只像馬蹄的碗，裡面裝了一些吃剩的布丁），還馬上要我說給他聽。

　　瑪麗凱：告訴他那件事。
　　我：噢，你告訴他。
　　瑪麗凱：我不記得所有的名字和名詞。
　　我：好吧。名字是 X、X，和布萊恩・胡彭，名詞就是「魯特

337

琴」和「撐竿跳」。

　　亞倫：好了，夠了，我懂了。

　　瑪麗凱：入淑女寢室機靈調戲，求魯特琴淫蕩歡喜音。

　　我：什麼？

　　瑪麗凱：引自某處的句子。

　　亞倫：再唸一次。

　　瑪麗凱：（非常快速的）入淑女寢室機靈調戲，求魯特琴淫蕩歡喜音。

　　亞倫：總之，這沒剩多少，而且也有點結塊了，但是，有沒有人想來一匙米布丁啊？

　　我現在就像亞倫。我不住在55號，但是老往那兒跑。而且覺得老往那兒跑是沒有關係的。而且他們也覺得沒有關係。我半算是訪客，半算是家人。當瑪麗凱從辦公室回家的時候，她半期待我會在那裡，而有一半的時間，我也真的在那裡。

　　那個褓姆似乎不在意，她非常親切，因為她人很好。

　　我有可能會在意，當我在那裡擔任褓姆的時候，如果里茲聯合足球隊的前任隊員老時不時跑來煎薄餅的話。但是她不會（繼續來吧）。

愛你的，妮娜

PS　如果來電，別忘了三聲鈴響區別法。

親愛的維：

你知道奶奶和 X 姑姑來 55 號住過嗎？

她們來看舞台喜劇《禁聲》，決定不和平常一樣住在皮卡迪利艾美酒店，而是住在這裡。

真是夢魘一場。一到達，她們就問我能不能幫他們介紹亞倫‧班奈。我盡全力說服她們打消念頭，並不是說亞倫會介意什麼的，我只是無法面對那種尷尬場景。

幸好，麥可‧傅雷恩（《禁聲》的作者）大半輩子時間都待在 57 號（克蕾兒‧湯馬林的非正式男友），我想我可以去跟他打個招呼，以取代商請亞倫過來。這樣比較不會那麼尷尬，因為我根本跟他（麥可‧傅雷恩）不熟，而且他也不會對她們太有興趣。我想我可以帶她們過去 57 號，麥可‧傅雷恩可以只說聲哈囉，然後我們就打道回府（我可以 100％掌控場面）。

> 我：我有個更妙的主意。
> 奶奶：什麼？
> 我：你們想不想見麥可‧傅雷恩？
> 奶奶：不想。為什麼？
> 我：欸，《禁聲》就是他**寫**的。
> 奶奶：不要，我們不要見他。我們要見亞倫‧班奈。
> X 姑姑：那就是為什麼我們住這，而不是皮卡迪利酒店。
> 奶奶：現在叫做艾美酒店了——那旅館好得不得了。
> X 姑姑：就是嘛，但我們不去住那，我們要見亞倫‧班奈。

我試圖說服她們，能見到當晚要看的舞台劇的真正劇作家，會是很棒的一件事。但是她們吃了秤砣鐵了心，就是要見亞倫。

> 我：呃，好吧，我請他過來這裡，但是他有可能會情緒不好。
> 奶奶：他是很情緒化的人嗎？
> X 姑姑：（面露焦慮）
> 我：如果被打擾，他有可能非常難搞。

奶奶：噢，他在電視上看起來似乎很講理啊。

我到樓上去打電話給他。
我：你介意過來跟我奶奶打個招呼嗎？
亞倫：我可以過來說聲哈囉（賣弄學問口吻）——什麼時候？
我：我們就趕快做了交差了事，但是不要太友善。而且不要在這裡待太久。
亞倫：我盡力就是。

不久，亞倫穿著大衣抵達，對她們**非常**友善（太友善了）。她們奉承的圍繞著他，就像兩個緊黏著巴茲爾・弗爾蒂[1]的老太太。奶奶對他引述幾句有關「劍橋腳燈」[2]的話，他用笑聲來鼓勵她，並且想起來，他曾經寄「祝早日康復」的卡片給她，她好感動他還記得，便把那件事講給他聽（如何生病以及恢復），於是他詢問她們的健康狀況，然後 X 姑姑摻一腳，也說明自己曾經生病的經過，她們各自表述自己的生病經驗，然後兩個人都說，自己從此沒再生過病——敲敲木頭[3]。

奶奶談及在萊斯特「乾草市場」戲院的《勞埃德・喬治認識我父親》一劇中看過偉大的喬斯・阿克蘭，還有在《女大不中留》中看過費尼拉・菲爾丁，還有那間劇院真正上演過多少了不起的戲，等等。等亞倫走了以後。

奶奶：哎，他真迷人。
X 姑姑：一點都不難搞。
我：你是剛好在好日子碰到他。
奶奶：他真可愛。
X 姑姑：真是個好可愛，好可愛的人。
奶奶：你有辦法再找另外那個傢伙嗎？
我：麥可・傅雷恩嗎？
奶奶：誰？——噢，不是，我是說喬納森・米勒。
我：不行，他搬走了。
奶奶：他搬走了？搬去哪裡？

我：德比。

奶奶：喬納森‧米勒搬去德比？

我：是的，他想要平和與清靜的生活。

X 姑姑：在德比？[4]

我：在山峰區。

奶奶：真可惜，我們好想見他。

愛你的，妮娜

1　譯註：英國電視喜劇影集「非常大酒店」的主角。

2　譯註：劍橋大學戲劇社。

3　譯註：西方人的習俗，在說了太斬釘截鐵的話以後，敲一敲木頭，以免厄運上身。

4　譯註：德比是英國的重要工業城。

親愛的維：

威爾說他學校的校訓是「平流緩進」，聽起來不太對，因為他們無時不被督促要加緊用功。

山姆：到底什麼是校訓？
瑪麗凱：就是對學校目標的提示。
山姆：那就是規則清單囉。
亞倫：比較像是指導原則。
山姆：噢，對，那我們也有。
瑪麗凱：是什麼？
山姆：不要阻塞馬桶。

蜜絲媞常去莫寧頓體育館。她編造一個藉口，說她是藝術系學生，要去那裡寫生，畫那些穿背心和褲子在那裡跳來跳去的男人。

這主意是她朋友給的。這個朋友在「南岸」劇院搞相同的勾當，去那裡「寫生」演員排練。這是邂逅健美男生或演員的辦法。

蜜絲媞說，唯一的問題出在當那些男生要求看她朋友畫的寫生畫時。畫裡只有幾個火柴棒人。

一直不知道要怎麼稱呼威莫斯奶奶。不能叫她瑟西亞，因為我不知道那代表什麼意思。我對這名字不熟悉（就如同史蒂菈的鈞特）。我不能稱呼她威莫斯夫人——會聽起來很可笑——而且我不能老是叫她奶奶，那更糟糕。

我努力避免對她稱呼。昨天當她來這裡的時候，我一開始是說威莫斯夫人，但後來改口說「奶奶夫人」，只見瑪麗凱投來一個困惑的眼色。

愛你的，妮娜

PS 蜜絲媞放棄喝咖啡和茶，因為咖啡因會害她失眠。她改喝「大麥杯」麥片飲，現在睡得像木頭一樣。

親愛的維：

威爾要參加學校的贊助活動。

威爾：我們可以選擇用走路、跑步，或沉默來贊助。
我：你喜歡哪一個？
威爾：沉默贊助。
瑪麗凱：不要吧，選走路。
威爾：沉默最好──我可以看書和看電視，同時保持沉默。
瑪麗凱：我想你應該選走路。
威爾：為什麼？
我：因為沉默贊助很像一部小說的開頭。
瑪麗凱：（面露厭煩之色）什麼？
我：話說有一個小孩開始實行沉默贊助活動，結果走火入魔，然後就再也不開口說話了？
瑪麗凱：才不是，那太簡單了。

所以我在想，那可以成為我的新小說（關於用沉默來贊助學校活動的小孩）。我一直在進行我的半自傳小說，實在很希望能專心繼續寫，而不必老是得寫有關其他作家和理論家的短文。更不要說專題論文了。

我們今年讀很多文學理論，對我不是很有啟發性。我對詮釋一堆書呆子怎麼想事情不是很有興趣，但是很多學生對這種事超嗨的。他們愛死了。

當我們討論有趣的東西，例如《真實的西部》（關於一對迥然不同的兄弟）這種高超的劇本時，有些學生一句話都不吭。但等換成一本漫談理論的書時，相同的這批人讀了就很興奮，而且還老是要「辯論」。甚至連害羞的紅髮菲，偶而都要大聲插上幾句話。

一直想著手寫我的專題論文。但是就像你一直想著手做的任

何事情一樣——你老是沒有動靜，然後就開始對它氣惱起來。

愛你的，妮娜

PS　關於那個雞肉食譜，我忘了說：加一酒杯的蘋果酒。

……

親愛的維：

　　瑪麗凱有兩個我們稱之為書呆男的朋友。

　　一個是美國書呆男（美國人，大鬍子，高大，聰明），還有一個是英國書呆男（英國人，短鬍髭，矮小，聰明）。

　　山姆和我認為英國書呆男比較聰明。威爾認為美國書呆男比較聰明。他們不常來訪，更從來不會一起出現，所以很難判斷高下。山姆和我以為英國書呆男比較聰明，因為我們從來都聽不懂他在說什麼，而且他發不出 R 的音（山姆認為沒辦法說 R 是聰明的特徵）。威爾說美國書呆男似乎比較聰明，因為他說話小聲但是清楚，而且我們可以聽得懂他在說什麼。

　　我們問瑪麗凱，如果比賽，他們兩個誰會勝出，她說大概是美國書呆男。威爾往空中揮出一拳說「好耶！」山姆和我問，為什麼是美國書呆男贏。

　　「因為他會寫。」她說。意思就是，重點不在於你知道多少，而在於你有多善於溝通你的知識。這對我們所有人都是寶貴的一課。

　　在星期六，英國書呆男突然造訪，我們便仔細鑽研他。他說的話我大半都聽不懂，只除了「你能給我一小匙濃縮牛肉汁嗎？」他說話天馬行空，但是瑪麗凱都跟得上。

我以為他帶了一隻瘦狗來，然後把牠留在外面的垃圾桶旁（事實上，是一隻和泰德‧休斯長得很像的狗），但結果發現，那不是他的，那只是一隻在我們的垃圾桶旁探頭探腦的狗。

但是，接著，他示範 a. 他的聰明，和 b. 透過談狗，他的不善於溝通。

我：外面那隻狗是你的嗎？

英國書呆男：（沒有轉頭看）我的上一隻狗伴早在 1967 年就過世了，我懷疑那會是我的狗。

我：噢。

英國書呆男：（探頭，看見狗）Kai me ton kuna![1]

我：那是你的嗎？

英國書呆男：不是，但是牠和阿努比斯[2]長得很像——稱秤的守護者，心臟重量的審判者。

我：噢。

威爾：（對我）那是一個古埃及的東東。

愛你的，妮娜

PS　然後，等英國書呆男出去以後，他似乎也帶著那隻瘦狗一起離開。彷彿那隻狗一直就是他的。

1　譯註：蘇格拉底說的一句話，意思是：「以（神）犬之名發誓。」。
2　譯註：埃及神話中的胡狼頭神。

親愛的維：

恭喜你考試通過。天哪，真希望我和你一樣聰明。眼前我正在掙扎要了解一堆詩和一篇故事。我已經讀完了，我必須做的，就是展示我有抓到基本意涵。而你呢……你大有資格參加我們的比腦大賽。

努內昨晚來訪，我們出去吃淡菜（好吃，但是砂有點多）。餐館換人經營，上來的淡菜沒帶殼。努內愣住了，說這道菜的重點就在於有殼，去殼上桌，就好像替癮君子捲菸捲一樣（如果他們喜歡自己捲菸的話）。

在出門以前，我們先和山＆威玩一場板球遊戲。板球遊戲結束以後，書呆男比賽的話題浮上檯面。

　　山姆：美國人贏了，但是他們兩個都很聰明。
　　威爾：非常聰明。
　　努內：嗯，和麥可・傅雷恩一樣聰明嗎？
　　山姆：比他還要聰明。
　　努內：我想不會吧。麥可・傅雷恩聰明到可以和班伯・蓋斯科恩*平起平坐。
　　我：這樣說吧——麥可・傅雷恩——他有辦法像我們的亞軍，不費眨眼的功夫就進入古埃及人世界嗎？
　　努內：傅雷恩翻譯契訶夫的《櫻桃園》——而且是利用閒暇時間。（發出不屑的嘖嘖聲）
　　我：從什麼語言翻譯過來？
　　努內：（嘲諷的語氣）中文。
　　威爾：可是契訶夫是俄國人。

---

* 譯註：英國作家兼電視節目主持人，他主持的最著名電視節目是「挑戰大學」。

努內：所以才證明他有多聰明啊。

山姆：天才傅雷恩贏！

努內解釋，對他們（麥可‧傅雷恩、我們的兩個書呆，和其他四十／五十歲）那個世代的人而言，才高識卓，是他們的 raison d'etre（存在的理由），所以他們不斷的學習，而且努力記住所學的一切。

威爾：人生就是一場很長的「挑戰大學」遊戲。

山姆：他們不只是萬事通。

我：他們是，但是他們別無選擇。

我想我可以寫一部山姆‧謝普風格的劇本（就像《真實的西部》——關於兄弟鬩牆），是關於兩個書呆男的。故事是有關一場智力的對峙，結果，他們互相丟擲打字機，用古埃及文和俄文叫囂，並且對彼此引用喬叟和契訶夫的字句辱罵，還把他們辱罵的話翻譯成不同的古代語言。

跟努內提這個想法，他說那不太可能非常受歡迎。

努內告訴我他的專題論文計畫（再度）。是關於人們如何將自己與他人比較的心理分析（大約是如此，我沒有那麼認真在聽）。他對我的論文非常感興趣，但是仍然納悶為什麼我要選卡森‧麥卡勒絲。

努內現在使用一種店家自有品牌的洗衣粉，所以聞起來不一樣。我告訴他這點，他只是發出不耐煩的嘖嘖聲說，「校園裡就只有這種呀。」

校園裡就只有這種。像這種事真的會惹我生氣。我說：「你出校園的時候，就順便去買一罐『達漬』」，但是他說他有更重要的事要做。

希望你一切都好。

愛你的，妮娜

親愛的維：

　　除了離開老爸家時，撞倒架子上的一盆仙人掌，萊斯特的其餘旅程都好。我們在趕時間，所以他說放著不要管。尷尬的結束方式。

　　在週六回去滿好玩的。到處都是足球迷，感覺像是個好日子。和週日（我正常的返鄉日）那種陰暗、閉鎖的感覺，形成對比。

　　回到 55 號，瑪麗凱為即將來臨的大事做準備，忙得 100％無法分身，她請我去代取可能要跟朋友借穿的一件古董白襯衫（好在那個大場合上穿）。所以，我去那個朋友的公寓拿。

　　我：嗨，我來幫瑪麗凱拿襯衫。
　　朋友：（發出不屑的嘖嘖聲）在聽我形容的時候，她似乎還覺得無聊得要死呢。

　　她去拿的時候，我在廚房附近等。有一些藍白色的杯子，掛在長長一排相等間隔的鉤子上。「很好看的杯子。」我說。但是她刻意不理我。

　　瑪麗凱的這個朋友，被認為是一個非常友善、快活的人（她的確是，我見過她對每個人都非常友善），但是她不喜歡我。不曉得為什麼。也許瑪麗凱說過什麼關於我的話，使那個朋友覺得被冒犯了。

　　朋友：（把襯衫遞過來）她不會要的。
　　瑪麗凱：她有說什麼嗎？
　　我：她希望你喜歡。

　　瑪麗凱看一眼，立即說不合適，並且叫我最好拿回去還（立刻）。

　　我：我明天再拿去。
　　瑪麗凱：現在就拿去，把事情解決了。

我：呃，我沒臉回去那裡。

瑪麗凱：為什麼？

我：她會不高興，而且她不喜歡我。

瑪麗凱：她明天一樣會不高興，她明天仍然不會喜歡你，而且明天又是星期天。

真巧，瑪麗凱提起我才在火車上暗自思忖的，陰沉星期天的看法。當日是一周中的哪一天，影響非常大——例如說，我總是討厭星期四，因為我在關朵林中學的一個朋友，在星期四有鋼琴課，不能和我一起走路回家，而且那是在十五年前的事了。我以前常畏懼星期四，以及沒有那個朋友同行的十分鐘步程。很有象徵性。

總之，我把那件白色古董襯衫拿去還，結果那個朋友沒有辜負她達觀快活的名聲（放聲大笑），而且似乎頗為得意（事先正確預測會被拒絕）。

愛你的，妮娜

PS 在萊斯特的時候，也去見了奶奶。她買了新車。她稱呼可以開關的汽車車頂為「陽光車頂」，我覺得很好。

親愛的維：

　　是的。你完全正確。說到努內，我有點感覺自己被拋在腦後。

　　他現在正和一個傢伙合作廣播電台節目，而且常穿一套鬆垮垮的西裝。還有，沒完沒了的談論女孩子，尤其會特別針對某一個，而沒有意識到自己在這樣做。此外，前幾天還談到有一個女孩子賞他巴掌，其餘的就不用說了。

　　去布萊頓的新房子過夜，就位在法爾默支線上，所以聽得到火車聲，我喜歡。他和另外三個人住在一起。他們都要看電視上的瑪丹娜演唱會，我看後覺得很失望。

　　努內努力在寫他的畢業論文（薩塞克斯大學對學位專題論文的說法），而且對論文一事說個沒完。他設計了一份問卷，所以每當陳述這個，那個，或其他心理分析事項時，就可以有來自於一千份（大約）特別設計的問卷調查證據，做為他的說法的後盾。

　　我自告奮勇，要幫他拿一些問卷去技術學院傳發。努內非常感激，因為之前一個答應會幫他找人填寫一大疊問卷的朋友，才剛跌斷大腿骨。努內抽大麻。我呼了一、兩口，覺得這是這輩子第一次感覺這麼放鬆。可以了解，為什麼有人會喜歡。

　　告訴瑪麗凱，關於有女孩子賞努內巴掌的事。

我：前幾天有一個女孩子賞他巴掌。
瑪麗凱：那通常是一種邀請。
我：是的，我知道。
瑪麗凱：有可能他先捏了她的屁股。
我：他不是那種人。
瑪麗凱：他不是。
我：那有可能是一種邀請。
瑪麗凱：欸，他可能並沒有接受。
我：但是也可能有。

愛你的，妮娜

1987 年五月

親愛的維：

關於尼克・尼可斯，我們的講師，來倫敦交換教學，極愛倫敦和與倫敦有關的一切。請我們吃皮薩派和葡萄酒，與人相處極為風趣。他兒子史考特和朋友，曾經到史蒂菈家幫忙除草和看足球轉播。

看到以下剪報的影本，貼在人文科的佈告欄上。

洛杉磯時報
普雷斯考特 S. 尼可斯，聖地牙哥州立大學活躍份子，
於 55 歲驟逝
1987 年 3 月 6 日
希利亞德・哈潑 / 時報特派記者

人權運動活躍份子普雷斯考特（尼克）尼可斯，55 歲，聖地牙哥州立大學英文暨比較文學教授，顯然因心臟病發作，於週三晚間在開車返家途中死亡。路人在大約 6:15p.m. 發現他，當時他已將車子停靠到路旁。

尼可斯，聖地牙哥州立大學兼職教職員權益倡導人，生前積極參與鼓吹加州州立大學系統的大學教授組織工會。

我一直沒機會把「琴酒屋」的資料寄給他。還有柴郡乾酪的照片。

愛你的，妮娜

親愛的維：

　　去歌劇院看山繆‧貝克特的幾齣劇。廉價的表演，只比彩排高一級，而且是在下午，但是講師維琪很振奮，因為能幫我們所有人都買到票看比莉‧懷特羅（貝克特偏好的女演員）演出。

　　我必須承認，我不怎麼享受這次演出（人們在垃圾箱旁大放厥詞，而且製造各種奇奇怪怪的噪音），然後，在下半場時，我聽見後面的座位（大半是空的）傳來些微呢喃聲。回頭一望，看見山繆‧貝克特（本人），獨自坐在那裡。我無法形容看見那位偉人血肉之軀坐在那裡的感覺。

　　欸，好吧，那就像看見獨角獸，或者借物小矮人*（或者像那次在香鳶尾花叢裡看見蛇）。令我大吃一驚。我沒有再回頭看，也沒有用手肘暗示坐在我隔壁的史蒂菈，因為她睡著了，而且我知道她會很吵雜的驚醒過來，讓我們全部曝光。還有，我不要他以為我看戲看得太無聊。

　　我不欣賞他的劇——老實說——但那並不表示我就認為他的劇不重要。它們現在／以前都非常重要（據維琪講師的看法）。

　　在劇院裡，有山繆‧貝克特坐在後面隔兩排的地方喃喃自語，而且可能正在對比莉‧懷特羅吹送飛吻，我不禁納悶，是什麼使得一個人的胡言亂語變成「天才之作」，而另一個人的則成了「無用廢物」……我納悶是不是如果你高大，令人費解，離群索居，長相英俊，就是天才……如果你正常或矮小，愛閒話家常，而且其貌不揚，就是廢物。就在這樣左思右想的時候，亞倫說過的某些話浮現我腦海。

　　亞倫極為景仰雷斯‧道森。亞倫說，只有極端高竿的鋼琴家，才有辦法裝得像雷斯‧道森（假裝的）彈的那麼爛。也許同理可推山繆‧貝克特。他有辦法寫出真正好（通情達理）的劇

---

*　譯註：奇幻小說《地板下的小矮人》的主人翁。

本，讓每個人都看得懂，但是他不要。就和雷斯·道森一樣，他偏偏要假裝是廢物。而你必須是天才，才有辦法做到如此。

總之，沒有其他人注意到山繆·貝克特在那裡，所以事後說服大家，我真的看到他，便成了我要做的工作。

史蒂菈·希斯：（不敢置信）就像你在霍洛威戲院看見賈桂琳·歐納西斯嗎？

我：不是，那真的是山繆·貝克特。

史蒂菈·希斯：他長什麼樣子？

我：英俊，但是非常老……勻稱，挺拔，篤定，下巴有點二級咬合異常……（史蒂菈·希斯還要更多資訊）像一個梳理整潔的漁夫。

講師維琪：（被我的描述說服）哎呀，我們能和他同處一場表演，多麼令人振奮啊。

然後我們去河畔的一家酒吧，講師維琪對貝克特這個人做了一些有趣的談話（例如，他的胡言亂語，其實都是在試圖表達自我）。後來我們全擠到「問答比賽」遊戲機的周圍，還必須一直去跟吧檯換更多 20 便士硬幣。我私下想，「問答比賽」似乎比那些戲劇受歡迎，這就是現代世界。

沒有人願意在劇院被沒有答案的問題所困惑，但是願意在酒吧被有答案的機器提出的問題所困惑。「問答比賽」遊戲機非常受歡迎，在我們開始玩以後不久，一條小小的隊伍就開始成形（那些人聽到我們樂在其中）。

你可以看出來，維琪講師寧可和我們談更多關於貝克特的話題，但是我們今天已經受夠貝克特了，而每當「問答比賽」遊戲機問了一個和文學有關的問題時，我們就轉頭對維琪講師大喊——即使我們已經知道答案——於是，很快的，她也過來全神加入，把山繆·貝克特忘得一乾二淨。

這是很棒的一次出遊。唯一的遺憾是，我忘了帶一些努內的問卷同行，而截止時間（努內現身要來收問卷的日子）眼看就要到了。

希望你一切都好。

愛你的，妮娜

PS　如果你在酒吧或加油站看見「問答比賽」遊戲機，試它一把。雖然看起來
　　像個獨臂盜匪，但其實非也。只是要小心，會上癮喔。

親愛的維：

　　謝謝提供金絲雀壽命的資訊。老實說，現在金絲雀那整件事已經過時了，因為史蒂菈已經甩了鈞特，開始和一個戴一條黑白方格花，會散發出洋蔥味的圍巾的男生（叫做丹）來往。他把它（圍巾）留在五樓咖啡吧的一張椅背上，史蒂菈的嬉皮朋友露絲，注意到並且發表評論。然後火災警報器突然鈴聲大作，我們都必須從後樓梯迅速逃出。

　　後來，嬉皮露絲說（對丹），是他的臭圍巾引起警鈴大作的。他承認那條圍巾可能有「類似食物」的味道，因為他十一點鐘才在「渾比」速食餐廳吃了一道「享樂早午餐」。他以為那使得圍巾更好聞咧。

　　告訴瑪麗凱此事。

　　瑪麗凱：這個叫什麼名字？
　　我　：丹──他圍著一條阿拉法特圍巾。
　　瑪麗凱：在頭上嗎？
　　我　：不是，圍在脖子上。
　　瑪麗凱：他圍那樣好看嗎？
　　我　：就是怪怪的。
　　瑪麗凱：比起有一隻金絲雀，更怪，還是比較不怪？
　　我　：比較不怪一點。
　　瑪麗凱：欸，那就好啊。

　　沒有提「享樂早午餐」或洋蔥味的事。他們已經認為我太吹毛求疵了。

　　總之，關於火警警鈴大作最糟糕的一件事是，我把努內的問卷留在五樓咖啡吧的桌子上（火警逃生的時候，不准攜帶額外物品，即使只是演習）。明天我必須回去那兒拿。

　　順便一提。史蒂菈現在連丹都已經分手了，正在和一個叫做彼多多・奧圖的男生交往。他的真實姓名是什麼奧什麼的，但是

我已經記不得了，因為我們向來都是叫他彼多多・奧圖。現在這樣稱呼他已經變成是正常現象。據史蒂拉說，還沒有「發生」什麼事（她喜歡他，只是因為他愛反諷，而且有一頭她喜歡看長在男人身上的，刺蝟型頭髮我討厭）。

愛你的，妮娜

PS 關於問卷。如果不在那兒了，怎麼辦？

……

親愛的維：

　　有意帶努內的問卷去技術學院，但是又忘記了。已經沒剩多少時間。我覺得有點難過，因為他打電話來問，我是不是已經開始找人填寫了，我說早已全部填寫完畢，大功告成了。實在很蠢，因為現在他以為問卷已經全部完成了。
　　我會在星期六於「好地球」餐廳和你見面。我會帶瑪麗凱的模版去。
　　他們喜歡那個魚派。亞倫說，豌豆如果分開來放會更好。此話不假。他還說，用紅花菜豆會更好。

愛你的，妮娜

PS 可能會帶幾份問卷給你和其他人填。

親愛的維：

　　結果是，我和史蒂菈兩人把努內的心理分析問卷**全部**都填完。花了我們沒完沒了的時間。

　　我已經叫史蒂菈發誓，**永遠不會**告訴他。他若知道會很生氣，而且等於坐實他對我個性中某些極端負面的看法。

　　總之，真是夢魘一場，但是我們總算達成了

　　事後，我們才意識到，我們全都用同樣的兩支筆填寫。史蒂菈醉到不行，甚至無法偽裝自己的手寫字體。即使如此，事情還是得完成。那就像從肩膀上卸下一個重擔一樣。

愛你的，妮娜

親愛的維：

　　努內來取造假的問卷調查，然後我們趁史蒂菈上工的時候，到普拉姆斯特德撞球俱樂部玩撞球。

　　每當論文或問卷的話題出現時，史蒂菈就一臉罪惡的表情。她甚至主動表示要幫努內做一份微波加熱點心——不收費（為了贖罪）。但是他說謝了，不必，因為那味道令人反感。

　　一會兒之後，我們目擊史蒂菈喊，「吉姆，你能過來一下嗎？」，然後一個男生漫步過來微波爐的區域。

　　然後努內和我過來 55 號，所有有關問卷的壓力都被拋諸腦

後，我們又玩起撞球，並且觀賞電影「胡搞瞎搞叢林記」。

努內沒有待很久，因為他必須開始整理和分析他的心理問卷資料。

愛你的，妮娜

親愛的維：

　　昨天應該進行我的論文工作，但是沒心情。和山姆與威爾一起觀賞超好看的電影《粉紅豹的逆襲》。

　　然後發現，山姆有功課要做，但是他完全忘了，而瑪麗凱隨時就會到家。

　　就功課而言，昨天是非常不尋常的一天。山姆有功課。而威爾沒有。

　　山姆必須寫一首關於自然的詩。看威爾建議／撫慰山姆如何做這項功課，很好玩。

　　山姆：我討厭詩。
　　威爾：我討厭功課。
　　山姆：我討厭自然。
　　威爾：趕快把它寫出來，就沒事了。
　　山姆：必須要押韻嗎？
　　威爾：不必，但是老師會希望有押韻。
　　山姆：必須要很長嗎？
　　威爾：老師會希望很長。
　　山姆：狗屎，狗屎，狗屎。
　　威爾：那就是你的詩嗎？

　　就在瑪麗凱到家的時候，他把詩寫完了，他把詩大聲唸出來，她站在樓梯頂端，一臉的驚喜和感動。

小鳥
小鳥不喜歡雨
牠們不喜歡腳濕
牠們不能在雨中飛翔
牠們不能啾啾
小鳥不喜歡風

牠們會被吹到各處
小鳥只喜歡出太陽的日子

瑪麗凱：太精采了。

威爾：（對瑪麗凱）那有可能是在寫你。

山姆：那是一首有關自然的詩。

瑪麗凱：棒極了。

山姆：夠自然嗎？

威爾：你開什麼玩笑？塞得滿滿的都是自然。

山姆：希望博羅先生喜歡。

威爾：博羅先生？

山姆：對，他是代課老師。

威爾：博羅先生──你確定那是他的姓嗎？

山姆：確定，那是匈牙利語的罐子。

　　然後山姆告訴威爾，他喜歡功課，而且希望還有更多功課。

　　然後威爾告訴山姆，為什麼他沒有功課：上星期有些功課非常艱深（海岸的形貌）。威爾曾經抗議，說他從來沒上過相關的課，一個字也看不懂。瑪麗凱堅持他必須寫，還說他上課應該更專心聽講。然後今天，老師承認她發錯作業卷（那應該是要給五年級生的），她非常感動有少數男孩，顯示他們的決心和毅力，認真的把它做完。並且說這星期剩下的日子（一天），他們不必再做任何功課。

　　威爾很開心。瑪麗凱也是。如果換是我，我會覺得不爽。

愛你的，妮娜

360

親愛的維：

需要把專題論文完成。這封信會非常簡短。

因為去見史蒂菈的母親（「吹哨的吉兒」），已經流失了一整個下午，她來這裡看阿嘉莎‧克莉絲蒂的舞台劇《捕鼠器》。她不斷地說：「如果你知道兇手是誰，不要告訴我。」而且說完還兀自咯咯笑。

她比史蒂菈形容的好很多。她（「吹哨的吉兒」）會說好玩的故事。包括一個顯然是編出來的，說史蒂菈訓練他們的狗（「派屈」）跳火圈。

吉兒：然後她叫牠跳過火圈。

我：你說的火是像地獄之火的火呢？還是你的意思是指那個圈圈被點了火，就像「著火」的火？

吉兒：那個圈圈著了火。那是利用兩個衣架，再用破布包起來做成的圈圈，她給它點上火。

史蒂菈否認。我相信史蒂菈。她不是會把圈圈點火，然後叫傑克羅素狗跳過去的那種人。那大概只是一個沒點火的圈圈。史蒂菈說，她媽把兩個不同的記憶混在一起了。一個是沒有點火的圈圈，一個是去看馬戲團表演，其中**有**個點上火的圈圈。這種事會發生在老人家身上。

不敢拿我的論文給瑪麗凱看，那會令她火冒三丈。她會說贅述太多。尤其是，我現在時興用比較長的詞句──在大學是正常現象──每個人都這樣做，當每個人都說「利用」的時候，我不要成為唯一一個說「用」的學生。

瑪麗凱會討厭這種寫法。

然而，我有拿給努內看，他問我這個可怕的問題：「你到底想說什麼？」

我：我想說，批評家不喜歡麥卡勒絲。

努內：但是你沒有說啊。

我：我在往那個方向暗示唄。

努內：就直接說出來啊。

我：直接說出來，字數就會不夠多呀。

努內：（繼續讀）噢，有了……你為什麼要說「當代的批評家」？去掉「當代的」。

我：那會少掉三個字。

現在我恨死了那篇論文，簡直無法忍受再去看它。但願我做的是像「論桃莉・巴頓所作《喬琳》之歌詞」之類的詭異題目。

信太長了。要回去上電腦了。

愛你的，妮娜

PS　努內的（畢業論文）進行極順利，雖然問卷調查爆出一些令人驚奇的結果。

親愛的維：

　　論文發生危機。我全篇論述的方向一直是：卡森・麥卡勒絲必須過隱遁的生活，因為沒有人喜歡她那種陰暗的描述。但是她不在乎，因為她生病殘廢，本來就遺世獨立，而且不需要那些思想頑固的人的讚許……

　　這些看法是奠基於我所讀的幾本談美國南方作家的書中，有關卡森・麥卡勒絲的部分。再加上從她小說的字裡行間揣測所得。

　　但是現在，就在即將完成論文（儘管倉促為之），而且放大了一張她看起來悲慘古怪的臉部照片做為封面的關頭，我在圖書館發現了一本書，可能可以取名為「卡森之作為廣受歡迎作家的趣味生活」。

　　這本書顯示，事實上，有許多人喜歡她的書，而且當時有許多名人都想和她交友，並且邀請她去參加各種與富賈名流有關的活動。以她的小說為本，由伊莉莎白・泰勒和理查什麼東東主演的電影，大受好評，而且她經常和丈夫，李維斯，以及蒙哥馬利・克利夫，到片場閒逛。只有少數無聊的執拗份子不喜歡她。基本上，這本書和我論文的幾項主要論點都相互牴觸。

　　我說麥卡勒絲遺世獨立。這本書說，她遺世獨立是孤陋寡聞者常有的誤解。我說她因為生病而殘廢。這本書說，她不把自己的病當一回事，抽菸，喝酒，社交，樣樣來。

　　我說大眾不滿她的描述，而且批評家嚴厲譴責她對醜怪人物的病態興趣。這本書說，她的著作立即引起風潮，而且引燃人們對社會上平凡且邊緣化人物的全新興趣。同時名批評家們更爭相讚賞。

　　等等。差不多和我說的每件事都相互矛盾，而且不僅如此。它還說，任何人只要認為我說的話正確，就是白癡。

　　告訴史蒂菈此事。

　　我：所以根據這本新書，卡森・麥卡勒絲是當時的靈魂人物。

史蒂菈‧希斯：噢。

我：而且和當時的名人交往。

史蒂菈‧希斯：噢，你給的印象不是這樣。

我：我知道。

史蒂菈‧希斯：你打算怎麼辦？

我：把這本書偷走。

史蒂菈對我的解決方法大力批判，說那樣做不道德。但是我不在乎。我辛辛苦苦地寫論文，不要只因為某碩士生選擇麥卡勒絲的一生做為他們論文的專題（還擦脂抹粉的加油添醋），而且有某出版商把它出版，我就得看起來像個白癡。

史蒂菈沒什麼問題。她的論文只是說明一些顯而易見的事實，關於菲利普‧拉金是如何的壞脾氣，而且似乎是如何的有點反這、反那的，但是擅長於給他的詩作添加令人震驚的曲折效果。然後再丟進一、兩行零星文字做為舉證。

我決心要在星期二以前完成我的（論文），並且在星期三交出去。然後下星期一期末考就要開始了。

希望你一切安好。

愛你的，妮娜

1987 年六月

親愛的維：

　　努內來訪。他的期末考全部考完了，而且信心滿滿。

　　他尤其高興，他的畢業論文指導老師對他的論文反應很正面，而且對他的方法論非常滿意。

　　努內：他喜歡我的研究方法。
　　我：什麼研究方法？
　　努內：我蒐集研究，以及後來處理資料的方法。
　　我：噢，你的意思是說，那所有的問卷調查？
　　努內：是啊。
　　我：所以，所有的問卷調查都沒有問題？
　　努內：是的，但是我得到一些令人驚訝的結果。
　　我：你一直就在這樣說。

　　那大概表示，史蒂菈和我有地方填錯。也許當我們應該讓每個人都在同一個格子裡打勾的時候——或什麼的——我們讓我們的回答變化太大了。努內提及「令人驚訝的結果」好幾次。當他那樣說的時候，也許有對我投來意有所指的眼神，但是我無法判斷，因為每當我們觸及他的畢業論文話題時，我就會刻意轉頭看別的地方。

　　努內不能決定是不是留下來追求更高的教育，修習碩士學位，或找一個工作，或者再去旅行，只是這次換成開廂型車（以避免搭便車，我猜）。

　　這得視很多事情而定（他的話）。

　　我還沒有對夏天以後要做什麼花太多心思。但是絕對不讀碩士，或開廂型車旅行。我可能會去找工作。

　　希望你一切安好。

　　　　　　　　　　　　　　　　　　愛你的，妮娜

後話

　　瑪麗凱仍然住在動物園附近，但是搬到不同的房子。山姆也住在那裡，他現在是一名演員和攀岩家。威爾現在是一名導演。他和妻子與小孩住在布魯克林，而且仍舊是兵工廠足球隊的支持者。

　　維考到多張護理證照，而且在 2011 年，獲頒表彰她在英國國民健保系統服務二十五年的金別針獎。她仍然住在萊斯特郡相同的村子裡，而且仍然除非必要絕對不去倫敦。

　　史蒂菈一直沒有真正離開過對更高教育的追求，現在和狗兒史巴奇，以及伴侶與兒子，住在愛丁堡附近。

　　在歷經更多旅遊之後，努內現在是一名作家和網際網路達人。我最後落腳出版業，現在和努內以及我們的孩子們住在康瓦爾郡。

誌謝

　　感謝瑪麗凱‧威莫斯，山姆‧佛瑞爾斯，和威爾‧佛瑞爾斯，以及企鵝出版公司的瑪莉‧茂特和契斯‧泰勒。

藍小說 ㉕
愛你的，妮娜

作　　者——妮娜‧史提比
譯　　者——許瓊瑩
主　　編——嘉世強
編　　輯——鄭雅菁
封面構成——白日設計
插　　畫——徐世賢Nic
責任企劃——楊佩穎、王君彤
董 事 長——趙政岷
總 經 理
總 編 輯——余宜芳
出 版 者——時報文化出版企業股份有限公司
　　　　　　10803臺北市和平西路三段二四〇號四樓
　　　　　　發行專線—（〇二）二三〇六—六八四二
　　　　　　讀者服務專線—〇八〇〇—二三一—七〇五
　　　　　　　　　　　（〇二）二三〇四—七一〇三
　　　　　　讀者服務傳真—（〇二）二三〇四—六八五八
　　　　　　郵撥—一九三四四七二四時報文化出版公司
　　　　　　信箱—臺北郵政七九～九九信箱
時報悅讀網——http://www.readingtimes.com.tw
電子郵件信箱——liter@readingtimes.com.tw
法律顧問——理律法律事務所　陳長文律師、李念祖律師
印　　刷——勁達印刷有限公司
初版一刷——二〇一六年十二月十六日
定　　價——新臺幣三八〇元
（缺頁或破損的書，請寄回更換）

時報文化出版公司成立於一九七五年，
並於一九九九年股票上櫃公開發行，於二〇〇八年脫離中時集團非屬旺中，
以「尊重智慧與創意的文化事業」為信念。

國家圖書館出版品預行編目（CIP）資料

愛你的,妮娜 / 妮娜.史提比(Nina Stibbe) 作；許瓊瑩譯. -- 初
版. -- 臺北市：時報文化, 2016.12
　　面；　公分. -- (藍小說；257)
譯自：Love, Nina : despatches from family life

ISBN 978-957-13-6848-1(平裝)

873.57　　　　　　　　　　　　　　105022588

ISBN 978-957-13-6848-1
Printed in Taiwan